金牌小说

献给罗利的埃尔金定居点暨巴克斯顿传教所最初的二十一名曾经为奴的居民：伊莱扎，艾米莉亚，莫莉，莎拉，以赛亚·菲尔斯，哈里特，所罗门，雅克布·金，塔尔伯特·金，彼得·金，范尼，本·菲尔斯，罗宾·菲尔斯，斯蒂芬·菲尔斯，艾米琳·菲尔斯，以及伊萨克、凯瑟琳·莱利夫妇及其四个孩子。

并向威廉姆·金和他对正义的挚爱致敬。

Awarded Novels
长青藤国际大奖小说书系

奔跑的少年

〔美〕克里斯托弗·保罗·柯蒂斯 著 黄德远 译

ELIJAH OF BUXTON

晨光出版社

前 言
Preface

再见，不勇敢的自己

在自我之外，看到不一样的人生，经历不一样的成长，走进更广阔辽远的世界，或许这就是阅读的意义。

获得纽伯瑞儿童文学奖金奖的非裔美国作家克里斯托弗·保罗·柯蒂斯，总是把自己的关注点放到那些你或许并不了解的孩子身上。在柯蒂斯看来，每一片火热土地上的人们都值得关注，每一种人生都值得歌颂。当自由的权利回归自我时，勇敢和希望也就会回归内心。

《奔跑的少年》描述的就是一个从奴隶的身份中解脱出来，获得自由，但生活依然艰辛，却从未放弃过对美好生活向往的群体。或许你会觉得这样的人生对你而言太过陌生，但十一岁的伊利亚和你一样单纯又真实，渴望长大，希望能奔跑着抵达远方。他和你一样拥有异于常人的天赋，也和你一样拥有总是让爸爸妈妈苦恼的缺点。

　　他的天赋是只用几块石头就能搞定湖里的鱼，让它们变成餐桌上的一道美味。而他的缺点是——懦弱。他的爸爸妈妈曾是奴隶，他们千辛万苦跋涉到了巴克斯顿的定居点，成为了自由人，并在那里建立了自己的家园。伊利亚出生于定居点，是那里第一个生而自由的孩子。但尽管如此，他仍是一遇到点儿小事就大声尖叫着落荒而逃。

　　懦弱，对于很多孩子来说，是一种本能反应，更是一种自我保护的手段。它和坚强、勇敢之间，其实只有一墙之隔。更重要的是，勇气可以在瞬间被激发。伊利亚始终相信，过不了多久，他就是一名小大人了，遇到任何事都不会再惧怕，而是能勇敢面对了。

　　但他从没想到，这个机会来得如此快，并且没有给他任何选择的余地。为此，他不得不告别安全的家乡，瞒着爸爸妈妈，连夜踏上通往未知之地的旅途。对于他而言，这无异于一场惊心动魄的冒险，他内心既害怕又激动。但无论如何，既然已经决定，就只能鼓起勇气奔跑前行。

　　一路上荆棘遍布，虽然他几次想要退缩，但那重重磨难，反倒激发了他的斗志，让他终于冲破了内心的恐惧。当他疲惫不堪又满怀希望地启程回家时,伊利亚明白,他再也不是那个动不动就尖叫着落荒而逃的孩子了,他完全长大了,是一个真正自由的人了——他拥有了心灵的自由。

  这是伊利亚的收获。而我相信,每个读到这个故事的孩子,也会有自己的收获。它让我们见证了不同人的童年,关注到不一样的成长,虽然这些人的生活离我们是那样遥远。

  柯蒂斯在接受采访时说,创作这部作品似乎完全出于本能,仿佛伊利亚是他相处已久的朋友,他瘦瘦的、小小的,却有急切的愿望将自己的故事说给柯蒂斯听。就这样,伊利亚热情地诉说,柯蒂斯则一边倾听着自己的心声,一边将伊利亚的故事记录下来。当读到这个故事的孩子告诉他"我真的很喜欢这本书"时,他明白,这些孩子也会同伊利亚一样,拥有一颗勇敢的心。

鸣 谢

　　特别感谢安德利亚·戴维斯·平克尼和学乐公司所有帮助我轻而易举做成此事的人。额外要特别感谢我的编辑安娜米卡·巴特纳格尔，虽然她已经把书稿读上四百万遍了，可是在所有该笑的地方还是大笑不止。

　　我很幸运，拥有一个豪华读者团帮我打磨文字。持续感谢琼和乔治（议会金奖得主先生）、泰勒、米卡尔·威尔森、卡珊德拉·柯蒂斯、哈里森·查姆利·帕特里克、凯·本杰明、林恩·盖斯特、尤金·米勒、泰利·勒塞纳、泰瑞·费舍尔、珍妮特·布朗、劳伦·潘金、德比·斯特拉顿，特别是波莱特·布雷西、里奇·帕丁顿和斯蒂芬·柯蒂斯三人。

　　感谢巴克斯顿国家历史遗址博物馆和斯宾塞·亚历山大在我做调查的时候提供的帮助。

　　一如既往，永远感谢我的父母赫尔曼和莱斯利·柯蒂斯。

目 录
Contents

第一章
可怕的东西 /1

第二章
可怕的悲剧 /21

第三章
捕鱼的魔法 /29

第四章
疯狂的故事 /51

第五章
分鱼 /61

第六章
黑板上的字 /75

第七章
没有月亮的夜晚 /89

第八章
最精准的猎手 /98

第九章
被催眠的萨米 /110

第十章
遇到真马威 /126

第十一章
藏在枫树后的人 /144

第十二章
大人们的秘密语言 /159

第十三章
美国来信 /169

第十四章
伊利湖边的野餐 /188

第十五章
精致的木盒子 /199

第十六章
去密歇根 /207

第十七章
坏消息 /221

第十八章
被绑架了 /233

第十九章
开弓没有回头箭 /242

第二十章
一河之隔 /256

第二十一章
当游戏变成现实 /268

第二十二章
走了就别再回来 /287

第二十三章
谁都帮不上忙 /300

第二十四章
带霍普回家 /305

作者后记 /321

ELIJAH
OF BUXTON

第一章
CHAPTER ONE

可怕的东西

那是一个星期日，已经听完课，也干完了所有的杂活儿，我坐在自家的门廊里，心不在焉地想着接下来要干点儿什么。每天这个时候，鸟儿们就开始准备安静下来了，而癞蛤蟆的嗓门儿则开始变大，准备用它们欢快的声音叫一晚上。我琢磨着天黑前花上一小时去捕鱼是否值得。当库特沿着马路走过来，边走边向我挥手的时候，我的这个问题有了答案。

"晚上好，伊利亚。"

"晚上好，库特。"

"你干嘛呢？"

"我正想着带老煎饼去捕鱼。你去吗？"

"呃呃。我遇到了一件比看你捕鱼更有意思的事。我遇到了一件怪事。"

这样说可能并不太好。我不是要对我最好的朋友不敬，但库特眼里的很多怪事，大多数人都会觉得真的没什么。不

奔跑的少年

管怎样，我还是问道："什么怪事啊？"

"我从我老妈的菜地里穿过的时候，看到了一些从来没见过的痕迹。"

"什么样的痕迹？大吗？"

"呃呃。它们很长，而且弯弯曲曲的。我顺着痕迹追踪下去，可是它们到了草地上就不见了。"

库特非常擅长追踪，所以不管怎样，这或许算是一起神秘事件。

"我们去看看。"

我们到了库特家，打开大门，然后绕到后面他妈妈的菜地。库特是对的！

在他妈妈种的一排排甜菜、玉米和豌豆中间有一些我见过的最奇怪的痕迹。

我认真地查看了一下这些痕迹。它们是由六条又长又细的弯弯曲曲的线条组成的。其中两条比其余的四条粗一点儿。它们从库特妈妈菜地的一端开始，径直穿过菜地，然后消失在草丛里。

我用手和膝盖着地趴在地上，认真地观察了一会儿，然后对库特说："我也不知道。我从没见过这样的痕迹。等我爸从地里回来时，我们问问他吧。"

但是还没等到我们有机会问我爸，牧师就沿着库特家房

前的道路走了过来。他一点儿也不像是个整天忙于工作的普通工作人员,但他告诉每个愿意听他说话的人,他是正尊执事泽弗赖亚·康纳利三世博士,而且是这附近最有学问、最聪明的人。我和库特不称呼他的全名,而是直接叫他"牧师"。

他斜靠在库特家的篱栅上喊道:"晚上好啊,小伙子们。"

"晚上好,先生。"

"今天很热啊,你们俩怎么没去游泳啊?"

库特说:"我们在试着解决一起神秘事件,先生。"

"真的吗?那会是什么呢?"

我告诉他说:"是我们从未见过的某种动物的痕迹,先生。"

"在哪儿呢?"

牧师打开大门,走进菜地,蹲下身来,然后像我之前那样仔细地盯着那些痕迹。他从口袋里掏出一把折叠刀,从一处痕迹上挖起一小撮泥土。他凑近了细细观看,两只眼睛都要变成斗鸡眼了。

突然,他大叫着起来!听到他的叫声,我一下子连气儿都不敢出了,浑身血液为之冰凉。

牧师迅速站起身来环顾四周,他的样子就像听到有人在大声尖叫"有狼"一样。

奔跑的少年

我和库特也朝四周看去。这种情况下,谁会不看呢?

牧师念叨着,像是在自言自语:"不!不!不!我就知道会发生这种事,我只是祈祷它不会这么快。"

我和库特一起大喊:"什么?会发生什么事?"

牧师看上去就像他最好的朋友刚被杀了一样。"我警告过他们必须更加仔细地检查那些刚刚获得自由的人,现在有人无意间把那些可怕的生物带到这儿来了。"

我注意到他没有把手里的折叠刀合上,而是一直打开着。而最可怕的是,他握刀的样子就像是准备去捅什么东西。

我问道:"有人把什么带到这儿来了,先生?"

"环箍蛇!"他用嘶嘶的声音低声说道。他说话的样子表明,不管这是种什么蛇,你都招惹不起!

库特的眼睛左右扫视。"什么?环箍蛇是什么东西,先生?"

不管是哪种蛇,都足以让我感到紧张了,但是他后面的话让事情变得更加糟糕透顶:"我想我必须告诉你们,但是我不想让除我们三个之外的任何人知道这件事。"

他用靴子把菜地里的大部分痕迹都蹭掉了。

我说道:"求你了,先生,告诉我们你是什么意思!"

他开始说了,却一直不朝我这儿瞅,他的眼睛在忙着查看道路和树林。"在南方老家,有一种邪恶的蛇叫环箍蛇。

它不但跑起来比赛马还快，而且众所周知，它只要咬上一口，都能杀死一头成年的熊！"

我看了库特一眼，希望自己看起来不像他那样害怕。

牧师继续说道："它们看起来和其他蛇差不多，只是除了一样。"

"除了什么？"

"它们有一个习惯，就是把尾巴塞进嘴里，然后叼着自己的尾巴。"

这说不通，根本说不通！如果他说的是真的，那么这些蛇肯定脑子不太好使。

我问道："它们如果叼着自己尾巴的话，那又怎么咬人呢，先生？"

"这个问题问得好，伊利亚。但是当它们准备咬人的时候，它们就不叼着自己的尾巴了，它们只有在准备追人的时候才叼着自己的尾巴！"

库特插嘴说："可是……"

牧师举起左手打断了库特的话。"听着！还有，我的小兄弟们，你们最好听仔细喽！这很可能会救你们一命。它们一旦叼住了自己的尾巴，就会变成环状，然后就会像车轮或者桶箍一样站立起来，接着就开始滚动，去追它们认定的猎物！"

奔跑的少年

我脖子后面的汗毛直竖起来，就像有一只食人巨蚁掠过一样。

牧师继续说道："在它们逮住你、咬了你之后……"他猛地合上左手，就像环箍蛇的嘴巴一样。"……真正的恐怖才刚开始。你没救了。"

库特问："为什么呢？"

"因为，库特，它们的毒素进到你血液里的速度太快了。在几个小时之内，你就开始肿起来，直到你的皮肤看起来又软又烂，就像是大中午丢在太阳底下的一只熟透了的桃子。"

库特说："什么？人会肿起来？"

他回答说："你会肿得特别厉害，在经过不多不少七天半之后，你体内的压力太大了，会像一只烧得过热的蒸汽锅炉那样炸开。一瞬间你的老肠子老肚子就会炸飞到周围方圆好几英里远的地方！"

我无法相信那些获得自由的人会这么对待我们，即使是无心之举。

但是牧师还没有说完。"更糟的是，你身体的这种肿胀对你的脑袋没有任何影响，它只影响你的身体，所以你只能眼睁睁地看着整个悲剧在你眼前发生。"

库特悄悄地挪到离我更近的地方，闷声说道："呃，先生，至少人会死得很快，不会遭太多罪。"

Elijah of Buxton

"哪有那么好的运气啊,库特。"牧师竖起两根手指,"两个星期!在你爆炸之后,是无休无止的十四天。而且很煎熬,你最后是饿死的。"

库特问道:"饿死的?那你为啥不吃东西呢,先生?"

"那是因为,库特,不管你吞下多少东西,都会从你以前长着内脏、现在成了一个大洞的地方掉下去,就在你的眼前掉到地上!"

他狠狠地盯着痕迹向前延伸的方向说道:"这些痕迹是新的,看起来是一条蛇妈妈和一条蛇爸爸,带着一群蛇宝宝。也就是说,愿神保佑我们所有的人,我们已经太晚了,它们已经开始繁殖了。从那些痕迹行进的方式来看,我觉得它们很饿,而且已经开始了它们的捕猎盛宴。"

牧师把手里的刀子扔到地上原先痕迹存在的地方,把手放在他总是随身携带的精致枪套和神秘手枪上。"小伙子们!"他小声说道,"我需要你们认真地答应我一件事。我想让你们两个用你们母亲的生命发誓,如果我被一条环箍蛇咬到了,你们就拿起这把手枪,将一颗子弹射进我的脑袋里。我宁愿被枪打死,也不愿意面对那种可怕的、拖拖拉拉的死亡。举起你们的手,我需要你们两个向我保证,你们会用枪把我的脑袋射开花。"

当我身后突然传来"砰"的一声巨响时,我吓得差点儿

奔跑的少年

跳到月亮上去！当我回头去看时，库特已经跑进自己家，猛地关上房门，并且上了锁。他什么也不准备保证！

没等弄明白是怎么回事，我就穿过库特家的大门，跑在回家的路上了。这一阵猛跑可真是够长、够累的。我的头脑还足够清醒，所以我没有抄小道，而是坚持沿着大路一路狂奔，这样一来至少我能看见环箍蛇的捕猎盛宴，如果被我撞上的话。妈妈一定是老远就听到了我的尖叫声，因为当我跑到家门前时，她也正从里面跑出来。

她说："伊利亚？我的老天爷啊，这是又出什么岔子了？"

我冲进大门，把妈妈拉进屋里，"砰"的一下把房门关上。我又累又怕，吓得说不出话来，所以她开始上下打量我，让我转过来转过去的，想弄明白到底出了什么岔子。过了一小会儿她说："伊利亚，我的心肝儿，你吓死我了！出什么岔子了，宝贝？"

我一喘过气儿来就告诉她，从美国来的逃亡者们是如何无意间把环箍蛇带到了巴克斯顿，它们又是怎样在树林里滚来滚去，寻找着要猎杀的猎物的。

妈妈看着我，就像我是一个傻子似的。她摇摇头说道："伊利亚，伊利亚，伊利亚。我该拿你怎么办呢？我得告诉你多少次，一个胆小鬼会死上一千次，而一个勇敢的小男子汉只会死上一次？"

我什么也没说,但是我忍不住怀疑,这么说怎么会让人好受呢。对我来说,第一次之后,接下来的那些次数其实就都没啥了。

我说:"可是,妈,我一次都不想死,特别是不想让环箍蛇咬死。"

妈妈在我跟前跪下来,抓住我的肩膀,严厉地看着我的眼睛。"伊利亚·弗里曼,你给我听着,听仔细了。这世上什么都不值得你这样害怕,儿子。什么都不值得。"

我说:"那癞蛤蟆呢?为什么你那么害怕它们?那有什么区别吗?"

妈妈几乎连听到癞蛤蟆这几个字都受不了,如果让她遇上一个,那差不多会要了她的命。

但这次谈话就这样结束了。妈妈站起身来,用力地拍了拍我的后脑勺,打开门,然后说道:"那不一样。那玩意会传染疣子和各种其他恶性疾病。还有,不要跟我顶嘴,伊利亚·弗里曼。我再害怕癞蛤蟆也不会像你这样大白天一边在路上飞奔,一边扯着嗓子尖叫。"

她又回来跪到我的跟前。"你这么大的孩子这样行事可不好,伊利亚。你必须学着控制自己,不要再那么懦弱了,我的心肝儿。"

妈妈变得有些举棋不定,不知道是该对我温柔一些还是

奔跑的少年

该狠狠打我一顿。她用手抚摸着我的脸,和蔼地说道:"我都不知道该拿那个泽弗赖亚怎么办!我告诉你多少次了,别再理他了,伊利亚。他用那些胡编乱造的故事吓唬小孩,真够没羞没臊的。"

她说着话,举止亲切而温和。"还有你,你这个可怜的小东西,你得把事情想清楚,你得尽量弄明白人们告诉你的东西有没有道理。"

然后,冷不防地,她又对我发起狠来,用力地掐着我的脸说:"可是这绝不是你表现得那么懦弱的借口,绝不是。"

她紧紧地抓住我的肩膀,因为懦弱是她认定的我最大的毛病。在这个世上,她只希望我别再那么懦弱,别无他求。这个事我自己也打算去做,可麻烦的是,我和她做这事的方式大不相同。她的方式好像总是和我的正相反。对于最不起眼的胡说八道,我把流下来的鼻涕吸进去,不再大声尖叫、落荒而逃,这是我努力变得不再懦弱的方式,而妈妈则用另一种方式去处理。多数时候,她都是通过玩命地谈论这个话题来试图达到目的。拜托,用这种方式来叫人吸取教训是没办法让人牢记在心的。

可最糟糕的时刻当属妈妈停止说教转而开始采取行动让教训变得持久永恒的时候。她第一次试图让我不再懦弱的时候,我都不知道她在这么做,但那个教训给我留下的印象太

深刻了,仿佛就发生在昨天,而不是很久以前。

当时,妈妈正拉着我在院子里菜地附近走着,我那时一定很小,因为我得把胳膊伸得老高才能握住她的手。

我记得我停了下来想要好好看看地上的一大堆土,上面有一团虫子跑来跑去。我不明白那样小的东西怎么自己就能动来动去!我把脚趾头戳进土里,想让妈妈停下来,我好能看得更清楚一些。结果那成了我犯过的最大的错误之一。

我现在还记得,我当时眯着眼睛,抬头看着妈妈,只见她在蹲到我身边之前,先是扯掉了她的太阳帽,接着擦了一下额头,然后说道:"伊利亚,那只是一个蚁丘,我的心肝儿。"

我伸出手去,想捉起一只蚂蚁。在此之前,我还不了解虫子们想要让你不碰它们的招儿多着呢。但是还没等我捉住一只,妈妈就抓住了我的手。"呃噢,伊利亚,它们是世上最勤奋的劳动者,不能因为你个头比它们大,就可以去打扰它们。"

然后她又说道:"啊,伊利亚,看那儿!那难道不是最漂亮的东西吗?"

她松开我的手,把手伸进草丛,从里面拽出来一条世上最可怕的生物!那东西蜷曲、摆动的样子非常古怪。而且它身上没有胳膊,也没有腿。简直就是最可怕的噩梦里的东西。但最令人恐怖的是它就在妈妈的手里,而在那之前,一有麻

奔跑的少年

烦那里总是我寻求安慰的最佳之处。

妈妈总把那一次算作我的第一次尖叫着落荒而逃,但是谁不会那样呢?

自那天起,我对蛇的所有了解几乎全都表明,尖叫着落荒而逃一点儿都不是懦弱的表现,而是明智的做法。

△▽△

环箍蛇事件刚过一两个星期,我和库特正在河里玩儿。随着一声"哎呀,嚯!",他就抓到一只煎锅那么大的癞蛤蟆。

我心里还在为妈妈让我感到懦弱的做法愤愤不平,所以首先想到的就是,要是她看到这样一只又大又圆的癞蛤蟆,她会变得有多懦弱。

多数的好主意都不是我们一下子就想出来的。都是由一件事引到另一件事,过了一会儿,我和库特就有了这个计划,那就是让癞蛤蟆、妈妈和她的针线筐来一个风云际会。在主日学校里,特拉维斯先生总是告诉我们说,神喜欢笑声,还有什么能比看着妈妈把手伸进针线筐获得一个小小的惊喜更好玩儿呢?

晚饭后,我把癞蛤蟆裹进妈妈一直在织的那件毛衣里,然后放进了针线筐。之后,我跑到马路对面,和库特一起藏在排水沟里。

接下来,我爸妈像往常一样出来了,坐在门廊上的摇椅

里准备休息一下。他们有说有笑的，妈妈把她的针线筐放到了膝盖上。

她从筐里拿出自己的眼镜，然后很快又合上了，跟爸爸强调着什么。她把手伸进筐里好像要把她的毛线活儿拿出来，可是在最后一刻却停住了，在爸爸的胳膊上拍了一巴掌。她甚至把针线筐放回到了地上，我的老天啊，她和爸爸除了说说笑笑之外，好像什么都不想做了。我都快要急疯了！

妈妈总算把针线筐又放回膝盖上，把手伸了进去。她马上就发觉事情不对劲儿，因为加上那只癞蛤蟆，她的毛衣比她上次碰它时沉了差不多五磅。

她把头扭向爸爸那边看着他，打开了毛衣，癞蛤蟆"啪"的一声掉在她的膝盖上。她愣了大概一秒钟，然后直接从摇椅上跳了起来。毛线、织针、扣子、癞蛤蟆，还有织了一半儿的毛衣，在门廊上撒了一地，就像被环箍蛇咬后飞溅得满地都是的内脏一样。妈妈的眼镜卡在她的前额上，她上上下下地又蹦又跳，用巴掌猛拍自己的裙子，就像裙子着火了一样。这整个过程她都没有尖叫，也没有说一句话。

这是我这辈子见过的最搞笑的事情了。

我和库特在排水沟里偷偷地看着，差点儿死在那儿。憋笑可不是什么好事，我都快要憋爆炸了。

妈妈听到了我们憋笑的动静，隔着马路瞪了过来。她好

奔跑的少年

像要说点儿什么,可是她的嘴巴只是张了几下。她什么话也没说,就这样摇摇晃晃地进屋了。

爸爸远远地朝我们喊道:"都给我待着别动。"

他把妈妈的摇椅扶了起来,然后把地上的编织工具收拢起来放回针线筐里。他捡起癞蛤蟆,带着它穿过马路,径直走向我和库特。

爸爸放下癞蛤蟆,摇了摇头,然后说道:"听着,伊利亚,你、我还有库特全都觉得这很搞笑。可妈妈和这只癞蛤蟆很可能对这种刺激不这么看。"

爸爸说话期间,我和库特都竭力板着面孔,可眼泪却从我们两人的脸上滚了下来。

爸爸说:"除了一两个疣子[1],我觉得这个癞蛤蟆不会让你们怎么难受。可你妈妈……"他吹了一声低长的口哨,"……她就另当别论了。趁你们还在这个阴沟里大笑着欣赏你们让妈妈和癞蛤蟆遭受的磨难,能不能给我们省点儿麻烦,去那片树林里折根树枝呢,你想让她用来打你的树枝。因为你知道,你和她只要待在同一间屋里,这事肯定要发生。"

"库特,"爸爸继续说道,"今天是你的幸运日,孩子。你马上就能用一张票看两场戏了。如果你觉得这事很好玩,

---

[1] 据英国和德国的民间迷信,触碰癞蛤蟆能让人长疣子。这当然是无稽之谈。——编者注

那就等着看伊利亚妈妈用树枝打他屁股时他又蹦又叫的样子吧。"

爸爸笑了一下,然后走开了。

我和库特跑开了差不多一英里,觉得已经足够安全了,这才让憋着的笑声从体内猛烈地迸发出来。真的是迸发出来的。我从来没有笑得这么厉害过!我们倒在地上,几乎站不起来。我们滚啊滚的,谈论着妈妈打开那件毛衣时的样子。

我们俩谁都说不出一句完整的话来。

我说:"你看她那样子……"然后我就笑呛了。

库特嘴里说着"还……还……然后她——",手里开始扯地上的野草,拍打地面。

然后我说:"我从来不知道我妈能跳得那么——"刚说到这里,笑声又堵住了我的喉咙。

我和库特笑完后刚一开始往家走,情形立刻就变了。就像乌云突如其来地翻滚着要遮住满月一样,我的心里掠过了一丝阴影。库特吹着口哨,仍在不时地大笑一下,真该死,我才弄明白整个这出闹剧竟然如此地不公平。库特跟我一样从刚发生的一切中寻够了乐子,可只有我一个必须为这场开心付出代价。我开始琢磨一个见到妈妈时充满真诚的完美道歉。

当我到家时,妈妈一个字都没有说!她一定是觉得整件

奔跑的少年

事太过尴尬,没法在不重提癞蛤蟆这个话题的情况下训斥我,所以就让这件事情过去了。

我不得不承认,妈妈处理癞蛤蟆这个玩笑的大度方式,让我真的觉得她很了不起。好笑的是,正当你觉得你对父母佩服得无以复加的时候,就会发生一些事情,让你明白你错了。

△▽△

两天后,我在南边霍尔顿太太的地里帮勒罗伊先生干完活儿后回到家里,爸妈正坐在门廊上。妈妈又在织那件毛衣,爸爸正在削木头。妈妈一定是烤了什么好吃的,因为饼干罐就放在他们两人中间。

妈妈问道:"勒罗伊先生好吗,儿子?"

"他很好,妈。"

"你顺便看望霍尔顿太太并替我向她问好了吗?"

"是的,她告诉我也问你好。"

"布朗太太过来串门儿,问起你明天是不是准备去捕鱼。"

"是的,干完马厩里的杂活儿之后就去。"

"她还烤了一些东西,说想换两条大金鲈。"

原来不是妈妈烤的,而是布朗太太!

这就让饼干罐里的东西变得有意思多了!

"她烤了什么,妈?"

妈妈俯身拿起了饼干罐。

她说:"你知道布朗太太是啥样的人,伊利亚,她总要尝试一些新花样。她烤了一些甜饼干,还有另一种饼干,她把这种饼干叫做……"妈妈停下手里的毛线活儿,从眼镜上方看向爸爸。"哦,斯潘塞,我一定是老了。我怎么也想不起来她说这些饼干叫啥名字了。你还记得吗?"

爸停下削木头的活儿,看着妈妈说道:"不,亲爱的,我也想不起来了。"

妈妈拍了一下摇椅的扶手。"噢,对了!这会儿我想起来了,她烤的是胡桃甜饼,还有一种她说她准备叫它绳状饼干。你运气不错,还给你剩了一些。我这儿一直拦着你爸爸呢。"

她把饼干罐口斜向爸爸那边,爸爸伸手拿出一块饼干,饼干上面有胡桃仁,还撒满了糖霜!

爸爸咬了一口饼干,说:"差不多快赶上你做的了,萨拉。"说完他朝我眨了眨眼睛。

然后,妈妈把饼干罐口斜向我,可我刚要把手伸进去,她就把饼干罐拿了回去,说:"哎,伊利亚,你要懂事啊。你一直在和勒罗伊先生干累活儿。先去洗洗,儿子。"

"遵命,夫人。"

我以最快的速度跑到后面的门廊去洗手。当我回到前面

奔跑的少年

时，妈妈又把饼干罐口斜向我，我直接把手伸了进去。

妈妈说得没错，爸爸几乎把它们全吃光了。但是我用手在罐子底部划拉了一下，感到有一块绳状饼干……布朗太太一定是刚把这些饼干送过来，因为剩下的这最后一块还是温的！

我把饼干掏出罐子。

我的心脏停止了跳动，浑身变得冰凉，就连时间都凝固住了！

我的手指上正缠着一条蛇的脖子，加拿大西部长相最凶狠的那种蛇！

我尖叫一声："蛇！"我不暇多想就落荒而逃，跑过马路窜进了树林。等到我筋疲力尽的时候，肯定已经跑出两英里远了。我停了下来，靠在树上，等着呼吸重新变得平稳。有什么东西引得我低头往手上看了一眼。

我又一次尖叫一声："蛇！"

但是这一次，我想到把它的脖子从手指上松开，把它扔掉了。

我本以为都没有力气继续跑了，但是恐惧和疲劳在同一时间你好像只能感受到一样。

当我跑回到门廊上时，爸妈的脸上挂满了泪水。爸爸正斜靠在摇椅的一侧，像是正在抽风。

我一直怕得要命，又无比信赖爸妈，所以直到这时我才意识到，那条蛇绝不是自己爬进饼干罐里的，它一定有帮手。当我想明白这一切都是妈妈为了给我一个教训而故意挖的坑时，当真是大为震惊！

当我终于能说出话来时，我说："妈！你怎么能做这种事？"他们笑得前仰后合。

爸爸在拼命地喘气。"那个呀，伊利亚，依我看，这就叫做以其人之道还治其人之身。"

本该抚养你长大成人的人不按常理出牌，无缘无故地吓唬你，这真是一种可怕的感觉，而最糟糕的是，他们还为此开心不已。另外，公平起见，要是你用类似癞蛤蟆那种人畜无害的东西吓唬了你妈，应该挨上一顿打，而不是被吓得半死。

"你们为什么要做这种事？"我哭得很厉害，话都卡在喉咙里说不出来了，"妈，你总说我整别人行，可被别人整时就受不了。既然你都知道，怎么还能这么整我？再说了，你知道我有多讨厌蛇！"

"哼哼，就跟我对癞蛤蟆的讨厌差不多吧。"

"可是，妈！癞蛤蟆不值一提！蛇多危险啊！给亚当和夏娃苹果的是蛇，不是癞蛤蟆。而且，你从来也没听说过环箍癞蛤蟆，对吧？没有！那是因为它们对人无害！而蛇能要

奔跑的少年

了你的命。"

爸爸正拼命地拍打着身体两侧,竟然没有把肋骨拍断,真是个奇迹。爸爸身上除了粗鲁还是粗鲁,别指望能从他那儿得到什么别的,但是妈妈的行为举止却太让人震惊了。

"妈,我还以为我们是在努力让我不再懦弱。你看看我,我就是止不住哆嗦。"

我看得出来自己是在白费唇舌。如果人会笑死的话,我就成孤儿了。

我知道这样去想自己的爸妈很可能是不对的,但是他们的行为让我太失望了。那天晚上上床之前,我甚至用一根棍子把自己的枕头猛地翻了个个儿。我心有余悸,务必确保妈妈没有在继续这次对我的教训。

第二章
CHAPTER TWO
可怕的悲剧

　　妈妈在饼干罐里藏蛇这个事，唯一值得庆幸的是周围没有别人看见，就连库特也没有看见。在定居点里，不管发生了什么事，很快就会传得人尽皆知。即使库特和我是最好的朋友，就算他不会故意去做让我跌份儿的事，我也知道，我一见到蛇就落荒而逃的事——我一贯如此嘛——是一个很好的谈资，就连最好的朋友无意间说泄嘴也是无可厚非的。特别是库特这样的最好的朋友。

　　整件事只会变成我名字上另一个永远也抹不掉的污点。还有，更令人愤怒的是，人们喜欢给你的名字贴的永久性标签好像从来就不是什么好事，总是很悲催的事。我不是那种无缘无故就乱发牢骚的人，但是我得说，我的名字已经和一个悲剧捆绑在一起了，这已经够可怕的了，要是再摊上一个的话，就毫无公平可言了。

　　这个可怕的悲剧在我身上留下了一个至死都抹不去的疤

奔跑的少年

痕。你会以为大人们见到我时都会哭出来，但没有这种事。就连我爸妈都努力表现得那个疤痕毫不起眼，从不因为别人知道了我是他们养大的而感到羞愧，可是我自己心里清楚得很。

这事发生的时候我还只是一个小婴儿，所以我不明白为什么要怪我，不过那个时候，从奴隶制下逃出来的那个最有名、最聪明的男人正站在搭在校舍里的高台上，在一群人面前把我举过头顶。按照爸爸的说法，那个男人肯定把我举到了空中二十英尺高的地方。当事故发生时，他正在演讲，因为每当他强调什么的时候，都会把我举过头顶稍微摇上一摇。

弗雷德里克·道格拉斯先生和约翰·布朗先生访问巴克斯顿的时候，我还不到一岁。爸爸说定居点里所有人都非常激动，兴起了关于他们到访的可怕传言，忙不迭地四处打扫装扮巴克斯顿，那情形就像假如你知道特拉维斯先生会仔细检查你主日穿的鞋子，你肯定会把它上面的脏处玩命擦干净一样。

他们紧赶慢赶把新校舍竣了工，有了足够大的地方举办这次盛会。他们把每家每户门前的尖桩篱栅都刷上了白色涂料。他们做了各式各样好吃的，甚至还织了一张拼花毯子，搭在骡子老煎饼的背上，让它在游行队伍里打头阵。

ELIJAH OF BUXTON

所有这些小题大做,都是因为巴克斯顿居民准备在这次大会上为三个特殊的人物进行庆祝。一号特殊人物是弗雷德里克·道格拉斯先生,因为他以前曾是一个奴隶,就像巴克斯顿的多数人一样,而现在,江湖传言他能凭借三寸不烂之舌让蜜蜂改变本性不再采蜜。二号特殊人物是约翰·布朗先生,因为大家公认,他是除巴克斯顿的创始人金先生之外的最好的白人。三号特殊人物就是我,原因是——我从不吹嘘这个——在加拿大西部罗利的埃尔金定居点——我们称之为"巴克斯顿",我是第一个生而自由的孩子。

盖斯特太太是定居点里最好的缝纫工和编织工,还给我做了一套漂亮的衣服,那套衣服现在还被妈妈保存在一个气味特殊的雪松木箱里。我和妈妈对这套衣服的看法截然不同,因为在我看来太像女孩的裙子和帽子了。当我长大懂事,明白过来他们就是让我穿着那套衣服到处游行的时候,我对他们逼我穿的这套衣服感到非常难堪,不亚于我对与一号特殊人物发生的那场事故的感受。

爸爸说直到游行队伍到达学校、大部分演讲进入尾声之前,庆祝活动一切都还顺利。就是在这个时候,道格拉斯先生过来从妈妈手里把我接了过去,抱着我走上了高高的演讲台,把我举过他的头顶。

奔跑的少年

妈妈说她立刻就担心起来，因为道格拉斯先生在演讲的时候很容易激动，他开始高兴地把我上下摇晃，甩来甩去，说我是"油光的咸肉[1]和未来的希望"。

我问妈妈那是什么意思，可是她也答不上来。对我来说，被人称作一块猪肉似乎没啥好激动的，可是道格拉斯先生却认为那很了不起，人们的情绪持续高涨，他则一直把我上上下下地晃来晃去，直到事故发生。

妈妈说远在那个时候，我就已经是一个懦弱的孩子了，道格拉斯先生越是摇晃我，她就越感到不安。她说我当时整个人都乐坏了，笑得很开心，根本没有任何预兆，事故就发生了。我把吃下的所有东西都吐在了道格拉斯先生的胡子和西装上。

我从妈妈那儿了解到，从前做过奴隶的人不管讲什么故事都喜欢添油加醋。她说，聊天几乎是唯一一件他们想做就能做的事，不必等着白人吩咐他们怎么做、何时做，所以他们一有机会就大聊特聊。她说，他们说夏天热就喜欢说成天上下火，说一场大雨或一场干旱没有半年的时间完不了，他们尤其喜欢吹嘘说他们的曾曾爷爷或曾曾奶奶曾经是非洲的国王或王后。

---

[1] 原文是 shining bacon of light，道格拉斯先生本来说的是 shining beacon of light，意思是"闪亮的灯塔"，由于 bacon 与 beacon 发音相似，所以被听成了"油光的咸肉"。——译者注

ELIJAH
OF
BUXTON

奔跑的少年

▲▼▲

我真倒霉，巴克斯顿的人没有给我最自豪的事添油加醋，比如我扔石头的本事，而是夸大了发生在我和弗雷德里克·道格拉斯先生之间的那件事。

他们说，在妈妈上前把我接过来伸出校舍窗外之前，我往道格拉斯先生身上吐了整整半个小时。他们说我差点儿把人家淹死。有些人信誓旦旦地说，我吐得太多了，桌子椅子都漂了起来，漂出了校舍。波莱特先生则说，我吐了那么多，五年内树林里都没有死过鹿或兔子。他说那段时间熊和狼一直都在吃我吐的东西，因为那比抓捕心存警觉的猎物要容易得多。

这说不通，根本就说不通。

首先，因为他们总对我们说弗雷德里克·道格拉斯先生有多么多么聪明。他们告诉我们，他的希腊语说得和希腊人一样好，拉丁语说得和拉丁人一样好，哪个这么聪明的人都不会把一个正往自己身上呕吐的婴儿在头顶举上整整半个小时啊。如果说他一开始大吃一惊，那我可以理解，因为谁也不曾想会被一个穿着女孩衣服的男婴吐一身。不过，如果道格拉斯先生的聪明劲儿真跟大家说的相差不多的话，我觉得他自己就该知道把我伸向窗外。所以我觉得，如果我真的吐了半个小时，那也就只有前五分钟吐在了道格拉斯先生的身

上，而后二十五分钟只会吐到窗外。

关于熊和狼的说法也说不通，因为如果它们每天三次进定居点来吃我吐的东西，这儿可就太不安全了，但是没见哪个大人打发孩子去干杂活儿时表现出过担心的样子啊。

回想起我五六岁的时候，妈妈曾经让我拿只水桶到房后的树林里给她摘一些蓝莓。

这很可能是妈妈认为我是一个懦弱的孩子的原因之一。我记得她一说让我去，我就害怕了，怕得直打哆嗦。

我问道："我一个人去吗？"

她回答说："没多远，伊利亚，我会一直看着你的。"

"可是，妈！碰到那些熊和狼怎么办呢？万一我赶上它们出来吃晚餐可怎么办啊？"

她笑着说道："伊利亚，别傻了。还没你的时候，这附近就没有那种野兽了。"

我反驳说："可是，妈，那为啥大家一直都在对我说，我对道格拉斯先生干的事导致所有的熊和狼都来定居点找吃的？"

她大笑起来，告诉我说，大人的话千万不能都当真。她说："儿子，你心事太重，一些鸡毛蒜皮的小事也会让你烦躁不安。别人告诉你的事，即便是大人对你说的，你也不能全信，要是你学不会这个，那可就有你的苦日子过了。"

奔跑的少年

前一分钟，我那个有头脑的妈妈告诉我说，我得认真对待大人说的一切，后一分钟，她又要我不要相信同样这拨大人对我说的一些事！如果这不让你挠头，那一定是你的脑瓜儿比我的好使！

第三章
CHAPTER THREE
捕鱼的魔法

星期五傍晚,我做完了学校里的功课后,走向马厩去干我的日常杂活儿。我得比往常干得快一些,因为有一大堆人正指望着我给他们带些鱼去。

塞吉先生正在马厩旁耙他的菜地。

"下午好,塞吉先生。"

"哎哟,好,伊利亚。你一动身我总能知道,因为在你到这儿一刻钟前老煎饼就开始兴奋了。"

"我不明白为什么大家都说马和骡子笨,塞吉先生,尤其是老煎饼。它是最聪明的骡子。"

塞吉先生鼻子里哼了一声,似乎觉得我的脑子不正常。

"我说,你来了太好了,小伙子。进去吧,动物们正等着你呢。"

我把马厩里的杂活儿分成两部分,工作部分和享受部分。工作部分是指那些除非有人逼你否则你是不会愿意做的事

情。我先把工作部分做完，比如清理畜栏、铲粪，把粪运到肥料堆，还有给牲口喂料饮水。这得花费不少时间。

第二部分，也就是享受部分，可以分为给动物们梳毛、护理它们的蹄子，以及我最喜欢的部分，通过轰赶牛虻而帮它们过得舒服一些。

之所以我最喜欢这部分，不只是因为这对动物们有好处，还因为我也能从中得到好处。我能抓到用作捕鱼诱饵的牛虻。我想通了，这项工作跟巴克斯顿定居点的信条正好相符："互帮互助，共同提高。"在定居点，我们所有人就是这样互相照应的。我们从不指望什么回报，但是如果我们看到有人需要帮助，大家都会冲上前去帮忙。善行总会结出善果。

我拿了苍蝇拍，把挤奶凳子拉到老煎饼的旁边，然后耐心等待。没多久，一只大号牛虻就落在老煎饼的后蹄子上。

啪嚓！

"可恶！"

我可不是那种经常爆粗口的人，可是有时候粗话会在我意识到不妥之前脱口而出。这句话从我嘴里蹦了出来是因为我的沮丧。我拍牛虻不是为了拍死它们，有时候我有点儿用力过猛了。

我拍牛虻已经有年头了，所以通过牛虻被拍中的声音，

我立马就能分辨出我是否还能用这只牛虻去捕鱼。而啪嚓声在多数情况下都不太妙。

我看向老煎饼的身体下方,发现我是对的。那只牛虻躺在尘埃里,一动也不动,除了从它被拍碎的后半截身体里流淌出来的绿色内脏。

我捏着它的两只翅膀把它捡起来,朝它吹了吹,然后扔进腰上装牛虻的袋子里。

又有两只牛虻落在了老煎饼的身体一侧,这是一个弥补我刚才失误的好机会。我说的失误是指拍得太用力,不是爆粗口。特拉维斯先生告诉我们,一旦犯了爆粗口这种错误,那么就没有任何办法可以弥补了。

我仔仔细细地观察了一番落在老煎饼身上的这两只牛虻。当一对牛虻这么近地落在一起,用不了多久它们就会注意到对方,然后就会无视任何其他东西了。就像它们给彼此下了咒语或者施了魔法,说实话,它们这样时,一下拍两只反倒比只拍一只更容易。

这两只牛虻几乎同时看见了对方,于是不再动弹,想看看到底谁更厉害。

这么做可太不明智了,因为它们谁都没有我的苍蝇拍厉害,而苍蝇拍要对它们造成的危害可比其他牛虻大得多!

啪——嗒!

奔跑的少年

这种响声才是对的!这意味着,我的力道并不足以让它们伤筋动骨,但我还是把它们打蒙了。它们很可能飞不起来了,不过应该还活蹦乱跳的。

我又看向那头骡子的身体下方,它们在呢,翅膀还在嗡嗡响,都在原地转着圈儿,搅起两小团烟尘。

我一把抓起它们,扔进装"活"牛虻的袋子里,和我用来捕大鱼的其他鱼饵放在一起。

牧师会对每个愿意听他说话的人说,世上个头最大、脾气最坏的牛虻就生活在巴克斯顿这儿。他主要是对刚到这儿的那些获得自由的奴隶们说这些话,因为他最喜欢干的事莫过于让他们知道,他和住在巴克斯顿的其他人有多么了不起。不过,说实话,主要还是他有多么了不起。

有一次,七个获得自由的奴隶一起来到定居点,牧师把迎接他们的任务揽到了自己身上。之后其他人发现了他的这种行为,很快就想办法杜绝了这种事情的再次发生。

他告诉那七个新自由人今后的日子会有多么艰难。

"冬天!"他对他们大声说,"即便在你们最可怕的噩梦里也想象不到这儿的冬天有多糟糕。

"53年那年的冬天,冷得连蜡烛上的火苗都被冻住了!就连太阳都被冻在半空中动不了了!直到54年的夏天才解冻,才又开始动起来。整整七个月的时间,全是白天。所以

这儿的牛虻个头超级大,脾气也超级大,因为它们活了两季,而不是通常的一季。"

牧师讲话的时候喜欢挥舞手臂,为了打动这些新人,他真的很卖力气。"那年夏天,我正在地里用骡子犁地……"他说,就凭这句话就能知道他的话有多不靠谱,因为这儿的人谁也不记得什么时候见过他手里拿过骡子的缰绳或任何其他的劳动工具啊。"……这时,突然,有两只牛虻在我的头顶嗡嗡作响,其中一只问另一只:'你说,我们是在这儿就把那头骡子吃了,还是先把它拽进树林里后再吃个精光?'第二只牛虻回答:'就在这儿吃吧。如果把它拽到树林里的话,其他那些完全长成的牛虻会把它抢走的。'"

我是从来没在这儿见过那么大个儿的牛虻,不过这事也可能是真的,因为牧师是个绝顶聪明的人。我只知道,老煎饼湖里的鱼肯定会认为这些牛虻是它们吃过的最好吃的东西。

我打够了牛虻,又检查了一遍马厩,确保已经干完了所有的活儿,就出了马厩,走向塞吉先生。

"都干完了,塞吉先生。"

"伊利亚,你说都干完了,我就不用去检查了。哪个孩子照料马厩都不像你这么让人省心。下次哪天来?"

"星期一,先生。"

奔跑的少年

"好，那么，星期一见啦。"

"好的，先生。先生，我把老煎饼带出去一会儿，行吗？"

每个周五都是这样，他从来没有说过"不"字，不过爸妈总是说，问上一声而不是自己想当然，才是礼貌得体的做法。

"啊，让我想一下啊，孩子，你带那头老骡子出去合不合适呢？"

塞吉先生倚在手里的耙子上，抬头像是在望着天上的云朵。然后他说："我想今晚的赛马确实取消了，伊利亚。好像所有的马，就连叮当男孩和征服者，一听到老煎饼要再次参赛的风声，也都纷纷退出了比赛，觉得自己毫无胜算。所以，你带它出去应该没什么问题。"

塞吉先生一年前才从密西西比来这儿，妈妈说对于他觉得好玩儿的事，我们得持包容的心态，所以每次他开些并不搞笑的玩笑时，我都会笑一笑。

我能看得出来老煎饼渴望出去，但是除非你知道要看什么，不然你就看不出来。它渴望出去的表情和它哪儿也不想去的样子非常相似。

我刚牵着它出了马厩，它就沿着贯通定居点主要区域的大路迅速跑了下去。我知道不用急着去追它，它要去哪儿我心知肚明。它一出马厩就会沿着大路径直走，然后穿过树林

前往大约一年前它第一次带我去的湖边。

我好整以暇地收好工具和手推车,收拾我的牛虻袋、投掷用的石头、我的网篮,还有我用来拴鱼的细绳。

弄好后,我穿过一片田地,在老煎饼刚刚经过卡罗莱娜小姐家时追上了它。我跳到它背上,让它驮着我前往我们的秘密湖泊。

大多数人都不认可,但要是让我选的话,我更爱骑骡子而不是骑马。骑马太颠了,颠得你五脏六腑都会错位,而且要是你抓不住摔下来的话,马背离地面也太高了。

骡子走起路来一点儿也不颠,它们喜欢不慌不忙地走。它们就像摇婴儿床里的婴儿一样轻轻摇晃你。要是你骑骡子的时候没有睡着,你就可以想想事情。换成是马,那你除了祈祷不要掉下去被它的蹄子踩昏之外,什么都想不了。假如你从骡子上摔下去,因为你离地面很近,所以有足够的时间从它的蹄子旁边滚开。像老煎饼这么慢,如果从它身上摔下去,在你担心被它踩着之前都有时间打个盹儿。

我们穿过了定居点,经过了牧师的房子,老煎饼离开大路,拐进了树林。牧师好像不在家。我倒不会停下来去拜访他,只是不久前,他目睹了老天赐我的天赋,就让我跟他一起去见识了一下他用他的神秘手枪练习射击的场景。

就在上个月,当我在阿特拉斯空地扔石块的时候,牧师

奔跑的少年

悄悄走近我。他从一棵树后转了出来说:"我看到的是真的吗,还是我眼花了?"

听口气他非常吃惊,于是我左右看了看,想看看有什么值得大惊小怪的事。

"你看到什么了,先生?"

牧师说:"我看到你了,伊利亚。我看到你正在干的事了,看情形恐怕是在施魔法吧。"

我搞不懂他在说什么。我肯定没做什么可以称之为施魔法的事。

我回答说:"不,先生,我从来不会做施魔法那种事。我只是在扔石头,没干别的。"

他说:"我说的就是这个。我从没见过有谁像你这样扔石头,伊利亚,我得对你说,我挺担心的。我得好好想想这个事,看看这是不是什么东西在作祟。你知道左撇子是落入外物掌控的一个确凿迹象吧?"

我回答说:"不知道,先生!"

他说:"那你可记住喽。跟我来,我要去树林深处练习射击。你带上一些石头。"

我对妈妈说过,我最远也就到阿特拉斯空地这儿,不会去更远的地方,不过既然我是和牧师在一起,所以我觉得跟着他的话应该不会有事的。还有,要是这就意味

着我能见识一下他用他的神秘手枪射击，那就什么也拦不住我啦！

我曾花过很多时间在树林里偷偷穿行，多数都是在夜里，但是我不认识走的这条路。我唯一能确定的是，这是我和库特被警告永远不能来的地方，它通向的地方住着一些不喜欢我们的白人。爸爸对我们说过，这条路上到处都是黑熊和蝙蝠，最可怕的是，有几百万条响尾蛇。

我很庆幸他有一把手枪，因为，实话实说，我知道用石头对付响尾蛇完全没问题，但是要说去对付一头黑熊我就没什么把握了。

我们一定已经走了半个小时了，不过我也不能肯定，因为当你不知道自己去哪儿时，时间过得似乎不像正常情况下那么快。但是随着我们迈出的每一步，我对这片陌生的地方越来越感到失望。

听爸爸警告我的那副口气，我脑海中对这片树林的印象一直是：熊群出没，遮天蔽日；响尾蛇密密麻麻，嘶嘶作响，尾巴摇动发出的声音震耳欲聋。可是我们走了这么长时间，太阳的光线仍然很充足，蛇尾巴摇动的声音我一声也没听到。就连蝙蝠都没见到一只。

终于我们到了另一片空地，他说道："我准备对你进行一些测试，伊利亚，我希望这能证明你没有施魔法，因为

奔跑的少年

假如你果真施了魔法的话，我有责任让大家都知道。"

我拿不准他这么说是什么意思，不过我知道肯定不是什么好事。

他说："我要把这几块木头放在大约二十步远的地方，我想看看你能击中几块。"

我开始心里盘算起来。从二十步远的地方击中一样东西，小菜一碟，可我怀疑是不是应该故意打偏一两次，好让他看不出任何施魔法的迹象。

不过，他太聪明了，想要糊弄他可不容易。他总是告诉我，他忘掉的事都比我知道的多，这不太说得通。不过对我来说，最好还是发挥出真实水平，而不是掖着藏着。

牧师走了二十步，立起五块木头，每个相隔大约三英尺远。

他走回来对我说："我数到五，看你能击中几块。"

我把两块石头放在右手里，三块放在左手里。

牧师扬起了一条眉毛，就好像他从没见过这种架势，然后说道："预备！开始！一……"

我按左、右、左、右、左的顺序扔了出去。

我把五块木头全部砸飞之前，牧师只数到了三。

他看着我，那眼神告诉我他认定了我在施魔法。

牧师什么也没有说，但走回到二十步远的地方。这一次，

他立起了十块木头。

他走回来,从腰间他那精致的手枪皮套里抽出了他的神秘手枪,对我说道:"当我说'开始'的时候,你打右边的五个,我打左边的五个。"

我准备好了石头。

"开始!"

手枪在我身旁发出的巨大声响让我打了一个趔趄,所以第一块木头我没有打中,不过很快就把其余的击倒了。我完事时,牧师只打中了三块木头,正在瞄准第四块。

他停下来看着我,看上去很困惑,然后说道:"我得好好琢磨琢磨这个事了。一方面,这或许是一种施魔法的举动。"他说着伸出了右手,像是期待着什么东西落在上面一样,"另一方面……"他把左手举了出来,"……我们或许正在见证上天恩赐的一种天赋!"

他把两只手合在一起,像是准备祈祷一样。"我还没想好它是魔法还是天赋,不过,不管是什么,一个男孩像你这样扔石头,肯定是反常的。"

没过几天,牧师就让我和大家都知道了,我表演给他看的扔石头本事是上天赐给我的天赋!

他告诉人们说,我的胳膊和眼睛太有准头了,要是我想的话,都可以敲掉瓢虫身上的斑点而不伤及它一根毫毛。

奔跑的少年

他说,我扔出的石块就像从老式前膛枪里射出的弹丸。它击中目标不是最快的,但是一旦击中目标,就会像天女散花一样迸射开来。

我相信我得到了上天恩赐的一种天赋,但这并不意味着我没有不时地对此产生过怀疑。我一直想问问我们学校的老师特拉维斯先生可是在我看来,如果这个本事真是上天赐予的天赋的话,那它就会一直都在,可是对我来说根本不是这样的。这个天赋需要大量的练习,不然它就会消失得无影无踪。

我爸妈对牧师说的话也没太在意。当我把给牧师做表演的事告诉爸爸时,他问道:"为什么老天只选中某些人直接对话?而且为什么总是选那些不信老天爷的人呢?"

▲▽▲

可能我开始打瞌睡了,当老煎饼慢了下来,扎人的灌木挂住了我短靴的时候,我吃了一惊。老煎饼在择路穿过一些蓝莓丛,我知道很快就要到达我们那个秘密湖泊了。

我捕鱼的时候,老煎饼就在这些灌木丛里打发它的时间。

我从它的背上跳下来,走向水边。我绕到湖的另一边,放下两个装牛虻的袋子、手提袋和网篮,脱下我的短靴和

所有的衣服。

我把这个湖分为两个部分。第一个部分是捕鱼区,就是我刚到这里的那一边,长满了香蒲和睡莲叶子。第二个部分就是游泳区,就是我现在待着的地方。

我跳进湖里,冲掉干活儿和骑老煎饼时出的一身汗。我也不知道自己洗了多长时间,不过没过一会儿,我就看见了来自湖的另一边的水花和浪头,知道鱼儿开始觅食了。

我把衣服套回身上,没穿短靴和袜子,拿起我的手提袋、两个腰袋和网篮,回到捕鱼区,就离老煎饼仍在吃蓝莓的地方不远。我能听到它的鼻子喷气声和嘴巴咀嚼声,它吃得正起劲儿。

就在香蒲逐渐变密的地方,有一个用石头捕鱼的理想位置。

我打开装牛虻的袋子,捡出四只穿肠破肚内脏四溢的牛虻,把它们扔到离香蒲不远的那个位置。这会引来那些小鱼,它们会冲撞牛虻,试着把它们拖到水下,进而会引发一阵骚动,而这种骚动会吸引大鱼过来一探究竟。

我变换着位置,直到光线刚好让我能够看清小鱼鳞片的闪光。我把手伸进手提袋,挑出两块趁手的石头,一块拿在右手里,另一块拿在左手里。

接下来,我把手伸进装活牛虻的袋子里,从中抓出两只

奔跑的少年

仍然很能扑腾的牛虻。我把它们扔到捕鱼的位置,其中一只居然还有气力飞一小段距离,但是持续时间不长,很快就啪嗒一声掉进了水里。这两只牛虻不习惯当落汤鸡,开始打着转儿溅着水,在湖面上擦掠。

这些晕头转向的牛虻在水面上这么一扑腾就把小鱼都吓跑了,而把大鱼弄得把持不住。如果一切都按我的预计进行,那么大鱼除了窜出香蒲扑向牛虻之外,别无选择。

我看到小鱼们在一只牛虻周围散去,说时迟那时快,一道似金似银的亮光从睡莲叶子下面射了出来。这很难解释,但是与其说我凭的是视觉,不如说我凭的是感觉。

我左手一扬。

石块、大鱼和牛虻于同一时间同一位置碰到了一起。

假如我说这是完美的一掷,那绝对不是吹牛。我可以这么说,因为要想做到完美的一掷,必须要做到两点。一,你必须砸中鱼,把它砸得马上失去知觉,浮到水面上;二,石头必须从鱼头上弹开,落到足够远的地方,不溅起任何水花,以免吓跑其他大鱼。

这块石头砸中鱼头之后,又在水面上滑过,击打了四次水面,然后就像鸭子捕捉米诺鱼时那样,安静地没入湖里。

我抛出网篮,把鱼捞了上来。

是一条大黑鲈。我用细绳把它系好,然后把它放回水里。

不知为啥，不过那个网篮不会让鱼感到不安，我可以把它一次次地抛到水里去捞鱼，完全不会惊吓到它们。或许是因为鱼不怎么聪明吧。

我知道换做我是鱼，那我对这件事情的看法就会截然不同。要是我看到自己的朋友在追捕一只牛虻时，突然间就漂在水面上不动弹了，而且头上还起了一个大疙瘩，我想那我肯定就没胃口了。即使仍有胃口，我对水面出现的下一只牛虻也肯定不会有什么热情了。我就会用脑子把两件事放到一起盘算盘算，然后选择在湖底找点儿东西当晚餐。

不过我想，如果你爱吃牛虻的话，这倒是很好地证明了你天生就不聪明。

我又砸中了四条大鱼，漏掉了两条，因此砸那两条时，老煎饼停止了咀嚼，打了个奇怪的响鼻儿。我停下来，朝它的方向看去。就我对这头老骡子的了解，我知道它一定是看见什么东西了。有些人有把风放哨的狗，而我有把风放哨的骡子。

它又开始发出嚼吃蓝莓丛的声音，但我知道有什么事不对劲儿。我能看出来，它看见了什么人，而且是它认识的人。

我向蓝莓丛和树丛那边仔仔细细地看过去，但是什么也没看见。

我等了等，然后继续去砸鱼。接下来的五条我漏掉了三

奔跑的少年

条，我知道这是因为我有心事，仍在怀疑老煎饼为啥会发出那种声音。似乎如果你不能全神贯注地砸鱼，你就做不太好。

我试着平心静气，可接下来扔出的五块石头仍然有两块没有砸中。

后来鱼不吃饵了。我总共砸中了七条大黑鲈、三条大金鲈。我在脑子里盘算了一下：四条留给我自己和我爸妈，两条给勒罗伊先生，两条给塞吉先生，而最后两条，我想去和布朗太太做交换，因为我知道她今天正在烤点心。总共加起来是十条。

我先把把活着的倒到一块石头上，剩下的都扔到了水里。如果这些牛虻果真苏醒过来，恢复了知觉，那么它们就不会枉费了性命，有机会飞走了，也算公平吧。

我又想到了它们的可恶，它们都是些吸血的家伙，于是我改变了主意，把它们全都扫到了水里。

我把所有的石头都收到袋子里，开始穿短靴，突然身后传来一个男人低沉有力的声音："这可真叫我大开眼界啊！"

我猛地转过身来，同时握住一块石头，准备砸向那个偷偷靠近我的人，管他是谁呢。

我的左臂已经抡起，那个男人举起双手，说道："别砸！

是我!"

原来是牧师。

我的呼吸恢复了顺畅,说道:"非常抱歉,先生。我还以为这儿没人呢。"

牧师走出灌木丛,说道:"你像那样用石头砸到多少条鱼啊,伊利亚?"

我把细绳从水里拉出来给他看。

他说:"我的乖乖!这孩子不用鱼线和鱼钩就能捕鱼!用石头砸鱼脑袋!这倒真的证实了一点,伊利亚。你有上天赐予的一种罕见的天赋!不过,你不是把两条鱼变成够几千人吃的食物,伊利亚,你是把石头变成了鱼!或许把水变成酒更了不起,也更实用,不过不管怎样,你的本事也很不赖。"

牧师把手放在我的前额上说:"我一直在想我们怎样才能充分地利用这种天赋,伊利亚,我想我们可以用它做点儿什么来帮助整个定居点。你确实想帮助定居点,对吧?"

牧师这么说就怪了。他并不住在定居点里,他和少数几个别的逃出来的人住在定居点外面,因为他们不想遵守定居点里的所有规矩。

我说:"是的,先生,我想帮助定居点,可要怎么……"

牧师说:"先别浪费时间想了。我只想知道你愿不愿意帮忙,我看得出来你是一个好小伙子,我本来就这么认为,我

奔跑的少年

们一起想主意吧。"

我说:"好的,先生,可是我在想……"

牧师举起一只手说道:"你知道吗,伊利亚?我得到了启示,既然老天给了你这种天赋,我就应当对你略表敬意。我不会再拿你当孩子一样对待了,而应该拿你像男子汉一样对待,你就是一个男子汉。"

爸爸说,当有人这样对你甜言蜜语时,就得格外小心他们接下来要说的话了。他说,甜言蜜语就像响尾蛇发出的"格格"声,就像你正在被警告,要挨咬了。

牧师说:"所以我就在想,既然你算是已经长大成人了,或许你愿意跟我一起去看看你用手枪射击的准头是不是跟扔石头一样厉害?我不久前答应过你,我没忘。"

牧师向后一掀他的西装,给我看了看他那把精致的手枪。

我脑子里那些关于响尾蛇、甜言蜜语和被蛇咬的种种想法都飞到九霄云外了!

这时我想起了上次的事,等轮到我拿起手枪射击时,牧师说他已经把子弹打光了。

我说:"你不是在逗我吧,先生?我这次真的可以射击吗?"

他露出一副很受伤的样子。

他说:"伊利亚,我在和你进行男子汉之间的对话,你竟然怀疑我?"

我说:"不,先生,我只是没想到……"

牧师打断我的话:"那好!我们到那个空地去练打靶吧。"

我说:"好的,先生!"

可是话刚一出口,我心里就盘算开了:要是老煎饼不想往远走怎么办;万一被爸妈知道了我用牧师的神秘手枪射击了怎么办;我该怎么向妈妈解释我回去得这么晚呢?而且,大家还都指望我给他们带鱼回去呢。

我对牧师说:"先生,我认为我现在不能去,我得回去。妈妈等着我带鱼回家做晚饭呢,天也有点儿晚了。"

牧师说:"你说得对,伊利亚。你说得对,这证明了我的看法,你不再是小孩子了。你的所作所为体现出了责任感。我们可以改天再用这把枪射击。现在你马上回去,把这些鱼带给你妈妈。"

牧师停顿了一小会儿,然后又说:"三个人这么多鱼,似乎也太多了吧。我很纳闷,你们家准备把这十条鱼都吃了吗?"

"不是的,先生。通常我会给塞吉先生一些,给勒罗伊先生一些。"

奔跑的少年

他说:"这是善行。我还想知道,伊利业,我们都要交税,你知道吗?"

"知道,先生,特拉维斯先生在学校里教过我们。就是把你所有财物的十分之一奉献出去。"

他说:"你觉得那些鱼的十分之一是几条?三条,还是四条?"

牧师或许自以为是巴克斯顿最有学问的人,但是他的分数计算似乎糟糕得很。

我告诉他说:"不对,先生,这些鱼的十分之一是一条。"

"没错,如果你是按鱼的数量算的话,但是我想的是按鱼的年龄算。来,让我握着这两根细绳。"

我把所有的鱼都递给他。

他说:"你很会算加法,对不对?"

我回道:"还算好吧,只要不牵扯到几何。"

他开始指着每条鱼说出数字,让我算出总数。

"这条大约十四岁了,这条十二岁,这条刚满八岁,这条……"

这真是最让人惊奇的事了。有些鱼他得看看它们的嘴才能知道年龄,而有些鱼他只要拿起来就能说出年龄。可是不管怎样,牧师知道每一条鱼的年龄。到他数完所有鱼的时候,我已经加到了一百二十二岁!

"那么,一百二十二的十分之一是多少,伊利亚?"

我移动了小数点,既没用铅笔,也没用纸,然后回答说:"一百二十二年的十分之一是十二个整年,再加一年的十分之二,先生。"

牧师从细绳上拽下两条最大的黑鲈和一条最大的金鲈,然后说道:"这条金鲈是十岁,而这些黑鲈每条都是一岁。那是多少岁?"

"十加二等于十二岁,先生。"

"那么,还剩下多少?"

"一年的十分之二,先生。"

"那等于多长时间?"

我猜测着说:"大约两个月多一点儿吧,先生。"

他把第二大的黑鲈从细绳上取了下来,说道:"我在想该不该加上这一条,因为它只有一个半月大,不过也算接近两个月了,可以凑个零头。我还是留着它吧。"

虽然我不想表示任何不敬,可还是禁不住皱起了眉头。我一开始有十条鱼,现在成了六条,尽管我在学校里的成绩不是很好,可是要让十的十分之一变成四,还真得靠可恶的骗子代数和滑头几何才行。

牧师把四条鱼系在一根绳子上,然后说道:"我要去拜访卡罗莱娜姐妹,看看她最近吃没吃过鱼。或许她可以煎了

奔跑的少年

它们。"

然后他就不见了。

跟他一起不见的还有四条鱼,而我想破脑袋也想不明白那是十的十分之一。

第四章
CHAPTER FOUR
疯狂的故事

我把所有捕鱼工具都装了起来，把系鱼的细绳搭在老煎饼的屁股上，然后骑着它回马厩。

老煎饼平稳地摇晃着，所以没过多久我就在想是该睡觉还是该想事了。想事的念头占了上风，因为我仍然在为只剩下六条鱼而感到心疼。我实在想不通牧师是怎么做到的，但是这种捐税勾当有股下作的味道，臭不可闻。这又让我想到牧师做过的许多事情都不对。

有一次，我听到爸爸说牧师是具有尊崇地位的人，当时他不知道我在听。我没法问他那是什么意思，不然他就知道我在偷听大人谈话了，不过我能明白那不是什么好事。

接着，牧师做过的许多其他事都涌进了我的脑海里。比如他再次答应让我用他那把神秘的手枪射击。我们之前出去过两次，可我连那把枪都没摸过。第一次出去，当轮到我射击时，他用光了子弹。第二次出去，他没让我用那把镀银的

奔跑的少年

手枪,而是给了我一把生了锈的破手枪。那把破手枪射了两下就变得非常烫,把我的手弄得生疼,我就把它扔到了地上。

这反倒让我更想用那把神秘的手枪射击了。

对于那把手枪的来历,大家做了很多猜测,但是那是唯一一件牧师不愿意大谈特谈的事。当他最终告诉了波莱特先生时,我感到极其失望,因为他没有像往常那样讲个有趣而夸张的故事,而是讲个了随便哪个笨孩子都会讲的故事。他说是在树林里捡的。这太让我失望了,因为如果牧师用点儿心的话,我知道他会讲个刺激得多的故事。

那把手枪第一次出现在他手里时,大约是在三年前,那时我大约八岁。这件事我记得一清二楚,因为跟抓捕奴隶的人最后一次来我们巴克斯顿那件事紧密相关。

我们上拉丁语课的时候,布朗先生来了,他敲了敲教室的门,把盖斯特太太叫到外面。当她回来时,我变得烦躁不安起来,因为尽管她努力保持心平气和,不想吓到我们,可我看到了她眼里的不安,看到了她讲话时绞在一起的双手,我就知道出大事了。

她说:"孩子们,今天其他的课程我们过后再上。我要你们所有人都把作业记下来,把书本收起来。然后,我要罗德尼·威尔斯、艾玛、巴斯特和扎卡里安静地在门口排好队。基克诺斯韦、詹姆斯、艾丽斯、阿利斯泰尔和博尼塔,你们

几个马上离开,直接回家。"

除了我,几乎所有人都大笑起来,怪态百出,以为这是好事,但是我明白,若不是要发生或已经发生了极坏的事,大人们是不会给我们提前放学的。还有,为什么盖斯特太太会把所有白人孩子和印第安孩子就这样直接打发回家了呢?

我透过窗户迅速朝西边看了一眼,天是蓝的,阳光明媚。这意味着不是要变天了。这意味着是最糟糕的事,是和人有关的事。

又有敲门声,布朗先生探头进来问道:"准备好了?"

盖斯特太太告诉他"好了",然后对我们说:"你们会四人一组被带回家。住得离学校最远的先走。你们的父母已经从地里被叫回来了,在家等着你们呢。他们会和你们解释怎么回事。我不回答任何问题,也不允许你们发出任何动静。在男衣帽间靠墙排队坐好,远离窗户。我让你们走时再走。什么都不用担心。"

现在就连脑子不是特别灵光的孩子也开始紧张起来。没有什么比老师告诉你的不该担心的事更让人担心了,而且我们都知道,什么事都不能让大人们放下地里的活儿早早收工。

盖斯特太太打开门,小罗德尼、艾玛、巴斯特和扎卡里跟在她和布朗先生后面走了出去。盖斯特太太又把脑袋探回衣帽间说道:"我就在外面。你们不许讲话,也不许走动。"

奔跑的少年

门一在她后面关上,悉尼·普林斯就小声说道:"我想知道出了什么事。今天这事真古怪。"

库特小声地回应道:"不管是什么事,你该庆幸艾玛·柯林斯走了。不然她肯定已经向盖斯特太太报告了你在这儿说话。"

悉尼不服气地说:"喂,你也在说话,库特。"

库特说:"那不算数,我只是想……"

菲利普·怀斯插嘴说:"你们两个都闭嘴。我知道是什么事。"

除了我,大家都问:"什么事?"

菲利普指着我说:"是因为他。"

我的火儿腾的就上来了。我和菲利普几乎在所有事上都弄不到一块儿去。

他说:"弗雷德里克·道格拉斯眼下正在查塔姆,他告诉大人们他不来访问巴克斯顿了,除非把伊利亚和所有婴儿都关起来。他说再被婴儿吐一身,想一想都受不了。"

大部分人都笑了起来,但是库特却说:"菲利普·怀斯,你就是个傻子。大家都知道你就是嫉妒,因为伊利亚是巴克斯顿第一个生而自由的孩子,你只不过是第三个。连艾玛·柯林斯都排在你前面!"

菲利普刚要反唇相击,但这时门又开了。

盖斯特太太把菲利普、库特、悉尼和大罗得尼叫到一起，然后带他们离开了。我是最后一批走的。一到外面，我就发现自己的害怕不无道理。布朗先生和勒罗伊先生正站在学校的两头，端着双筒猎枪环顾着四周，严阵以待，如临大敌！

假如看见枪还不够吓人的话，那么我听到的声音可就太可怕了。定居点静得就像每天天黑之前的那几分钟。你听不到砍树的声音，听不到赶骡马加把劲儿的声音，也听不到大路上的声音。你听不到那台十五马力的大机器转动磨坊的声音，也听不到锯木厂里砰砰的响声。就连勒罗伊先生的斧头声都听不到！

能听到的只有鸟儿的叫声，做梦都想不到鸟叫声竟然会让人如此胆战心惊，但它们就是那样自顾自地唱着。

爸爸和邻居海盖特先生都拿着来复枪，告诉我们排队走。

我立刻就知道是怎么一回事了。我知道只有在一种情况下才会让白人孩子和印第安孩子不用大人看护自己离开。我问："爸，这儿有抓奴隶的人，是吗？所以每个人才都带着枪？"

爸爸说："不用紧张，儿子。我们只是出于谨慎。具体情况谁都还不敢肯定呢。"

爸爸告诉我，住在查塔姆的一个定居点的朋友气喘吁吁地骑着马来报信说，有两个无赖带着手枪、镣铐和锁链，四

奔跑的少年

处打听到巴克斯顿怎么走最近。

我们的目光越过田野,望向树林的边缘,担心绑架者窜出来开火,把谁抓回去当奴隶。

在离家不远的地方,牧师跑向我们,手里拿着一把去掉手柄的长而锋利的镰刀。他对爸爸说:"我听说他们有两个人。我要查看一下南边。"

爸爸说:"等一下,泽弗,他们是从北边的查塔姆过来的,也就是说,他们会从北边过来。还有,你不该没带枪就过去,应该让一个带枪的人跟你一起去。"

牧师说:"如果换成是我的话,我就绕到南边。你们都去北边吧。我不会有事的。那片树林可是我的地盘儿,我对那儿了如指掌。"

然后他就朝南边跑去了。

这通折腾没啥结果。最糟的事就是当我们回到学校时,有两倍多的拉丁动词需要学习。

接下来的几天里牧师一直不见踪影,确实引起了一些人的担心,不过大家都知道他一直都是神龙见首不见尾的,所以也就没人对此事太过上心。

两天后的夜晚,我踮着脚尖走出卧室,在墙角眯着眼睛探头看了一眼客厅,想看看爸妈睡没睡,没点蜡烛,灯也没开。我又顺着楼梯抬头看他们的卧室,也是黑着的。我向上

走了几步,听到爸爸在打呼噜,他们肯定都睡着了。

我脱掉睡衣,穿上衣服,然后从卧室窗户爬出来,落到地上。我等了一小会儿,以确定没有惊扰到什么,然后穿过菜地,跑向树林。

我刚进树林,还没走出十码远,突然间我的心脏停止了跳动,浑身变得冰凉。有一个又高又白的东西,慢慢地从林木间走了出来。

我的反应就像我又要变得懦弱了,不过没过多久我就看清了,那只是一匹马,一匹陌生的马。没过多久我就跑回家,从窗户跳进了我的卧室。

我换上睡衣,跑上通向爸妈房间的楼梯。我大声喊道:"爸?"

由于缉奴的无赖还在附近转悠,而且牧师也有一段时间不见踪影了,大家都还有点儿提心吊胆,所以爸妈立即就从床上跳了起来!

我对他们说:"我睡不着觉,正从窗户往外看,就看见了一匹马从树林里出来了!"

爸爸问:"是有人吗?"

"不是,爸爸,马上没人。"

爸爸问:"是我们这儿的马吗?你觉得是谁没关好马厩吗?"

我告诉他说:"不,那是匹高大的白色种马,有马鞍,跟

奔跑的少年

我们这儿的一点儿也不像。"

爸爸匆忙抓起裤子穿上,跑下楼梯,拿起一个火把和他的来复枪,光着脚跑到外面。

他没说不让我跟着,所以我就紧跟在了他的后面。

爸爸点燃了火把,我们开始搜索那匹马的踪迹。爸爸发现了马蹄印,我们在大路上找到了它。

那匹马在海盖特家前面停了下来。它的头斜着伸过海盖特家的尖桩篱栅,正在大口嚼着鲜花,把海盖特太太的大部分黑眼菊花都给连根拔了。

爸爸把来复枪和火把递给我,然后慢慢地朝那匹马走去。他一边拍着马的脖子,一边说着:"好啦,小子。现在好啦!"

那匹马翻了翻白眼,不过似乎并不在意,所以爸爸捡起缰绳,把它牵出了花园。

我指着马的屁股和大腿喊道:"爸!你看!它受伤了!"

那匹马的身体右侧有一大片干了的血迹。

爸爸仔仔细细地检查了一遍。他甚至把马鞍都拿了下来,然后说道:"不是它的,不过这血可真没少流啊。"

爸爸把马的缰绳交给我,然后走到海盖特先生的门前,大声地敲了起来。

海盖特先生的窗户升了起来,他的滑膛枪伸了出来。

"是谁?"

ELIJAH
OF
BUXTON

"是我，西奥多。快出来。你院里有一匹没人骑的马。可能是什么人在什么地方摔下来了。"

爸爸和海盖特先生把大家都叫了起来，他们点起火把，四处搜索，却毫无收获，什么人也没找到。

海盖特先生的手在锯木厂受了伤而没法工作，所以第二天一早就由他把马和马鞍带给查塔姆的警长，以免别人说是我们偷的。附近有些白人总想让定居点的人为所有的坏事背锅，我们不想自找麻烦。

三天后，牧师再次露面时，就带上了精致的枪套和那把神秘手枪。过了一段时间，他告诉波莱特先生，他是在离河不远的树林里捡的。他说，他去了查塔姆，看看这把枪是不是那儿的什么人的，但并不是，于是他就占为己有了。

大家都不太相信牧师说的。人们都说，没准你能捡到一把敌人从马鞍或外套或枪套里掉出来的手枪，但是没有可能连枪带枪套一起被你捡到。人们说，要想让一个敌人跟他的手枪和枪套分开，唯一的办法就是趁他在棺材里安息时从他身边拿走。

妈妈说，做过奴隶的人都喜欢聊天，她说的没错，因为不久之后，大家就开始添油加醋，把那匹马到巴克斯顿来的原因说得离奇古怪。大家纷纷传言，说是牧师偷袭了那两个敌人，用他那把镰刀割开了他们的喉咙，把他们大卸八块，

奔跑的少年

然后扔进了伊利湖里。

人们说,一直有一对双胞胎骑着两匹白色种马在查塔姆晃荡,带着两把精美绝伦的手枪,珍珠枪柄,镀银枪身,跟牧师捡到的那把一模一样。人们说,在牧师杀死那两个人的时候,其中一匹马受到惊吓逃跑了,就是在定居点游荡的那匹。他们说,牧师就骑着另一匹白色种马去了多伦多,在那儿的市场上卖掉了那匹马和另一把手枪。

我觉得这都是无稽之谈,胡编乱造。

照我看,如果牧师是从他们那儿弄到的手枪,他怎么只说捡到了一把,而不是两把?

这说不通,根本说不通。这是个数学问题,其实我并不想这么说,但在我看来,如果他喜欢炫耀捡到了一把手枪,那他会双倍喜欢炫耀捡到了两把手枪。而且谁都知道,要想让牧师憋住那么刺激的一个故事不对别人说,简直是不可能的。

第五章
CHAPTER FIVE
分鱼

等我和老煎饼回到马厩时,塞吉先生已经把所有东西都关起来回家了。这对我来说倒挺好。我一直想把砸到的鱼给他两条,为他让我带老煎饼出去说声"真心感谢",可是牧师把我砸到的鱼拿走了一小半儿,我都没有富裕的鱼给塞吉先生了。

我把老煎饼牵回它的栏位,关上马厩的门,然后开始往家走。

干完活儿、收拾干净、吃过晚饭的人纷纷从自家门廊上向我挥手,或喊话。

沃勒先生叫道:"晚上好,伊利亚。你这小身板拿那么多鱼也太沉了吧。会把你身上的什么零件压爆的,说不上哪天等你想用的时候就没得用了。干嘛不给自己减轻些负担呢,孩子,放我这儿两三条呗?"

我对他说:"晚上好,沃勒先生,可是我觉得它们不沉啊。

奔跑的少年

你一定是忘了我有多壮了吧。还记得我帮你搬那些石头时,你还对我说从来没见过力气像我这么大的男孩呢。"

他回答说:"确实记得,伊利亚,确实记得。不过周五晚上尝一口煎鱼对我也没什么坏处,是吧?"

我说:"一点儿坏处都没有,先生,可是我都已经答应勒罗伊先生要给他两条了,而且我还要用这条大金鲈和一个人换点儿东西。"

他说:"那你下次可要想着我点儿啊,孩子。"

"好的,先生,我会的。"

又走了一段路,邓肯大小姐和邓肯二小姐一起对我说:"晚上好,伊利亚,看起来收获不小啊。"

"是的,女士们。"

又走了没多远,布朗太太从她的摇椅上站起来,朝我挥动她的手帕,嘴里喊着:"哟——嚯!伊利亚·弗里曼!哟——嚯!我可是一直在等你哟,小伙子。"

我说:"晚上好,布朗太太。"

"我刚烤了三张樱桃馅饼,伊利亚,布朗先生对我说他一直特想吃金鲈。你觉得一块馅饼值一条金鲈吗?"

我回答说:"值,太太。我本来可以给你两条,可是我不得不交点儿税,不得不食言了。"

她说:"一条就行,你也知道,我除了鲶鱼什么鱼都不爱吃。"

ELIJAH
OF
BUXTON

　　我用石头从来都没砸中过鲶鱼。鲶鱼一定是最聪明的鱼，似乎只有它们和鲤鱼能把石头和牛虻两者联系在一起，认定这两样东西一起出现准没好事。它们打死也不离开水底。

　　我走上布朗太太的门廊。她总是穿黑衣服，很少见她心情像今天这样好。她唯一的孩子，一个两岁大的男孩，两年前发烧死了，从那以后，布朗太太就像着了魔一样。

　　要是你在大半夜本该睡觉的时候偷偷去树林里溜达，当你穿过树林看到她斜靠在树上，一边哼着催眠曲一边用胳膊抱着自己来来回回地摇晃时，你会吓一大跳。

　　不过，最吓人的是，当你在月光下走过树林，会碰上她蹲在地上，在地上的一个毫不起眼的地方扒土，那个地方和树林里的其他地方没有任何区别。但那个特别的地方像是在召唤着布朗太太，让她徒手去扒土。她会一直扒，直到除了硬地再无他物。

　　其他时候，比如像今天这样，你看不出她有什么糟心事。除了只穿黑衣服之外，她就和我一样精神正常。她告诉我妈，在主赐给她另一个孩子之前，她不会再穿带颜色的衣服了，可是巴克斯顿的接生婆和查塔姆的医生都说，绝无可能了。

　　有人说布朗太太脑子短路了，可是除了夜晚在树林里吓

奔跑的少年

我之外，她一直对我特别好。而且谁都知道，定居点里谁烤东西都没她烤得好。

我这么说，并非想对妈妈的厨艺表示不敬。妈妈煎的鱼还算好吃，做的素菜也不太难吃，可她什么都不会烤。要是我带着一块布朗太太烤的馅饼出现在爸爸面前，他甭提多高兴了。他从来不会让妈妈知道，不过要是他认为妈妈听不到或者看不见时，就会给我几个大大的拥抱，抱着我在房间里转圈儿，开心得直蹦。

布朗太太打开前门，对我说："进来吧，挑一块馅饼吧，喜欢哪块拿哪块，伊利亚。"

我一边说着"谢谢你，太太"，一边脱下我的短靴，把它们挨着捕鱼工具丢在门廊上。

她的房子里全是馅饼的香味，你一进门，就会不由自主地鼻孔大张，仰头闭目，尽力吸气。

我站定身形，狠狠吸了两口。我很久以前就发现了，当你闻到好闻的味道时，你只能在一开始那两三下闻到它，之后你的鼻子就不再关注它了。我不想动，或干别的，这样我就可以在鼻子提醒我正拿着六条死鱼之前，好好享受这股香味了。

在我闻第四下时，闻到的鱼味就和馅饼味一样多了，于是我睁开眼睛，开始正常呼吸。

布朗太太笑眯眯地看着我。

我对她回以微笑。"真好闻,布朗太太。"

"不是我自夸,但你也知道,它们吃起来比闻起来更香,伊利亚。到厨房里来,挑一块吧。"

我们穿过她家的客厅。定居点的一条规矩是,所有的房子外表看起来必须差不多一样。必须都得有一个门廊、一个尖桩篱栅和一个房前花园,离马路必须十步远,分毫不能差。只有在你走进房子后,才能看出每家每户布置上的差别。

布朗夫妇家的客厅里没有什么东西。我们家客厅摆放带有桌布和花瓶的饭桌以及几把椅子的地方,他们却只放了一张空着的蓝色婴儿床,床的一角有一条陈旧的白色床单。我们家客厅用定居点砖厂的砖砌成大壁炉和壁炉架的地方,他们也有一个壁炉,不过是用黏土和石头垒的。我们家的是爸爸请勒罗伊先生铺设的枫木地板,他们家也有地板,不过是粗糙的松木地板。他们的房子只有一层,而我们的有两层。他们两三年前刚从美国来这儿,现在仍然在打拼。

布朗一家在厨房吃饭,所以他们把餐桌摆在了那里。妈妈告诉我,许多做过奴隶的人没办法改变只在厨房吃饭的习惯,所以在定居点,很多人把客厅用来做其他事,而不是吃饭。

布朗太太把馅饼放在离后窗户不远的饭桌上。

奔跑的少年

由于我只能给她一条金鲈,所以我挑了块最小的馅饼,然后把鱼从细绳子上解下来,丢进一个大盆里。

她说:"真是谢谢你啦,伊利亚。等布朗先生回到家发现有金鲈时,肯定会很惊喜的。"

我拿了馅饼,烤盘还是温热的!我说:"谢谢你,布朗太太。爸爸也会感到惊喜的。"

我来到布朗太太家的后门廊上,给鱼刮鳞,收拾干净。我把内脏留在盆里,布朗太太会用来给花园上肥。

我回到厨房里,对布朗太太说:"我明天把烤盘给你送回来,布朗太太。"

"不急,反正下周三之前我也不烤东西,所以你有的是时间。替我向你妈妈问好。"

"好的,太太。"

我拿上五条鱼、我的捕鱼工具和我的馅饼,继续往家走。

我边走边盘算怎么分这最后五条鱼。如果我少吃点儿的话,三条足够我和我爸妈吃了,所以我还可以像承诺的那样,送给勒罗伊先生两条鱼。

我一到家就把这五条鱼收拾好,妈妈把它们煎好。吃完后,我要把勒罗伊先生的那份给他送去。他总是加班加点儿地干活儿,总是最后一个收工。他总是很晚才吃饭。

要想找到勒罗伊先生很简单。你只需留意他的斧头声就

行了。

每天这个时候，暮色初显的时候，勒罗伊先生的斧头声如约而至，人们都习以为常了，以至于爸爸都说它成了背景的一部分，除非你注意去听，或是它突然停下来，否则你都注意不到它。

这就跟在河边时一样，除非癞蛤蟆突然闭嘴，不然你是不会留意它们的叫声的。于是你会想："这些癞蛤蟆真够吵的，之前我怎么没注意到呢？"

洗漱完之后，我到门廊上告诉爸妈，我要去给勒罗伊先生送鱼。

妈妈手里的毛线活儿就没停过。她从眼镜的上方看过来，说："别在外面待太久，伊利亚。要是和勒罗伊先生一起干活儿会影响到你早起干活儿，你知道怎么做取舍，对吧？"

"知道，妈妈。"

爸爸不像妈妈，他说话时会停下手头削木头的活儿。他说话时不削木头，什么都不做，因为有一次，当他说起从前在肯塔基的时候干活儿有多累时，差点儿削掉了自己的小手指。那根小手指到现在仍然不太好用，不过至少它还在。勒罗伊先生的一根手指就只剩一小截了。

爸爸问道："你明天准备和他一起干活儿？"

"是的，爸爸。"

奔跑的少年

"好孩子。星期日我要帮霍尔顿太太弄她剩下的那些树桩,需要你和库特一起过去。"

"好的。"

妈妈已经把给勒罗伊先生的鱼煎好了,她用一块布盖着盛鱼的盘子,我端着盘子沿着大路走下去。我刚走了一小会儿,就听到勒罗伊先生在南边砍树的声音。他在南边霍尔顿太太的地里。妈妈称霍尔顿太太为一个不幸者。在他们逃亡的时候,她的丈夫生病倒了,被抓了回去,不过她和她的两个小女儿跑了出来。

霍尔顿太太到巴克斯顿时,衣服里缝着很多块金子,她在定居点南边买了五十英亩地。她是个远近闻名、家喻户晓的人物,因为据说在这儿的三百户居民里,她是唯一不用借钱就能得到土地的人。她都是现金付款,不需要信贷!

大家一直都在猜测霍尔顿太太到底趁多少钱。她不爱到处炫耀,不过大家都说,哪个不用贷款就能买下五十英亩地的人肯定都像奴隶主一样富有。

如果你在定居点这儿买地,不管你有多少金子,有些规矩你都得遵守,其中一条就是你得自己清理你那五十英亩地,并沿着你的地产和马路挖排水沟。

霍尔顿太太的女儿们年纪太小,干不了沉重的伐木工作,而现在正是一年当中大家从早忙到晚的时节,既没时间也没

多余的精力去砍树开荒，所以她就雇佣勒罗伊先生帮她清理土地、挖排水沟。他总是找额外的活儿干，因为他要攒够钱把老婆孩子赎出来。这让他和霍尔顿太太成了一个黄金组合。

勒罗伊先生很高兴，因为自打霍尔顿太太和她的孩子们来到巴克斯顿之后，他就再不用到北边查塔姆那儿的农场打工了，而霍尔顿太太也很高兴，因为在她丈夫逃出来之前，她需要有个人在家里帮她干重体力活儿。

勒罗伊先生几乎凭借一己之力就给霍尔顿太太建好了房子，而且由于他是定居点里最好的木匠，霍尔顿太太还雇他在房子外面的每个地方都立上各种别致花哨的带有装饰品和雕刻花饰的柱子和立杆。霍尔顿太太把能记起或想起的东西画出来，勒罗伊先生很快就能用木头把它做出来。

勒罗伊先生干的这些活儿，使得大家都说霍尔顿太太要在今年的巴克斯顿最美之家大赛中获胜了。这对我们隔壁的邻居海盖特太太可不太妙，因为她已经连续五年赢得了这个大赛，她不太喜欢别人盯着自己志在必得的奖项。

我来到霍尔顿太太家，敲了敲门以示尊重。

"晚上好，伊利亚。"

"晚上好，霍尔顿太太。"

"跟着声音走。他在后面呢。"

"谢谢你，霍尔顿太太。妈妈让我替她向你问好。"

奔跑的少年

"也替我向你爸妈问好。"

"好的，太太。"

勒罗伊先生在伐树时，有一种韵律。从大约一英里外听起来就像一个人正在演奏，你听到一种稳定而规律的"笃笃"声朝着你滚来，就像随风而至。那是斧头砍进树里的声音。

一旦当你靠近一些时，那声音听起来就开始像两个人在演奏啦，你能听到勒罗伊先生发出的"哧哧"声！那是他砍中树后从身体里挤压出来的呼吸声。

如果你靠得足够近，都能看清勒罗伊先生挥汗如雨的话，那么声音听起来就像又有个人加入了进来，你能听到一种"哄哄"声。那不是别的，而是他准备再次挥起斧头前的吸气声。

假如你最终近到开始担心他抡起的斧头或是四处飞溅的木屑会砸中你的地步，那么你会听到"咔咔"声。那是他把斧头从树上拔出来的声音。

勒罗伊先生活儿干得越苦、越长，他发出的声音就越有规律、越像音乐。所以，一开始声音听起来像是"笃！哧，哄，咔，笃！哧，哄，咔，笃！哧，哄，咔"。

可是，一旦他干了一会儿之后，他的斧头挥舞得越来越快，到后来那声音听起来就像"笃！哧哄咔笃！哧哄咔笃！

咔哄咔……"于是他就从乐器变成了机器,牧师就是这样评价勒罗伊先生的。他说他听到过勒罗伊先生的心脏在胸腔里跳动的声音,那声音听起来不像来自血肉之躯,那砰砰的声音就像是纯金属发出的!

勒罗伊先生看到我,又发出了一次"笃!咔哄"的声音,然后把斧头留在树上。

他歇了一小会儿平抚一下气息,然后对我说:"晚上好,伊利亚。"

"晚上好,先生。"

"到时间了,是吗?"

"是的,先生。"

"我都没注意太阳正在落山。"

勒罗伊先生从工装裤的口袋里掏出一块布,擦了擦头上的汗珠。不过这完全是浪费时间,因为那块布刚一离开他的脸颊,汗珠马上就又冒了回来,满脸都是。他揉了揉左肘和左臂,问我:"这次捕鱼运气好吗?"

"好,先生。"

"真要谢谢你还惦记着我,孩子。"

勒罗伊先生坐在一个树桩上,而我则坐在边上的一个树桩上。他从总放在田里的水罐里喝了一通水,把盘子上的那块布扯掉,里面是妈妈为他煎的鱼。妈妈还在盘子里放

奔跑的少年

了一些秋葵、土豆、蒲公英嫩叶和布朗太太烤的一大块樱桃馅饼。

勒罗伊先生说:"你一定要代我谢谢你妈妈,伊利亚。你们两个真是太好了。"

走这么远的路给勒罗伊先生送一盘吃的很值,因为做什么都比不上看他吃鱼更吓人或者说更好玩。勒罗伊先生不浪费任何东西,所以他把每一块都吃掉!鱼鳍和骨头对他来说不在话下。哎呀,我敢说要是我把这些鱼的鱼鳞和内脏也留着的话,他也会吃得一干二净的。

鱼骨头在他嘴里吱嘎作响,就像干玉米在磨里发出的声音。

我问他:"勒罗伊先生,你从来没让鱼骨头卡过吗?"

他回答说:"如果你把它们嚼得很烂,怎么会被卡着?"

"我说不好,先生。每次我都拼命把鱼刺全都挑出来,可是只要有一根没挑出来,好像它成心就要卡在我的喉咙里。我都要放弃吃鱼的念头了。"

勒罗伊先生一边不停地嚼着,一边说道:"吃鱼就像生活中的其他事一样,伊利亚。如果你在做的时候就指望什么坏事会发生,那你就会把那件坏事招来。做什么事都不能畏惧,你在做的时候得指望着会有好事发生。如果我担心骨头会卡着我,那我每次吃鱼都会被卡着。想什么就会

奔跑的少年

来什么。"

鱼骨头在他嘴里噼噼啪啪地响着,就像干树枝一样。

勒罗伊先生吃完了妈妈给他准备的蔬菜和馅饼,把盘子递还给我。

"你一定要代我谢谢你爸妈,伊利亚。告诉你妈妈我很感谢她惦记着我。

"现在我们得快点儿了,还有很多活儿要干呢。"

第六章
CHAPTER SIX
黑板上的字

好像这不公平，不过今年伊始，特拉维斯先生就一直既教我们平日学校的课程，也教我们学校的课程。这就意味着，这个人就像一只蜱虫一样叮上了你，走到哪儿都摆脱不掉。而最大的问题是，假如他要认定你在平日学校里不是特别聪明的话，那等到星期日上课的时候，你根本就没有翻盘的机会。

盖斯特太太、尼达姆太太在教我们时，要想糊弄她们当中至少一个人让她觉得你很聪明，还是有机会的。可是现在特拉维斯先生一个人管着一切，你就彻底完蛋了。

他还把全部课程混在一起教，他在这个地方教另一个地方的课程，你都分不清哪个是哪个，这就更不公平了。我知道不应该这样。

我并不想对教书育人或辛勤园丁不敬，可是我上特拉维斯先生的课已经够多的了，已经知道光在教室里受教育是不

奔跑的少年

管用的。这倒不是说他不能将一些东西灌输到你脑子里,因为他能。不过,不管你是否一辈子都在学什么东西,但如果没有亲身经历的话,你学的东西根本就不牢靠。

最近特拉维斯先生一直在对我们进行连续的打击,这最能说明这个问题了。这件事的起因是库特·比克斯比冒犯了特拉维斯先生,当时库特并没有意识到,他也不是有意的。

星期一那天在上课铃响之前,我来到学校,库特正在等我。他正坐在学校前面的台阶上,非常烦躁地扭来扭去,看起来就像热锅上的蚂蚁。他心里一定有什么兴奋、开心的事。

我打招呼说:"早,库特。"

"早,伊利亚!"

他跳下台阶,把我拉到学校的一侧,以防别人听见我们说话。

库特说:"你猜怎么着!我星期六在锯木厂看见特拉维斯先生了。"

"那又怎样?"

"他的举止比平常更加古怪。"

"是吗?"

"我们聊了几句,我看得出来他在为某件事情烦心。"

"然后呢?"

"然后他对我说得越多,就越无缘无故地烦躁不安。最

后他走的时候,我站在那儿直挠头,想不明白是什么事让他这么烦。"

"你觉得是什么呢?"

"我想不出个所以然来,直到一分钟前我看见他直愣愣地走向黑板。然后我终于知道是什么了。"

"库特,别卖关子了。到底是什么?"

"他当时的举止那么古怪,是因为他准备今天在学校要做的事。"

"什么事?"

"伊利亚,你绝对不敢相信特拉维斯先生今天上午准备教我们什么。"

特拉维斯先生教什么课程都不会让我激动。我倒不是想说我比库特聪明,不过我观察事物要比他稍好一些,也更细心一些,没有一丁点儿迹象表明特拉维斯先生会教出什么值得库特如此激动的课程啊。

不过,要说有谁对学习比我还缺少热情的话,那就非库特·比克斯比莫属了,所以既然他这么兴奋,没准这事还真有点儿意思。

我问道:"他准备教我们什么呢?"

库特扭头看了看,然后小声说:"往那个窗户里瞄一眼,看看他在黑板上写了什么。你绝不会相信的!"

奔跑的少年

我踮起脚尖往教室里看。往常,特拉维斯先生不在黑板上写东西,直到我们学了一会儿开始昏昏欲睡、无精打采的时候他才写。可是今天他在黑板上写下了几个大字:熟悉生轻慢!那字大得就算在大雾天从伊利湖那儿也能看得一清二楚。

能看得出来,特拉维斯先生对这堂课感觉真的很带劲儿,在那些字下面划了三道横线加以强调,都能看出来他下笔时的力气很大,在两三个地方粉笔都断成了两截,他不得不重新划线。想象一下,特拉维斯先生写完这些字之后站在黑板前,大口喘气,两眼喷火,那气势一定非同小可!

真可恶,没准让库特说对了!

我不太相信他能知道,不过我还是问他:"那些字是什么意思?"

库特回答说:"你不知道?我还指望你能告诉我呢。不过我用特拉维斯先生教我们的办法想了想。我把那里的两个不认识的字和两个我认识的字配了对儿。"

"你得出了什么结论?"

"如我所说,前后两个字是什么意思我没有什么概念,我想它们不过是一些漂亮的废话。不过我俩都知道中间那个字是什么意思,对吧?"

我一定是露出了一副迷惑不解的样子。

库特说:"伊利亚,你在马厩干活儿,你该知道……"

他又扭头看了一眼,然后朝我靠了过来,在我耳边小声说道:"你总该知道'生'是什么意思,对吧?"

不用在马厩干活儿也能知道"生"的意思。

我说:"知道。"

库特说:"看看第一个字,famili-arity(熟悉)。它很有可能和'家庭'(family)有关,对吧?"

"确实。"

库特说:"最后一个字,con-tempt(轻慢),它跟'纷争'(contest)很像,对吧?"

"我猜是的。"

"那么结论是什么呢?"

我摇了摇头。

库特低声说:"得了吧,伊利亚,它们合在一起就成了'家庭生纷争'。他要教我们该死的家庭生纷争!"

"不对。"

"那还能是什么意思?"

库特看出我不太相信,就继续说:"我爸说特拉维斯先生是从纽约市来的,从小就是自由人。这两点足以让大家对他有所怀疑。爸爸说他们大人必须警惕特拉维斯先生教我们的东西。"

奔跑的少年

我说:"那又怎样?"

"你看不出来吗,伊利亚?最近没人检查特拉维斯先生,所以他以为就平安无事了,教我们些爸爸所说的'北方大城市乌七八糟的东西'不会有事了。"

乍一听这有些不着调,不过要是你没什么常识的话,想一想,就会觉得库特这通分析还蛮像那么回事!

库特看到我开始相信了,就说:"要是'家庭生纷争'还不算北方大城市乌七八糟的东西,那我就不知道什么东西算了。"

我不由得说了句:"这万恶的一切。"

我知道这是爆粗口,可跟我们要学的课程相比,爆粗口似乎不是多大的事了。

库特说:"我真希望他没有把课程就那样写到黑板上。要是可恶的艾玛·柯林斯或其他少见多怪的女孩儿跑去告诉谁我们要学什么课程,那可怎么办?要是他还没讲到真正有意思、真正来劲儿的地方就被叫停了,那可怎么办?"

上课铃响的时候,库特把我也搞得激动起来,我看起来也像热锅上的蚂蚁了!

我俩都知道要发生什么大事了。因为往常,特拉维斯先生每天早上总是说:"早上好,同学们、斗士们、美好未来的追求者们!准备好学习了吗?准备好成长了吗?"可今天,

特拉维斯先生却坐在课桌前，手握教鞭，双目紧闭。他这么大火儿居然没有七窍生烟，真是个奇迹。

我也知道原因！他一定清楚，他一旦教了我们家庭生纷争，大人们就会逮住他，狠狠教训他一顿。

我听说过很多这类事情，不过从来没有亲眼见过。但我知道，今后我再遇见特拉维斯先生时，我得向他道歉，因为以前我逢人就说他是个乏味无聊的老师。我必须收回我那句遭雷劈的话，因为学习家庭生纷争，然后目睹你的老师被狠狠教训一顿，夹着尾巴逃出定居点，还会有什么事能让你更爱上学呢！

我们都在课桌后坐稳，等待着。就连那些不知道今天上课内容的孩子们也察觉到了异样，纷纷开始紧张不安地面面相觑。

特拉维斯先生站起身来，我和库特激动得快要爆炸了。

特拉维斯先生把教鞭重重地放到课桌上，力道之大竟然没有将课桌劈成两半，真是个奇迹。

所有其他的孩子都被他这个举动吓着了。他们都紧紧抓着桌沿，就像一匹马看见一条三头蛇那样面露恐惧。除了特拉维斯先生沉重的喘息声和教鞭在四壁的回响声，教室里一片死寂！

只有我和库特面露微笑，因为我俩都知道，好戏才刚开

奔跑的少年

始,我们将度过上学以来最美好的一天。

我朝库特看去,他看上去也和我一样开心。

特拉维斯先生睁开眼睛,看见库特在微笑,如果我能活到五十岁,我希望再也不要见到哪个大人像特拉维斯先生那样狂怒。那个场景就像一个伤疤,与我和弗雷德里克·道格拉斯先生之间的那桩破事一起,将会伴随我的余生。

这件事来得太快了,我都没弄明白发生了什么,可突然间,特拉维斯先生就发出狼一般的咆哮,跳过教室,扑向库特,如猫头鹰捕鼠一般!他揪着库特的耳朵,把库特猛地从椅子上拉起来,揪到教室前面。他动作太快了,库特都没来得及把脸上的笑容收起来。

我被惊呆了,想动都动不了。有些孩子没被吓得像我这么蒙,特拉维斯先生刚一抓住库特的耳朵,他们就向门口冲去。这也不能怪他们,这个世上,没有比看着你的老师发疯、把学生的耳朵拧出汁来更吓人的事了。

还没等有谁跑到门口,特拉维斯先生就吼道:"马上回到你们的座位上!"

大家都停在原地,然后开始走回自己的座位,除了约翰尼·韦尔斯,他尖叫着,直接跳出了窗户。我看着他沿着通往广场的大路飞奔,身后扬起一团团的尘土。

所有人刚一坐好,特拉维斯先生就揪着库特的耳朵,用

与他那种体面人不相符的大嗓门叫道："我们的人民仍像牲口一样受着奴役，遭受着牲口一样的待遇。"

库特看不出来特拉维斯先生已经失去理智了，他还在笑着点头。我也知道原因。库特不是脑袋最灵光的，他一定以为，如果我们要上家庭生纷争这一课，让自己的耳朵被拧上一拧也不算是一个太大的代价。

就像我说过的，我并不想说自己比库特聪明，但我观察事物确实要比库特强上一些，也更细心一些。我能看出来，特拉维斯先生不修理库特一番——而且是好好修理，是不会再上什么课了。

我现在像所有其他人一样端坐着，但这绝不表明我就是个懦弱的孩子。我的双手紧紧抓着桌沿，呼吸急促，目不转睛地看着特拉维斯先生，琢磨着他要过多长时间才能恢复正常。如果他的神智没有恢复正常，那接下来他准备摄取谁的魂魄呢？

特拉维斯先生说："他们遭受着牲口一样的待遇！尽管我们当中有很少一部分幸运儿懂得自由的甜蜜，不幸的是，我们当中还有很少、很少……"

特拉维斯先生每说一次"很少"，就拧一下库特的耳朵。

"……很少……"

库特的耳朵被拧得扭曲变形了，他不得不单腿跳跃，给

奔跑的少年

耳朵减轻一些压力。可他还在笑！

"……很少……"

我再也受不了了。为什么呢？如果特拉维斯先生一直这样拧库特的耳朵，那当他松开的时候，库特的耳朵会打着圈往回转，在他脑袋一侧转上一个星期。

我不在乎会不会引火烧身，库特是我最好的朋友，我知道他也会为我两肋插刀的。我深吸了一口气，鼓足勇气，终于举起手喊道："特拉维斯先生，先生，请原谅我在课堂上大声说话，不过我只是想让库特明白，如果他还继续笑的话，先生，他会落得个耳朵被拧掉的下场。"

库特通过另一只耳朵听到我的话，明白了自己眼下糟糕的处境。他终于停止了微笑，开始嚎叫起来。可是特拉维斯先生还是又给了他两个"很少"。

"……很少、很少的人并不理解我们的出身。"

库特叫道："我理解！我理解！"

特拉维斯先生问："噢？你理解？"

库特尖叫着："啊，先生，你不知道我有多理解。"

特拉维斯先生说："那么，我倒要问一问，上周六在锯木厂里，你的理解又在哪里？"

谁都能看得出来，库特根本不知道怎么回答，不过被人拧着耳朵肯定会让脑袋非常清醒。库特说："对不起。我不

知道自己都干了什么,不过我非常抱歉,先生。"

特拉维斯先生松了松拧着的耳朵,对库特说:"把黑板上写的读出来,比克斯比先生。"

库特看都没看就叫了出来:"写的是'家庭生纷争',先生。"

他注意到了特拉维斯先生脸上吃惊的表情,所以决定最好再加上几句。他说:"我不在乎会怎样,先生,如果你教我们这个的话,我不会向任何人吐露一个字的。可是看看那些女孩们,你知道,艾玛·柯林斯就会告密。"

特拉维斯先生又开始拧库特的耳朵了。他对艾玛说:"柯林斯小姐,把我在黑板上写的读出来。"

艾玛跳了起来,就好像她刚才坐在针毡上一样,说道:"黑板上写的是'熟悉生轻慢',先生。"然后,艾玛开始放声大哭。

我和库特对此都感到吃惊。不是对艾玛的大哭感到吃惊,那个女孩儿,即使是你问她二加二等于几她也会哭的。我们感到吃惊的是,艾玛·柯林斯,这个既聪明又懦弱的女孩儿,竟然会勇敢到当着全班同学的面儿把那几个字大声念了出来!

"柯林斯小姐,你可以坐下了。比克斯比先生,你明白那是什么意思吗?"

库特想了一下,然后说:"呃,先生,我以为我知道。不

过现在我想也许伊利亚给我传递了一些错误的信息。"

我简直难以置信!我奋不顾身救了库特的耳朵,可他一逮着机会就把我往火坑里推!

特拉维斯先生说:"显然你根本就不知道。它是说,一旦一个人,比如说你这样的人吧……"特拉维斯先生又拧他的耳朵了。"一旦一个人在长辈或上级或老师面前感觉过于随便……"

库特又开始了嚎叫。

"……那他就会倾向于对他的尊长缺乏应有的尊重。"

库特现在明白了。"我做了什么,先生?我啥也没干啊!"

特拉维斯先生说:"你说得完全正确,比克斯比先生。你什么也没做!你在锯木厂碰到我时,你向我走来和我说话时,没有摘下帽子,你没有等到我和波莱特先生把话说完,你没有礼貌地称呼我……"

库特插嘴说:"可是,先生,我看到你时感到很惊喜。我只说了句'嗨,特拉维斯先生',别的什么也没说。"

特拉维斯先生再次失去了理智,又开始拧库特的耳朵了。

"说的就是这个!嗨?嗨?嗨!"

现在"嗨"成了特拉维斯先生每次对库特耳朵加把劲时用的字眼儿了。

"嗨?上次我查了一下,比克斯比先生,'嗨'是用来招

呼牲口的，不是用来招呼老师的。我越来越生气了。你很幸运地从奴隶制的枷锁中解脱出来，你有这个绝佳的机会去提高你自己，可你却选择用那种一辈子都活在枷锁之中的可怜无知的人才会有的举止来对我。"

就在这时，门猛地开了，蔡斯先生闯了进来，他手持板斧，身后拽着尖叫着又蹬又踢的约翰尼·韦尔斯。

约翰尼叫着："求你了，先生，别让我回这儿来！他已经杀了库特·比克斯比！"

蔡斯先生环顾一下教室，看到了特拉维斯先生。他放下板斧，对约翰尼·韦尔斯说："要是你再这样无理取闹地把我从地里拽来，小子，我可要揍你喽，再把你交给你爸爸，好让他也揍你一顿！你看这儿有异样吗？你看这儿谁死了？"

蔡斯先生摘下帽子，再次看向正在拧库特耳朵的特拉维斯先生和正在单腿跳的库特，说："很抱歉我就这么跑这儿来了，先生。您请继续上课。"

之后事情变得非常糟糕。我们根本没有学家庭生纷争的内容，特拉维斯先生开始惩罚我们抄写，还打了我们手板好让我们长长记性。因为在课堂上说话并向库特提供关于那句话的错误信息，我挨了三下，并要抄写二十五遍"熟悉生轻慢"。约翰尼·韦尔斯因为跑了并告发老师而挨了五下，并

奔跑的少年

要抄写五十遍"熟悉生轻慢"。库特因为特拉维斯先生称之为"恶意揣摩尊长"而挨了十下,并要抄写一百二十五遍"熟悉生轻慢"。

最不公平的是,因为库特是我最好的朋友,我知道我得帮他脱离苦海,所以到头来我很可能要帮他抄写五十遍那句该死的句子。

我知道特拉维斯先生为什么要罚我们抄写,为什么要挨个打我们,因为他想让我们牢牢地记住"熟悉生轻慢"这个教训。可是课堂上学到的东西就是不如亲身经历的东西管用。

这倒不是说这个教训不会伴随我的余生。但这和特拉维斯先生没有一毛钱关系,因为仅仅是几天之后,我就以一种令人刻骨铭心的方式再次受到了这一教训。

第七章
CHAPTER SEVEN
没有月亮的夜晚

时聚时散的乌云总是往一块儿凑,两晚后终于遮住了月亮。在没有一丁点儿光亮的情况下用斧头干活儿很危险,所以勒罗伊先生想早点儿收工。这并非我们的惯例。大多数夜晚,他都会一直干到我都回家睡上一大觉的时候,但是今晚我们一起走出了霍尔顿太太的田地。

我干活儿可不像勒罗伊先生那样卖力,不过那也把我累坏了。最近这几周,我大部分时间都在忙着上学、学习、干定居点里各处的杂活儿、与勒罗伊先生一起干活儿直到天黑,我得承认,那天晚上我落在后面走得很慢,脑子可能也有点儿短路了。这倒不是为接下来发生的事找辙,只是实话实说而已。

多数时候,干活儿时我和勒罗伊先生都不怎么说话,不只是因为跟一个正在挥舞着沉重的斧头砍树的人说话比较费力,还因为勒罗伊先生似乎不太喜欢侃大山。在我看来,

奔跑的少年

这就意味着我们在回家的路上可以把错过的交流全都找补回来。

大多数夜晚我都是一个人走路回家，我倒不是在抱怨，但是有时候如果有个人做伴，那么这段路走起来好像确实会轻松很多。

这绝非懦弱男孩的表现，可要是你不得不在一个没有月亮的夜晚走路回家的话，你很可能会被路边或树林的声音惊吓到，然后一路尖叫着跑回家去。

任何一个有点儿理智的人，都会有点儿害怕那些从它们惯常的活动场所流窜出来跑到这儿来的熊啊、狼啊或蛇啊什么的。一方面是这些活儿真把我累坏了，另一方面是路上有个伴儿真的让我很开心，或许是在这两方面的作用下，那天晚上，当月亮被云层遮住，勒罗伊先生和我一起往家走时，我的头脑没办法保持清醒了。

由于勒罗伊先生不喜欢说话，我猜他一定好好练过如何当一名听众，所以我就一直滔滔不绝、嘴巴飞快地跟他闲扯。尽管事情已经过去两整天了，但特拉维斯先生差点儿把库特的耳朵拧掉且没有教我们"家庭生纷争"这件事仍然让我极度兴奋。所以我聊了一会儿捕鱼、林子里的动物、妈妈扎人的毛衣以及冠军和叮当男孩在集市评比会上得过多少冠军之后，我开始讲述被罚抄写时发生的那档子事。

ELIJAH OF BUXTON

在我们走头一英里路期间，勒罗伊先生会隔三差五哼一声点点头，好像在留意我说的话。可是当我开始讲特拉维斯先生的时候，我们已经轻松地走了两英里，而勒罗伊先生对我要说的事毫无兴趣。他只顾在前面咚咚地走着，看样子似乎是希望我能闭嘴。可是就像我承认的那样，许多事凑到了一起，使得我只想说话，而不太在乎说话的对象是谁。

我说："特拉维斯先生暴怒，眨眼的工夫就跳过教室，我说不上来他是怎么做到的，不过他一定是飞过去的，因为要到库特·比克斯比跟前的话，他需要越过三排孩子，却一张桌子都没有撞开或碰倒，没有在孩子们身上留下任何脚印，也没有在他踩到的地方留下淤伤……"

我能看得出来，勒罗伊先生不是特别想听这些。他倒没有叫我闭嘴，不过他确实加快了步伐，就像急着回家一样。我可不想错失这个一吐为快的机会，所以我开始半跑半走地跟着他。

我告诉他："于是，特拉维斯先生像上发条一样拧库特的耳朵，把他耳朵拧得都像一根手指，都不像耳朵了，那是我一辈子见过的最可怕的事了……"

然后我就说了那句话，那句事关熟悉与轻慢这个教训的话，如果我能活到五十岁，我会牢牢记住，它会一直伴随我的余生。我说："我和其他黑小子——"

奔跑的少年

我知道不该这么说。我爸妈不能容忍任何人在他们面前说那个字眼。他们说，白人说这个字眼象征着仇恨，而我们自己人说这个字眼则是没有教养和无知的表现，所以左右都没有任何说得通的借口。

我知道不该这么说。

我以为勒罗伊先生并没有留意我的话。我都没有机会把整个单词说出来。我完全没有料到。

感觉就像有根一直牵着月亮的绳子突然断开，月亮滑走了，从乌云中挣脱出来，猛地撞向地面，在我头顶的正上方炸开！

最初我只看到一道亮光，我猜那是勒罗伊先生反手给了我一个嘴巴。然后我感到我的意识离我而去，那一定是我在摔向地面。接着我感到被月亮砸中了，那应该是我的头撞到了地面。

我觉得自己失去知觉的时间不会超过一秒，可当我醒过味儿来时，我真希望自己能多昏迷一会儿，因为勒罗伊先生正站在我的上方，一只手举着，准备再打我一次。

他走路时没有说的话现在全都补齐了。现在他开始对我说个没完，就像我刚才起劲儿地对他说个没完一样。

他喊道："你脑子进水了吗？"

我想说"没有，先生"，可是我猜别人问你这种问题的

时候并非真想听你回答。我很可能也说不出话来，我的舌头正忙着在嘴里搜索，看看是否有哪颗牙被勒罗伊先生那一巴掌打掉了。

他说："你认为他们在对我下手的时候叫我什么？"

他拉开衬衫衣襟，给我看那个烙有一个大方块、方块中间有个字母 T 的地方。伤疤隆起，发着亮光，即使今晚没有月光，也看得一清二楚。

"你认为他们叫我什么？"

勒罗伊先生尖叫着，像疯了一样。

"当他们卖我女儿时，你认为他们叫她什么？当她被拍卖的时候，他们叫她什么崽儿？"

勒罗伊先生愤怒地说着，看起来完全神经错乱了。我很庆幸他打我嘴巴时已经丢掉了斧头。

我说："勒罗伊先生，先生，对不起……"

"你认为当他们把我妻子送给另一个男人时，他们叫她什么？叫她什么？"

"对不起，先生，对不起……"

"你怎么能用南方老家白人称呼我们的方式来称呼你的同学和你自己？你的脑子呢？你想跟他们一样吗？你想让仇恨延续下去吗？"

我发现勒罗伊先生是真疯了。他一定把我当成了一个说

奔跑的少年

了那个字眼的白人。

我恳求他:"勒罗伊先生,先生,求你了!我不是白人!求你别再打我了!"

他扬起了左手,我闭上眼睛,努力往土里钻。

他说:"白人?你以为今天这事跟白人有什么关系?看看这个。你看看!"

我睁开眼睛,发现他不准备再打我了。他正给我看他左手以前长着小手指的地方。他正指着那里剩下的一小截。

他说:"你认为是谁砍下了我的手指?是谁?"

我不知道是应该回答他,还是应该保持安静让他自己说下去。我耸耸肩膀。

他说:"一个奴隶,就是他。他一直在抽我、捅我,想割断我的喉咙,他叫我什么?叫我什么?"

我说:"我知道,先生,可是我不会再说了。"

他说:"你以为就因为出自你的黑嘴唇那个字眼就有什么不同吗?你以为它不会像他们说时那样同样充满仇恨和不敬吗?你看不出来你说的时候情况更糟糕吗?"

我告诉他:"先生,我是因为听到很多孩子都说我才说的。"

"你听谁说了又有什么区别?如果你们生而自由的人当中有谁说了这个字眼,我多少可以理解,因为你们对许多事

都一无所知。你们一辈子都没人告诉你们你们到底是谁。可是如果那个人做过奴隶,或者他的爸妈做过奴隶并且把他培养得很好,就像你爸妈做的那样,那只说明你相信我们就是。那只说明你已吞下了那些毒药,全都吞下了。"

他不会再打我了。我能看得出来,勒罗伊先生正在平静下来。他揉搓着自己的左胳膊,然后伸手把我拉了起来。

我一站起来,就迅速擦掉正要冒出来的眼泪。那不是懦弱,但是在这个世上,没有什么能比意外地狠狠挨上一巴掌更会让你想要号啕大哭了。

勒罗伊先生说:"刚才那样打你很可能是我不对,伊利亚,但是我不后悔。如果我儿子伊泽基尔那样称呼别人,我会期待也有人把他狠揍一顿。你们年轻人都必须明白,那个字眼每次被说出来时只会带来仇恨。奴隶主套在我们身上的锁链不是别的,就是那个字眼。如果老天爷是公平的,我知道他是公平的,那么有朝一日,它会和最后一个奴隶主一起被埋掉。我们都到了加拿大了,就不能继续背负着它了。"

"还有,如果你准备继续和我一起干活儿,那你知道应该怎么说。"

我知道。所以我告诉他:"我很抱歉,勒罗伊先生,我再也不说那个字眼了。"

他说:"你得时刻记住,伊利亚,我是成年人,而你不

奔跑的少年

是。你得时刻记着虽然我们相处得很好,但我不是你的朋友。我把你当自己的孩子一样关心,但你得时刻尊重我。你说那个字眼时就是不尊重我,就是不尊重你的父母,就是不尊重你自己,就是不尊重那些像动物一样被殴打时听着那个字眼的人。"

勒罗伊先生用他的帽子拂去我衬衫和裤子后面的尘土,伸出手来和我握手,然后说道:"伊利亚,我希望你我之间不要有怨恨。我喜欢你承认错误的样子。"

我摇摇他的手说:"不会的,先生,根本没有怨恨。"

有时候,当大人问你问题时,你会聪明地回答他们想听的东西,但是我现在没有这么做。

我说不存在怨恨,因为我真是这样想的。

爸爸总是对我说,做过奴隶的人身上总是带着一些你用肉眼看不到的东西。他说一个人一旦做过奴隶,就会了解到生活的某些方面,多数都是可怕的方面,那是生而自由的人绝对无法了解的。

他告诉我,在和重获自由的人说话时必须保持警惕,原因就在于此。他们见识过人们的恶劣行径,这无可避免地给他们留下了一些创伤和怪癖。有些事我可能觉得没啥,却会戳到他们的痛处。所以我什么也没做,只是告诉勒罗伊先生我真实的想法,我心里没有怨恨,而且我再也不说

那个字眼了。

他说："很好，孩子。因为我真的想让你知道我想说什么，可有时候我不太会说话。"

我说："我知道你想说什么，勒罗伊先生。归纳起来就是'熟悉生轻慢'。"

勒罗伊先生捡起斧头，把它甩到左肩上，然后把右手放在我的头上。我会永远记住勒罗伊先生放在我头上的大手和他对我说的话。我会永远记住那个我和勒罗伊先生一起走路回家的没有月亮的夜晚。

第八章
CHAPTER EIGHT
最精准的猎手

第二天放学后,我正在马厩里铲粪,这时老煎饼打了个响鼻儿。我抬起头,看见牧师正站在通道里。

"晚上好,伊利亚。"

"晚上好,先生。"

"还记得吧,我问过你愿不愿意帮定居点做点儿事?"

"记得,先生。"

"你改变主意了吗?"

"关于什么呢,先生?"

"帮定居点做点儿事。"

"呃,没有,先生。不过能是什么……"

牧师打开一张纸,然后递给我。

快到查塔姆来,精彩只限三晚

查尔斯·M.沃恩爵士及其世界闻名的奇异嘉年

华将在他们启程于伊利诺斯州的芝加哥前往布法罗、纽约以东各站的旅程中穿过加拿大西部。查尔斯爵士欣然同意,让查塔姆、巴克斯顿以及附近的居民们也能一睹只有在最精美的报纸上才能看到的奇闻。倾听美妙的汽笛风琴!!!享受超级甜蜜的款待!!!观看你能想象得到的大自然最不同寻常的怪象!!!见证世界上最伟大的催眠大师!!!珍稀专利药品有售。游戏机会多多!!!欢迎各种族成员参加。只限周三、周四和周五!!!

库特已经跟我说过这个嘉年华了,但是他犯了个错误,就是问了他妈妈他能不能去。他妈问他是不是傻,然后说周三、周四和周五这三天他得睡在她的床脚,以确保他不会溜出去。

我对牧师说:"大人们都说我们得离这种事远点儿。他们说那儿有赌博和各种乱七八糟的可怕事物。"

他问:"那你怎么看这件事呢?我已经想到一个办法,利用你的天赋给定居点挣点儿钱,不过如果你有其他想法……"

"可是我爸妈绝对不会让我去这种地方的。"

"伊利亚,我敢肯定,你做的好多事都会让你爸妈大吃一惊的。我确定他们完全不知道你和库特深更半夜没少在树

奔跑的少年

林里游荡,对吧?这跟那也没有什么区别。你明天夜里晚些时候和我会合,我们俩一起去嘉年华,就这么简单。我会保证你不会出任何事。不过,如果你改了主意,不打算帮定居点了,我能理解。口头上说要帮忙很容易,但真正说到做到就难多了。"

我明白牧师在耍手腕,我明白他在用大人的话激我。但是依我看,有无意中被激的情况,也有不介意被激的情况。说实话,我不介意被激。有什么能比去一场嘉年华观看大自然的怪象和看人被催眠更令人兴奋的事呢?再说啦,牧师还想出了一个让我帮定居点的办法,还有比这更好的事吗?

"可是我没钱去啊,先生。"

"伊利亚,有我在的时候,你的钱就没什么用处了。另外,如果你坚持要还我的话,今后捕鱼的时候,总可以把你的税加倍的。"

这绝不是为了我自己,而是为了定居点好,于是我问道:"那我什么时候和你会合呢,先生?"

"这才是好样的!我们明天夜里会合。带上满满一袋子石头。"

这听起来太有意思了,我可不能错过这个去嘉年华的机会!

△▽△

星期五晚上，我们先来到一块空地上，离嘉年华喧闹的中心地带有点儿距离。空地的中央有一个帐篷，帐篷前面竖着一个刚写好的大招牌，上面写着：

快来见见来自瑞典的皇家女猎手沙巴尔女士！
她只用一张弹弓就猎杀了五百四十一头瑞典蛾狮！！！

一个手拿文明棍、头戴草帽的白人男子正站在一只箱子上扯着嗓子向人们吆喝，只要掏上十美分就能亲眼目睹这位女猎手。他喊道："沙巴尔女士的弹弓极其精准，令人叹为观止！来吧，大家快来吧！她用一块普通石头做的事情定会让你大开眼界。保你来了还想再来。把沙巴尔女士的简单武器所拥有的巨大威力告诉你的朋友和邻居们吧，他们准保不信。来亲眼看看这位惊人的娇小女士吧，她已经杀死了整个欧洲五百四十一头最凶猛的野兽，可怕的瑞典蛾狮！"

一个白人农场主大声叫道："全是胡扯！瑞典就没有狮子！"

那个白人男子用文明棍指着农场主回答说："你说得完全正确，先生！这进一步证明了沙巴尔女士的绝技。这表明她

奔跑的少年

已经把它们杀光了!哎,你们得快点儿了。我们的倒数第二场演出,两分钟后就要开始了。还有谁愿意掏少得可笑的十美分来见见这位神奇的女士吗?"

我无法相信!牧师把我拉进队伍里,我们等着进去看这个女人。我马上就开始哆嗦起来。我从来没有见过一个杀过狮子的人!我都从来没有见过一个见过狮子的人!

当我们排到队伍的前面时,他丢下两枚十美分的硬币,然后我们就进了帐篷。我们坐在紧挨着舞台的一排长椅上。舞台的一头有五个靶子。靶子旁边是一块大板子,上面画着浓密的墨绿色森林。

看得出来那上画的不是这儿的森林,因为树林里有猴子挂在树上。板子上还挖了六个晚餐盘那么大的洞,看起来就像每棵树上都有个巨大的节孔。每个洞的下面从一到六依次写着一个花哨的数字。板子顶端等距离立着十根点着的蜡烛。看来有人在蜡烛下面的板子上盖了一块布,上面写着:瑞典丛林!!!

我们刚坐下,那个手拿文明棍、头戴草帽的白人男子就出现在了舞台上,讲了几个没人觉得好笑的笑话。他看到除了嘘声之外,激不起人们的任何反应,于是就向我们介绍了那位弹弓女士。她长得很凶,一眼就能看出来她果真杀死过五百头狮子!

那个男人说:"女士们、先生们,姑娘们、小伙子们,让我们欢迎沙巴尔女士,或许她愿意给我们表演她灵巧、娴熟的弹弓绝技。"

那个男人指了指放在桌子上的三张别致的弹弓。弹弓的旁边堆着几小堆东西,我猜应该是那个女人用来射的。有一些葡萄,有一些样子古怪、上面有孔的石头,有一些非常漂亮的玻璃弹珠,还有一些看上去有点儿太轻、不适合投掷的石块。

人群里传出稀稀拉拉的掌声,沙巴尔女士拿起一张弹弓和一粒弹珠。她瞄准第一个靶子,射出了弹珠。弹珠正中靶心,打穿了上面的纸,撞响了后面的铃铛。接下来,她又瞄准余下的四个靶子射击,每一次都撞响了后面的铃铛。

大家都觉得这没什么,根本就不值十美分!只有一两个人鼓掌,但是抱怨声和嘘声更多。

那个男人说:"了不起!太了不起了!不过,这还没完,女士们、先生们。她一旦准备就绪,就会开始一项更具挑战的任务。众所周知,烛光会引来瑞典蛾狮,所以一旦听到那种凶猛的斯堪的那维亚大猫的吼声,沙巴尔女士的首要任务就是尽快熄灭所有的蜡烛。"

那个男人把手放在耳旁,说:"听啊!那是什么声音?"

突然间,我们看到的节目似乎就要值回票价了。

奔跑的少年

　　舞台的后面传来一声吼叫，就像布朗先生在清嗓子，不过声音要大得多，而沙巴尔女士马上行动起来！她拿起另一张弹弓，各种弹珠像天女散花般连环射出。

　　她先是瞄准了那个带有六个洞的板子顶端的十根蜡烛。她用的是样子古怪、上面有孔的石块，这些石块飞出时，听着就像又胖又懒的巴克斯顿大黄蜂在嗡嗡作响。这些嗡嗡作响的石块一碰上蜡烛，就悄无声息地把火焰熄灭了，而其他蜡烛却丝毫不受影响！每根蜡烛只有烛芯动了。哎呀，帐篷里十块石头的嗡嗡声不绝于耳，火焰一个接一个地被熄灭，这么好看的节目，哪怕让我自己花钱我都愿意看！

　　但她接下来的表演比这还要精彩。她把弹弓转向人群中我们所有人，朝我们的头顶上方射击，把帐篷周围所有的蜡烛都熄灭了！

　　听着石子嗡嗡作响，你会觉得脑袋马上就要被打爆了，可是根本没有那种事，这又让你忍不住大声喊叫。低下头或举起胳膊护着脑袋的人们很快就开始喝彩鼓掌！

　　沙巴尔女士行了一个屈膝礼。

　　那个男人说："我没忽悠你们吧？我不说了你们会大开眼界的吗？不过，哦，你们这些多疑的人哪，故事的一半儿都还没讲完呢！"

　　那个男人用他的文明棍指了指绘有丛林、带有六个洞的

板子。

"沙巴尔女士不仅要警戒可怕的瑞典蛾狮,她还要严密监视狮子的同党——瑞典莫邦戈部落的野人们,尤其是这个部落的年轻首领马威!"

从有洞的板子后面传来一阵长短不一的尖叫声和唧唧喳喳的说话声,接着一个白人小男孩手握长矛、头顶一根煮汤用的大骨头走上了舞台。他身上只穿着一件女式长裙的下半截,就像一堆缝在一起的长树叶。他的脸上画着黑色的条纹。伴随着摇鼓的声音,他的两只脚交替跳着。如果他的动作再快点儿,并带上点儿节奏的话,就很像是在跳舞了。

"当心,沙巴尔女士,"那个男人喊道,"年轻的马威非常愤怒,因为他知道你的厉害。"

那个男孩朝弹弓女士晃动着手里的长矛,可是他脸上的表情似乎不是愤怒,而是恐惧。

"可是,这是怎么回事?噢,不!马威对沙巴尔女士施了某种魔法,让她失明了。"

那个小男孩把手伸进腰上的一个袋子里,向那个女人扔出一个闪闪发光的东西。那个手拿文明棍的白人男子在沙巴尔女士的头上蒙了一条眼罩,然后又在上面罩了一个布袋,这样我们就能看得出来她看不见东西了。

"既然马威让沙巴尔女士失明了,那么他就会藏在瑞典

奔跑的少年

丛林的一棵树后面,卑鄙地埋伏在那儿准备偷袭她!"

那个男人让弹弓女士转过身去,让她正对着有洞的板子。马威走到板子的后面。不过在他走过去之前,我仔细打量了他一番。这根本就不是什么瑞典丛林里的首领!他是吉米·布拉辛盖姆,家住查塔姆,就是我们学校的一个白人孩子!

那个男人说:"沙巴尔女士,你能看见什么?"

那个女人掀起布袋,让嘴巴露出来,回答说:"唉呀,我什么也看不见。魔法让我完全失明了。"

那个男人说:"噢,苦也!看看那个胆小的野蛮人!他要准备进攻了!我们该怎么办呢?我们该怎么拯救这位无辜的白人女士呢?我可以给她一件武器,可是以她现在的状态,她应该怎样使用它呢?"

那个男人把手伸向沙巴尔女士旁边的桌子,把另一张弹弓放到了她的左手上。在她的右手里,他放了一串紫色的葡萄。她从上面摘下一枚,把它放进弹弓兜里。

突然,吉米·布拉辛盖姆的脸从下面一个写着花哨的"三"字的洞里伸出来,那是上面一排右边最后一个洞。

那个男人尖叫起来:"沙巴尔女士!那个懦夫在进攻!发射你的武器吧!"

沙巴尔女士举起弹弓,把一枚圆滚滚的紫色葡萄射了出

去。它在吉米脑袋上方五英尺处的帐篷壁上溅落。

"噢，不！她失明了！看哪！那个野蛮人正移向另一个位置，想拦截这位无辜的白人女子！"

吉米的脑袋从五号洞里探出来，这个洞位于板子中间最底下的一排。

"有了！"文明棍男人叫嚷着，"你们这些查塔姆的好人们可以喊出那个黑……呃……黑心肝的野蛮人藏身的洞穴号码来帮助沙巴尔女士。"

吉米的脸出现在底下那排右边最后一个洞里，人群中大约一半儿人喊道："六！"

我的乖乖，那个狩猎女士虽然看不见，可她发射的葡萄既快又准，正中吉米的额头！吉米低头躲避，结果整个脑袋都伸出了洞外。

观众们哄堂大笑，整个帐篷都为之颤动。

吉米去了五号洞、四号洞、一号洞和三号洞，每次他的头一伸出来，人群都会告发他，而沙巴尔女士则如法炮制。

过了一会儿，所有砸在吉米额头上的葡萄开始流进他的眼里，他弯下腰去擦拭。可他这么做时正好在五号洞前面，人们又叫道："五号！"

沙巴尔女士举起弹弓，又发射了一枚葡萄，正好击中吉米的眉心，吉米根本没有机会把头低下。

奔跑的少年

吉米·布拉辛盖姆对此感到比谁都要更加震惊！他嘴巴大张，直起身来，他的脸正好出现在二号洞前。真该死，几个龌龊之徒喊道："二！"

沙巴尔女士又迅速射出一枚葡萄，这枚葡萄消失在吉米的喉咙里，发出一种类似肥皂泡爆裂的声音！

吉米的双手捂着脖子，从画着丛林、带有孔洞的板子后面跌跌撞撞地跑出来，在舞台上翻滚，就像一条跳到地面上的鱼。

拿着文明棍的男人骂骂咧咧的，说着一些我从没听说过的话。他把吉米拉起来，在吉米胸上按压着。葡萄从吉米嘴里弹了出来，滚进了人群里。

可想而知，世上没有比这更搞笑的事了。

就连牧师，多数时候都很严肃的一个人，这时也开怀大笑起来。

吉米·布拉辛盖姆晕晕叨叨的，都没想到离开舞台。他坐在那个男人丢下他的地方大哭，紫色、黑色的汁液顺着他的脸颊流了下来，溅到他的胸前。

吉米应该感到庆幸，学校里只有我一个人看到了这一幕。他坐在那儿任由紫色和黑色的汁液顺着胸口流下，号啕大哭，还穿着半截叶状女裙，此情此景任谁看了保证几年之内都不会忘记。就像我的名字和弗雷德里克·道格拉斯先生纠缠着

一样，这件事也会和他的名字纠缠在一起！

那个头戴草帽、手拿文明棍儿的男人指着沙巴尔女士说："请大家给自己鼓掌，感谢你们拯救了这位可怜的白人女子的贞洁，也让我们对一直徜徉在瑞典丛林里的最精准的猎手表示感谢！"

除了我、牧师和吉米·布拉辛盖姆，大家都开始拼命鼓掌，大呼小叫，狂吹口哨。

牧师弯下身子喊道，"我还得跟一个人谈谈"，然后就拉着我出了帐篷。

第九章
CHAPTER NINE
被催眠的萨米

我和牧师穿过一片树林,向着响彻夜空的喧闹声的方向走去。当步入阿特拉斯空地时,我们就像是从悬崖上掉了下来,整个进入了另一片天地。眼前的景象太令人震惊了,一开始我全身上下都僵住了,揪在了一起。那感觉就像是冬天走在冰层上时,冰层突然塌陷,掉进了冰水里。就像是一下子有太多的东西朝你涌来,让你都没办法呼吸。不过我想这正是办嘉年华的人想要的效果。

阿特拉斯空地上的一切安排都是为了要你头晕目眩,并且一直眩晕下去,让人无从躲藏!我全身上下的每个部分都在争夺我有限的注意力。我的耳朵一直在接收着在其他地方从未听过的声音。有大人小孩发出的惊叹声和喊叫声,那些尖叫声都会让你觉得有人正命悬一线,但是很快又变成了略显羞涩的哈哈大笑。

一辆马车发出强劲的嘶嘶的音乐声,车上的一排管子里

喷着雾气和歌曲，极富节奏感和穿透力，你都会以为自己正拿着一把刀子在耳朵深处掏来掏去。

可你刚一觉得那些声音都要让你的脑袋炸开时，你的眼睛就代替了耳朵，注意到了一开始只是一团模糊的色彩和火把中五花八门的东西。

有更多手拿文明棍儿、头戴草帽的白人男子大声吆喝着让你去观看藏在他们帐篷里的东西。他们一遍一遍地喊着同样的话语，听起来就像星期日唱诗班的合唱，只是感受不到里面有真正的快乐。

高耸的深褐色帐篷上挂着颜色鲜艳的横幅，有红的、蓝的、绿的和黄的。横幅上画着画，画上的东西你得花上整整五美分才能进去看上一眼。哎呀，那些画太糟糕了，我宁愿花钱不进去看！

有一幅画的是一个白人男子，一半儿是人一半儿是短吻鳄，你也分不清看到的是一只短吻鳄的后半身正在吞下一个男人的上半身，还是一个男人生下来就没有腿，于是把一只蜥蜴的后半身缝到了自己身上，想看看这样是不是就能走两步了！

有一幅画的是一个白人女子，看情形就像有个小孩的胳膊腿正从她的脖子里伸出来！还有一个白人男子正在举起一头成年大象，举过头顶，像是要把它扔到十里地之外去！另一幅横幅上是一对手拉手的白人男女，男人身体宽如谷仓，

奔跑的少年

女人瘦得如同麻杆。他们站在一颗巨大的红心下面,红心上写着:奇异的爱情!!!!

但是那幅我知道会让我在很多个夜晚不敢入睡、很长时间里不敢再去树林里游荡的画,上面是一个白人男子,一定是个魔法师。他没有和动物拼凑在一起,也没有别人的肢体令人侧目地从他身上长出来,他有更可怕的东西。那种东西我竭力不去看,可怎么也做不到。

他的双眼射出两道强烈的锯齿状黄色闪电!使得画里另一个外表正常的白人男子双脚飘浮起来,在空气中蹬爬抓挠,像是要飘到云上去!要进帐篷里看魔法师施法,得花掉你整整二十五美分!我倒宁愿花上双倍的价格不进去看!

可是怕什么来什么,这正是牧师说的我们得去见的另一个人。他指着画上那个长着闪电眼的男人说:"他是嘉年华的老板。我想在跟他谈话之前看看他都在搞些什么名堂。"

又一个舞着文明棍、戴着草帽的白人男子在帐篷前吆喝:"今晚最后一场演出,今年最后一场演出,加拿大最后一次,你这辈子观看神奇的沃恩施展他的精神戏法魔力的最后机会。"

牧师把两枚二十五美分的硬币拍到桌子上,对坐在那儿的白人女人说:"我和我儿子要见催眠师。"

我马上说:"不要!你进去见他。我在那边那棵树旁等你。"

牧师揪住我的衣领,把我拽进帐篷。这个帐篷里没有可

坐的长椅，于是我们就和查塔姆这儿的一些人紧挨着站着。我们刚一进帐篷，挤到前面，我就用手紧紧捂住了眼睛。

牧师把嘴凑到我的耳边说："不行。我花了整整二十五美分让你来看这个，你非看不可。"

他把我捂在脸上的手猛地拉开。

我做的第一件事就是抬头向上看，有不想要看舞台的原因，不过主要还是因为，如果牧师逼着我看而被某个白人男子眼里的闪电弄得飘走的话，我想看看在我飘到云上之前有没有什么可以让我抓住的东西。

如果我要飘走的话，这儿倒是一个不错的地方，因为我不会飘得比帐篷顶还高。帐篷壁的高处有一些火把，所以我飘起来的时候一定得加小心，但我想假如我眼疾脚快踢它们一脚的话，那么除了短靴或裤脚之外，我飘过时不会被烧到。

把帐篷顶部看过一圈之后，我的心跳开始慢了下来。看到没有一个人因为之前的表演还卡在上面，这让我长出了一口气。或许这表明魔法过段时间就失效了，你就掉回到地面上了。

早知道会有这档子事，我就带根长绳子系在脚脖上了。那样一来，如果我飘起来的话，牧师就能像放风筝一样一路把我拽回家。回到巴克斯顿等着魔法慢慢失效肯定要比待在这儿的一群陌生人中好受得多。

没等我继续担心下去，舞台的帷幕就突然被拉到了一边，

奔跑的少年

一个又高又胖的白人男子披着长长的黑斗篷就站在我们面前。他的眼睛看起来就跟瞎了一样，毫无生气。那是一双茫然的蓝眼睛，看上去是在直视着你，但你能看得出来它们其实什么都没看见。

挤在帐篷里的人爆发出了一阵大笑声、抱怨声和尖叫声。我得承认我发出的是尖叫声，但这不是懦弱。

我抓住牧师的袖子，把脸藏在里面。他却迅速地把袖子抽走，对我说："我说过你得好好看看这个。你能学会如何实施骗局。"

我注意到我的胳膊被人紧紧地抓住了，于是我看了看抓着我的人是谁。一个陌生的白人小男孩，差不多和我一边大，大笑着，一副狂放不羁的样子。

他咒骂道："真可恶！我都在这儿见过他四次了，可他刚上舞台时，还是差点儿被他吓得丢了魂儿！"听他说话的样子，好像是从美国来的。

我问道："你都见过他四次了！你不怕被他弄得飘走吗？"

他大笑着说："呸！他就是个老骗子！他什么也飘不走。"

那个男孩长着一头浓密的红色卷发，鼻子很像一个鸟嘴。他的眼睛是吓人的灰蓝色的，和风暴前的天空一个颜色。他只是一个孩子，可嘴里却有很大的烟味！

我问："他真的什么也飘不走吗？"

"对!等着瞧吧。你叫什么名字?"

"我叫伊利亚。"

那男孩的表情就像我刚刚骂了他一顿。

"伊利亚?你肯定吗?"

"当然肯定。"

"你住在南边的巴克斯顿?"

"对。"

"呃,我得跟你说点儿事,伊利亚。你最好不要对查塔姆的任何人说你叫伊利亚。"

"为什么呢?"

"因为查塔姆有个恶棍已经宣布占有了这个名字,他可不是那种愿意分享的人,跟谁都不行!这儿有个男孩叫做伊德华,查塔姆的伊利亚都不想让别人名字的头一个字跟他的一样,就让那个男孩把名字改成了奥德华。而奥德华的爸妈现在就这样叫他,因为他们不想招惹真正的伊利亚。要是我是你,我就给自己另起一个名字,因为查塔姆的伊利亚遇到你时真的会很不高兴,尤其是你还是个来自巴克斯顿的奴隶孩子。"

"我从来没有做过奴隶。我生来就是自由的。"

"那无关紧要。别对别人说起那个名字。查塔姆的伊利亚可不是闹着玩的。他杀过一个成年的印第安男人。而且不是用刀、枪或者剑杀的,只用一只手!用他的左手!而且他

奔跑的少年

才只有十二岁!"

还没等我弄明白这些话是什么意思,舞台上的魔法师就活了过来。他向身体两侧甩动胳膊,露出黑斗篷下面的蓝色衣服,很像一件缀有各种银光闪闪的星星和月牙的长裙。哎呀,那上面粘满了和星星一样多的月亮!这说不通,根本就说不通。

人们一分钟前还在大叫大笑,现在却发出一片"嚯嚯"声和"啧啧"声,都会让你误以为他们看到的是真正的天空,而不是一件缀着假星星和太多月亮的长裙。

那个白人男孩用胳膊肘捅了捅我说:"仔细看着他的眼睛!"

最神奇的事情发生了!魔法师的眼睛向后翻进了脑袋里,原来的位置马上被另一双眼睛占据了!它们之间唯一的区别在于这双眼睛是棕色的,另一双眼睛似乎呆滞而空洞,而这双死死盯着你!最糟糕的是,它们无疑看见你了!

我感到两腿发抖,就抓住了白人男孩,以防摔倒。

他说:"一开始的那双眼睛是涂在他眼皮上的,我在帐篷后面和他一起抽过一根雪茄,亲眼看见的。根本就不是真的!"

魔法师动作慢得跟什么似的,狠狠地盯着人群中的每一个人。当他的目光对上他们的目光时,有的人尖叫,有的人大笑,有的人大喊,有的人则目瞪口呆。我拿不准自己是哪种反应,因为内心的恐惧压倒了一切。

白人男孩说："看好了啊。我得给自己在这儿找点儿乐子。"

当那个男人的目光落到男孩身上时，男孩站得笔直，表情僵硬得像块石头一样。我连忙松开他的胳膊，免得魔法会趁机从他身上窜到我身上。

那个男人明确地指着男孩叫道："你！"

男孩的眼睛都快从脑袋里蹦出来了！

魔法师的手指开始弯曲，引得人群中生发出了更多的尖叫和混乱。

男孩看着我，他的表情放松了片刻，一只灰眼睛还朝我眨了眨。然后他的表情又瞬间恢复了僵硬，看起来傻傻的，他推开人群，走向舞台一侧的台阶。你都会以为魔法师的手指是磁铁，而男孩则是铁屑做的！大家看到他中了魔法，纷纷躲到一边，好像他正拎着满满一桶瘟疫！

男孩登上舞台，魔法师用斗篷在他头上挥动了两次。魔法师说："小子，你认识我吗？"

男孩说："不认识，先生，你完全是个陌生人。"

"那我们从没说过话？"

"没有，先生。我也从没在帐篷后面和你一起抽过雪茄。"

有些人不清楚这有多可怕，大笑起来，魔法师尖叫道："安静！你们看不出来这个男孩已经中了魔法，正在胡说八道吗？哎呀，假如我的注意力稍一不集中，他就会有危险，一

奔跑的少年

辈子一直像现在这样是个胡说八道的傻瓜!"那个魔法师说话像是从英格兰来的。

多数人都安静了下来,就跟在课堂里一样。

魔法师又在男孩头上挥动了一次斗篷,然后说:"看着我的眼睛!看进我的眼睛深处!"

那个男孩不由得看着魔法师,魔法师开始眨第一只眼睛,然后是另外一只。于是,在他一侧的脸上你看到的是一只棕色的活眼睛,而在另一侧的脸上你看到的是一只蓝色的毫无生气的眼睛。然后,他同时睁开两只毫无生气的眼睛,然后又同时睁开两只活眼睛,直到你的脑袋又混乱起来,你就知道这个男孩说错了,这个魔法师是真的!

我又抓住了牧师外衣的袖子。

魔法师说:"看着我的眼睛的更深处!"

男孩的脑袋开始快速地前后晃动,就如同钟上的钟摆掉了平衡块。然后他的下巴垂到胸前,好像昏迷过去了一样,只是没有倒下瘫成一团!

那个人说道:"你正在安睡过去,进入一个温柔的梦乡,一个五彩斑斓的梦乡。我一打响指,你就会听命与我。随着我的响指,我最简单的愿望都会变成你无法抗拒的命令!"

他慢慢地把右手举过头顶,感觉等了有一小时,他才打了个响指。在同一时刻,有人敲了一下鼓,发出"咚"的一

Elijah of Buxton

奔跑的少年

声可怕的声响,整个舞台前沿爆出一团红黄色的粉末,发出爆裂声和嘶嘶声。尖叫声和粉末的烟雾一直升到帐篷顶,老实说,我发出的尖叫声音量之大、时间之长绝对名列前茅!

魔法师说:"当我数到三时,你就睁开眼睛,除了我的声音,你听不到其他任何声音!一……二……三!"

他又打了一个响指,男孩的眼睛睁开了,直勾勾地盯着魔法师。我知道这个可怜的男孩中了那个人的魔法,因为他的两只眼睛一只向右看,一只向左看,然后开始转圈儿,并向后翻进了脑袋里!一想到这男孩刚才还说这就是胡扯,可现在他完了,被这个可怕的男人控制了,我就吓得浑身冰凉!我知道用不了多久,这个可怜的白人男孩就会在帐篷顶上又抓又挠!

魔法师问道:"你叫什么名字,小子?"

男孩开始慢慢地说话,吐字非常吃力:"我……妈给我取名……塞缪尔……可是大……多数人……叫我……萨米。"

"塞缪尔,在这个世界上你唯一信任的人是谁?"

"你,主人。"

"说得对!你相信我所说的一切吗?"

"你的话都是金玉良言,主人。"

"既然如此,你为什么要用英语和我说话呢?你不是个小男孩,你是一只鸡。除非加拿大的鸡比美国的鸡聪明得多,

否则它们是不说英语的!"

真是太不可思议啦!那个小男孩开始咯咯地叫,并在舞台上到处啄来啄去的,然后开始用光着的脚在地上又蹬又挠,他肯定是在刨虫子!

几乎帐篷里的所有人都觉得这很好笑!没人担心萨米的妈妈会怎么说——她把儿子送到嘉年华时是个小男孩,回家的时候却变成了一只鸡!最糟糕的是,还是一只特大号的鸡!

魔法师再次挥动斗篷,嘴里叫道:"你不再是只鸡了,你又是个男孩了!可是等一下,变天了。这儿真冷啊!"

哇,男孩开始浑身哆嗦,牙齿打颤,两腿抖动,我都感到脊背自上而下一阵阵发凉!而且这也不是胡扯,因为萨米的身体开始变蓝,就和传言中人快不行的时候一模一样!

催眠师大叫:"天哪!加拿大这鬼天气!前一秒能冻死人,下一秒又像是炼狱之火。这天儿热的,都能把人热死!"

萨米停止了哆嗦,开始抹额头上的汗,拉开衬衫的领子,嘴里发出"咻咻"的声音。看情形你会以为他刚刚在三伏天里用老鼠拉小刀代替骡子拉犁犁完了五十英亩地!

人们又笑又叫的,太欢乐了,这回明白了,进来看这个表演为啥需要整整二十五美分。

催眠师说:"你前面是什么,年轻的塞缪尔?我看好像是伊利湖水,凉爽、幽深、诱人。"

奔跑的少年

萨米开始打扫舞台,就像上面有沙子似的,他在清理出一块地方好铺毯子。可还没等他坐下,催眠师就充满失望地说:"塞——缪——尔,塞——缪——尔,塞——缪——尔。"

萨米僵住了,那人对他说:"你离这个大湖只有几步远,完全可以洗个澡的,怎么会只想着在岸边放松呢?你应该直接跳进去!"

萨米拍了一下脑门,好像是在思考:"我怎么就没有想到这点呢?"他伸出一只脚趾去试水。他发出长长的一声"啊",然后准备把整只脚放进除了他和魔法师谁都看不见的那个湖里。

还没等湖水没过他的脚踝,催眠师又说:"塞——缪——尔,塞——缪——尔,塞——缪——尔。"

萨米没有再往前迈进水里,魔法师看着我们所有的观众说:"你们这儿有谁听说过男孩会穿着全套衣服洗澡吗?"

人们异口同声地喊道:"没有!"

我一直盯着萨米看,有一瞬间,呆傻的表情从他脸上消失了,他的眉毛皱了一下,但转眼间他又恢复了呆傻的模样。

催眠师说:"当然没有,尤其是当你穿着多伦多最有才的裁缝师给你做的最华丽的丝绸衬衫时。塞缪尔,如果你把那件漂亮、昂贵而时髦的衬衫弄湿的话,你妈妈肯定会大为光火的!"

萨米又拍了一下脑门,开始脱衬衫。一脱下衬衫,他身

上就只剩下一件破烂的背心,他又开始踮着脚尖往湖里走。可还没等湖水淹没他的膝盖,魔法师又说道:"塞——缪——尔,塞——缪——尔,塞——缪——尔。"

萨米一只脚停在空中,回头看着魔法师。

"哎呀!女士们、先生们,你们看看这个年轻人!他是个固执的不知感恩的小子!他亲爱的、挚爱的母亲不只给他穿了合身、漂亮的丝绸衬衫,还给他穿了一件丝绸背心!塞缪尔,在它被伊利湖水毁掉之前,请脱掉它。"

这一次,萨米看了催眠师一眼,那目光一点儿都不呆傻,而是有点儿郁闷。

他把背心脱了下来,一阵笑声在帐篷里回响。笑是一种很奇特的东西,因为有许多不同种类的笑。有的笑源于你听了一个好听的故事,有的笑源于你受到惊吓后却发现并没有可怕的,而有的笑就是这个帐篷里此时正回荡着的这种。它根本就不是高兴的笑声。它都让我想到了一群猎狗把一只负鼠撕成碎片时发出的声音。它更像是魔鬼发出的笑声,如果魔鬼极具幽默感,而你刚对他讲了个笑话的话。

我可不会那么笑。我看出来了,如果说一开始这对萨米来说还算好玩儿的话,那么现在肯定已经变味儿了。

关于抽烟会对孩子造成什么影响,我爸妈肯定是对的,因为他的背心刚一脱下,我们就能看到萨米骨瘦如柴一副病

奔跑的少年

恹恹的样子,我要是光溜溜地站在这些人面前得臊死,可施在萨米身上的魔法太强了,使他继续做了下去。不过他的确对整个表演越来越没有热情了。

他抱着双臂,重新开始踮着脚走进伊利湖里。可是当催眠师和多数观众抱怨地喊着"塞——缪——尔,塞——缪——尔,塞——缪——尔"时,塞缪尔发出了一声长长的呻吟。

人群中一阵大喊大叫,因为我们都十分肯定,尽管萨米的粗布裤子在我们看来又旧又破,可在催眠师眼里,它却是不能弄湿的上好的多伦多丝绸。

"天哪,小子!我从没见过你这么幸运却不配享有好运的孩子。你母亲对你的爱永无止境!裤子也是丝绸的,你能相信吗?"

这一次,萨米脸上没有了呆傻的表情,取而代之的是害怕和羞臊。他头发上的红色染料滴落在了脸上。他的耳朵变得通红,就像滚烫的烧火棍子。

但是他转过身去,背对着人群,开始解裤子上的扣子!

他刚解开所有的扣子,就停住了,可是催眠师对他毫不留情。他挥动着斗篷说:"脱掉丝绸裤子!"

萨米吸了一大口气,帐篷里所有人都听到了,然后他松开了手,裤子落在他的脚边。

人群中先是一番倒吸凉气声,然后就变得异常安静起来,

一个男人大声喊道:"嘿,要是他那妈妈真那么爱他,那你想吧,她就不会给这孩子穿条打满花补丁的裤子了,管他是不是丝绸的!"

大喊大笑声肯定把帐篷顶掀起了五英尺高,全都是因为萨米正一丝不挂,就像新生儿一样。他变得跟我见过的红衣主教一样红。我宁可在天花板上飘两小时,也不愿意像那样站两秒钟。

催眠师张大了嘴巴,他飞快地敲了敲萨米的脑袋,然后用斗篷裹住了他,说:"魔法结束了,穿上你的裤子,你这个小傻瓜。你疯了吗?"

当人们推推搡搡地把萨米赶出帐篷后,魔法师又催眠了两三个人,但是谁都没有萨米有趣。

当我和牧师离开帐篷的时候,都快到半夜了。他说:"我们到下一个地方的时候,一切都要按我说的做,打消你说个没完的冲动。除非问到你,不然不要开口。"

"好的,先生。"

人们开始离开嘉年华,而我们则往树林里走了一小段路,然后坐在两个树桩上。最终牧师说道:"我们走。记住喽,你说得越少越好。"

第十章
CHAPTER TEN
遇到真马威

我和牧师又在嘉年华闲逛了大约一个小时,然后回到阿特拉斯空地,朝着一个帐篷走去,大多数嘉年华的人都坐在里面。一个相貌粗野的红头发大块头白人男子站起身来,把他的手挡在牧师的胸前说:"表演结束了,小子。我们今晚就走了,不需要干活儿的了。"

牧师拍开那个男人挡在他胸前的手,把他的上衣敞开,露出了那把神秘的手枪。他说:"你看我像个小子吗?我不是来找活儿的。我要找老板。要是你再碰我一次,我就把你的手剁掉!"

那个有着两双眼睛的高个子魔法师跳起来说道:"等一下,红头发。我是老板,先生。有什么可以为您效劳的?"

牧师推开红头发白人男子,说:"先生,首先我想对你说,你这个嘉年华真棒。"

魔法师把手伸向牧师,说:"哎呀,谢谢您,先生。敢问

尊姓大名？"

"我是正尊执事泽弗赖亚·康纳利三世博士。幸会，先生。"

"康纳利先生，得识尊驾，荣幸之至。在下查尔斯·蒙迪艾尔·沃恩四世，最高荣誉巴斯勋位二级爵士，十四年前刚刚获封。"

牧师说："我才是荣幸之至，先生。我见过很多嘉年华，都无法与你这个相提并论。你一定非常自豪。"

"确实，确实。我为组建这个大家庭努力了很多年。"

牧师说："所以我要和你谈一谈。"

魔法师狠狠吸了一口雪茄，把烟吹到一边，然后说："那么，有什么可以为您效劳的，先生？"

"其实是我可以为你做些什么。"

"我很感兴趣。请讲。"

牧师把我从身后拉到前面，说："查尔斯爵士，请允许我介绍一下巴克斯顿有史以来最神奇的孩子。虽然他在非洲出生长大，但在过去四年里是和我生活在一起的。或许你在江湖上听闻过他所来自的部落——乔乔特？"

查尔斯爵士说："恕我孤陋寡闻。"

"你没听说过情有可原。说来令人痛心，这个小阿博是部落的最后一个成员了。"

"呃，这的确令人痛心，不过这跟我的嘉年华有什么关

奔跑的少年

系呢？"

牧师连说再比划，开始编造故事了。"乔乔特人都是勇士，他们狩猎只用石头，就连捕鱼也是如此。投石头是他们祖传的绝技，而小阿博的父亲，也就是乔乔特部落之王，在惨遭杀害之前，刚刚将用石头狩猎和捕鱼的秘诀传授给了儿子。"

牧师的语气听起来悲痛万分，就连我都开始替小阿博感到难过了，我知道他就是我，我也知道整个故事一句真话都没有。

魔法师说："真遗憾。不过请等一下，我是不是可以理解为您是说这个男孩可以捉水里的鱼？用投石头的办法？"

牧师说："要是我们在湖边，他就可以表演给你看了。"

魔法师冲那个五大三粗的红头发白人男子眨了眨眼睛，说道："如果他有这个本事，那他一定有一双异常敏锐的眼睛。或许他能通过其他方式来展现一下自己的才艺？"

"当然能。今晚我看了你们这儿沙巴尔女士的表演，她非常了不起，不过她做的那些事儿小阿博完全不在话下。"

"当真？"

"当真。或许我们可以去她的帐篷表演给你看。"

"呃，先生，其实我们正准备拆东西呢，不过我想小阿博没准能让我们乐呵乐呵。"

牧师、查尔斯爵士和另外那个白人向弹弓女士的帐篷那

儿走去，我紧随其后。

魔法师看看我，用很慢的语速大声说："你……会……说……英语……吗？"

要直视这个长着两双眼睛的人有点儿困难，不过我说："当然啦，先生，我还会说一点儿拉丁语，而且我还懂一点儿希腊语。"

哎哟！肯定是我说得太多了。牧师狠狠地瞪了我一眼，然后对魔法师说："还有，当然，他的乔乔特语说得很流利。"

魔法师的一条眉毛往上一挑，说："真的吗？我听这个男孩的加拿大口音很重啊。"

"那是因为他不仅是自大卫之后最好的石头投手，他还异常地聪明。他和我只生活了四年，就彻底掌握了加拿大西部的语言和习俗，速度真是快得惊人。"

突然一个陌生男孩来到我身边，凶巴巴地看了我几眼。他的头发乱作一团，像个鸟窝，他的衣服脏得就连库特都会受不了，打死也不会穿。

他问："你谁啊？"

我刚要报上名号，突然想起萨米告诉过我在这儿不能说叫"伊利亚"。我知道这孩子不是巴克斯顿的，我也知道他不是查塔姆的，不过我不能百分之百肯定。我想最好还是不要冒险。他比我小一点儿，所以我反问道："为啥要告诉你？"

奔跑的少年

他又问:"你们要去哪儿?"他听着像是美国人。

"去弹弓女士的帐篷。"

这个男孩啐了一口,用光着的脚踢了踢地,说:"我就知道!"

我能看得出来他正在打量我的身高,看看能不能打败我。走路时,我把胸脯挺高了一些。

这个男孩安静地说道:"我是真正的马威!可是你准备取代我,是不是?"

"你说什么啊?"

"那个白人男孩不咋地,我看到了,所以现在查尔斯老爷找你来替代我。"

他把头朝魔法师那儿歪了歪,继续说:"他告诉我说只是在加拿大期间临时的,可是我知道他是在说瞎话。"

"什么瞎话?"

"你想当下一个马威,对吗?"

"什么呀?"

"可是我必须现在就告诉你,这差事你不会喜欢的。你绝不会喜欢跟着他们到处闯荡的。他们一开始什么也不告诉你,但是你得清理所有那些动物笼子,不管白天晚上都得给他们拿东拿西的,而那个鳄鱼男逮着机会就打你,你还得给他们洗所有的衣服,而他们给你的吃的很抠门,过段时间后,让葡萄打在脸上也不怎么好玩了。"

我说:"我谁的位置也不会取代。那个人把我一通胡吹,好让那个长着两双眼睛的人看看我投石头有多厉害。"

那个男孩又瞪了我一眼。

我问道:"你和这些人一起到处闯荡吗?"

"那当然,我告诉你,我是真正的马威。"

"你爸妈也和你一起吗?"

"我没有爸妈。"

"你是孤儿?"

"你说话小心点儿。什么是孤儿?"

我问道:"你多大了?"

"我不太清楚。"

"你没上过学吗?"

"我上学干什么用?你问的问题太多了。"

"谁照顾你呢?"

"查尔斯老爷照顾我。他把我照顾得很好。他在路易斯安那为我花了一百美元。"

"花钱?你是奴隶吗?"

"不是!我见过他们是怎么对待奴隶的。我可不是奴隶。"

"你从没试过逃跑吗?"

"你什么意思?要是老爷放了我,那我吃什么?我睡哪儿?"

"可这儿是加拿大。你离巴克斯顿只有三英里远。你从

奔跑的少年

没听说过巴克斯顿吗？"

"查尔斯老爷解释为啥要找个白人男孩来假装马威时说过巴克斯顿。他说你们这儿的人看到我被葡萄砸中不会觉得好玩儿。现在他看到那个白人男孩不咋地，又想让你来试试了。"

我告诉他："我爸妈不会让我跟着马戏团一起走的。巴克斯顿是我的家。"

沙巴尔女士的帐篷里面没什么人时，看起来小了很多。沙巴尔女士正坐在舞台上抽雪茄。

马威指着丛林板上面的白布小声问道："那些字你都认识吗？写的是什么？"

我告诉他说："写的是'瑞典丛林'。"

"没有关于马威的内容吗？"

"没有。"

"我早就料到了。他蒙我！"

牧师和魔法师停止了交谈，查尔斯爵士对马威说："去把那些蜡烛点着，就跟演出时一样。"

"好的，先生！"

马威划了一根火柴，把板子上的所有蜡烛都点着了。

"其他的也都点吗，老板？"

"对，都点了。"

马威拿起一根点火杆，在帐篷里转了一圈，把高处的蜡

烛也都点着了。做完后,他回来问:"就这些事吗,老板?"

"是的,马威,不过不要走开。我们马上就开始。"

"遵命,老板。"

"好了,康纳利先生,或许小阿博可以展示他的才艺了。"

牧师挥手让我到舞台上去。

他对我耳语道:"第一轮只用右手。"

这没啥!我离瑞典丛林板子上的蜡烛都不到二十步。我把手伸进手提袋,拿出十块石头,放在我旁边的桌子上。

我看向牧师,他向我点了点头。我屏住呼吸,用右手扔石头,用左手给右手递石头。

我扔完之后,所有的蜡烛都灭了,像弹弓女士一样弹无虚发。

魔法师和另外那个白人男子对视了一眼。沙巴尔女士从鼻孔中喷出长长的一溜烟雾。牧师向我眨了眨眼睛。

马威叫道:"喔——喔——喔——喂!他真厉害,查尔斯老爷!你们不能让他干别的,就让他扔石头,他太厉害了!"

魔法师说:"你说得对,马威,真了不起!那么,其他的呢?"他指着高处的蜡烛问。

这可不容易了。最远的蜡烛都三十或三十五步开外了,而且那么高的地方光线有点儿暗。

牧师看出我有些烦躁不安,就走上舞台。

奔跑的少年

"怎么了？"

"我没把握把后面那两根蜡烛打灭，先生。"

"那就把它们砸倒。"

"好的，先生。还是只用右手？"

"对。"

我屏住呼吸，朝环绕帐篷的十二根蜡烛扔去。扔完后，后面的一根被砸倒了，而门口上方的那根根本没有砸中。

查尔斯爵士和另外那个白人男子把头凑到一块儿，开始小声交谈。

马威说："查尔斯老爷，查尔斯老爷。您得让那个男孩替代沙巴尔小姐！他很厉害，能替代她。"

牧师说："故事还没到一半儿呢，查尔斯爵士。没有不敬的意思，女士，不过尽管你无疑是一位百发百中的弹弓射手，但小阿博的才艺可不止这些。"

牧师又连说再比划地编起故事来。他说："乔乔特部落现在之所以几近灭绝，原因之一在于他们那儿有一种毒虫，人称可怕的巨型巴马蜂。那种蜂个头巨大，抓走一个成人就跟老鹰抓老鼠一样轻松。它们十只一组发动攻击，这就逼着乔乔特人学会了扔得既要准还要快。我提议，如果沙巴尔女士还有余力的话，可以和小阿博一起做一次精度和速度的表演？"

查尔斯爵士说道："比一场？嘿，这可能会很有意思。女士？"

弹弓女士看上去不太想比,不过她还是用牙咬着雪茄,站到了我旁边。

牧师说:"要是这孩子能把板子上的蜡烛重新点着的话,我们就可以开始了。"

马威等到查尔斯爵士向他点了点头,才点燃了所有的蜡烛。

牧师说:"这位女士何不从板子的一边朝着中间熄灭蜡烛,而小阿博则从另一边熄灭蜡烛呢?这样我们就能看到谁熄灭得最多、最快了。"

那女人把雪茄咬得更紧了,说道:"左边。"然后她举起了弹弓。

牧师对我耳语道:"用两只手。好好赢她一把。"

他对查尔斯爵士说:"你发指令吧。"

魔法师说道:"我数到三,你们俩同时开始。一……二……"

瑞典人肯定是对数数儿不太在行。魔法师"二"还没说完,沙巴尔女士就熄灭了左边的第一根蜡烛。

"……三!"

我左右开弓开始扔出,左,右,左,右,左,右。

巴沙尔女士熄灭四根蜡烛时,我已经熄灭了六根。

她把雪茄吐到舞台上说:"再把蜡烛都点着,你个小傻瓜。"

奔跑的少年

马威等到魔法师点了头,就把它们又全都点着了。

这一次我熄灭了七根,她熄灭了三根。她还砸倒了一根。她扔下弹弓,走出了帐篷。

马威叫道:"喔——喔——喂!他把她比下去啦!他比她厉害多了,您会让他替代她吗?"

魔法师说:"哎呀,牧师,您一点儿也没有夸大其辞。我认为小阿博非常适合加入我们这个大家庭。"

马威说道:"他会替代她吗,老板?我从没见过有谁扔得这么好!会有很多人花钱来看这个男孩扔石头的!让他挨葡萄砸就是浪费时间。"

魔法师吩咐道:"把这儿的东西都拆了吧,小子。我们明天中午动身。红头发,去看看沙巴尔女士还好吗。牧师,我们得谈谈。"

他和牧师站在舞台旁边。

查尔斯爵士说道:"我猜您在养育小阿博时应该破费不少。我会考虑到这一层的。您说这个可怜的孩子是个孤儿?"

"是的,他只有我一个亲人。"

"您想要多少,先生?"

牧师说道:"打住,你看错人了。我可不做人口买卖。"

"那您有什么提议?"

"我和这孩子愿意跟着你们一起走一段时间,如果你愿

意做出某些保证的话。"

"比如?"

"比如付给我们多少钱;比如我们在这儿需要干些什么;比如我们不用干什么。"

查尔斯爵士冲着帐篷顶又吐了一口长长的雪茄烟雾,说道:"啊,这么说吧,牧师,您提议做些什么呢?我能看得出来,小阿博能够靠扔石头自食其力,为这个大家庭添砖加瓦,当然,再加上几样别的杂活儿就贡献更多了,但我真的不需要别人了。不过,如果您能把这个男孩的监护权转让给我的话,我会好好酬谢您的。"

马威把瑞典丛林板上的所有蜡烛都扯了下来。他说:"打扰一下,老板,您要我把那个白人男孩的这个招牌拿掉吗?我们要把写着'这是真正的马威丛林'的招牌放回去,对吧?"

魔法师的眼睛看着牧师,但他朝着马威点了点头。

马威扯掉了写着"瑞典丛林"的那块白布!

白布下面的板子上写的竟然是:

非洲最蛮荒的丛林!!!帮助沙巴尔女士捉住马威,小黑孩儿的首领!!!

牧师突然不再说话。他抓住我的衣领,走到帐篷前面。

奔跑的少年

眼睛还没来得及眨一下,我们就已经走在了返回巴克斯顿的路上。

事情发生得太快了,我不得不问牧师:"我们怎么连声再见都没说就走了?"

他回答说:"跟我想的不一样。"

"你是怎么想的?那不就是个嘉年华吗?"

"忘了这件事吧。从一开始就是个馊主意。"

"怎么回事?"

"没什么,伊利亚,我只是想找个方式帮帮定居点。"

我又问了几次,可是牧师不再解释。他似乎不想再说话了,我想他不想说或许是想听我说,于是就对他讲了萨米的事,讲了我多么害怕飘走,还讲了查尔斯爵士为马威花了一百美元。在回巴克斯顿的路上我一直说啊说的,可牧师唯一感兴趣的话题似乎就只有马威。他让我给他讲了三次。我问牧师,如果你不介意替别人干活儿,也没有任何地方可去,那你是不是仍然是个奴隶。

他只说了一句:"是的,你仍然是个奴隶。但你比奴隶还要惨。你是一个无知的奴隶。"

我们到家时,牧师一直等到我爬进卧室的窗户。我刚一进去就朝他挥手,他也向我挥了挥手,然后就走了。我躺在床上想着这辈子里最激动人心的一天时,才意识到牧师走的

是返回查塔姆的路,而不是回他自己家的路。就像牧师那天夜里做的事儿一样古怪。我只好把它归类为大人们的行为举止说不通,根本就说不通。

△▽△

星期一早上,我和库特在学校前面会合。我都要憋炸了,急于给他讲嘉年华的事,可是还没等我开口,他就说道:"别人都不在,是不是有点儿怪?真可恶,伊利亚,上个月我就摊上过一次这样的事,那天我忘了是星期几了,星期天一大早在这儿坐了半个小时,弄不懂别人都去哪儿了。今天是星期一,对吧?"

"对,你不记得昨天一整天都在听课吗?"

"那大家都哪儿……"

这时,我们都听到有人"噢"了一声,于是就绕到学校的后面。其他孩子都在地里围成一大圈儿。谁都不敢在离学校这么近的地方打架,所以我和库特就跑过去看究竟怎么回事。

我说:"我打赌他们又发现了一具尸体!"

库特说:"呃呃,艾玛·柯林斯在那儿呢,她会第一时间跑去告诉谁的。我打赌是你说的嘉年华里的一头蛾狮跑出来了,他们正撮着它,等着来人把它弄走。"

我看了看库特,不禁希望蠢笨不会像感冒一样传染。

奔跑的少年

我们挤进圈子才发现既不是尸体,也不是狮子。是一个陌生的小男孩站在那儿,看上去就要哭了。

我认识这个男孩,可是一时想不起在哪儿见过。

接着我想起来了。是马威!有人剪掉了他的乱发,给他穿上了得体的衣服。

我说:"你跑出来了!你自由了!"

刚刚获得自由的人会有迷茫的表情和举止,这并不奇怪,可我以前从没见过有人因为要来巴克斯顿住而有发疯的表情和举止。马威发疯了。哎呀,他噘着嘴,像是嘴里含着石头,嘟嘟囔囔着,大家都在想他是不是疯了。

艾玛·柯林斯问他:"什么?你希望自己没有跑出来?你希望自己还是一个奴隶?"

马威用手揉搓着头顶,像是仍在好奇他的头发都去哪儿了。

"我告诉过你了,我不是奴隶,而且我也没有逃跑。我是被他的朋友抓来的!"

他指着我说。

我问他:"你说什么啊?"

"你们离开后,你的朋友又回来了,把我从查尔斯老爷那儿偷了出来。"

我知道自己应该闭嘴,可还是忍不住问道:"牧师?"

马威说:"他的举止可一点儿也不像我见过的牧师。"

库特说:"发生什么事了?"

"我们刚一拆完所有的东西,他的那个朋友就闯了进来,手拿两把枪,使劲儿地用手枪击打红头发老爷。然后他抓住查尔斯老爷的头发,就像要把他的头皮剥下来。他把一把枪插进查尔斯老爷的鼻子里。

"我们都以为这又是一起抢劫,老板肯定很怕这个人,就说:'没必要伤害任何人,只管把钱拿走好了。'可是那个男孩的朋友……"马威指着我说,"……说他不是来抢劫我们的,然后他把没有插进查尔斯老爷鼻子的那把枪指着我!他对鳄鱼男说给他一分钟时间把我的手捆起来。他一直用那把枪插着查尔斯老爷的鼻子,插得太深了,血都从他脸上流下来了。"

泪水从马威的两眼中汩汩而下。"鳄鱼男刚用绳子把我绑好,牧师就对他们说,这儿是加拿大,大家都是自由的,他要把我带到巴克斯顿,谁拦着就杀谁。然后他对查尔斯老爷说我们一到巴克斯顿,你们的武装力量就会保证谁也别想把我弄回去。他说他在树林里拴着一匹加拿大最快的马,不过就算他只有一头又老又弱的骡子也没有什么两样,因为他根本不想飞奔,也不想小跑,更不想猛冲。他说他就不想逃避谁,尤其是在他自己的国家。然后他对查尔斯老爷说了来

奔跑的少年

这儿的路,如果他想找到你们所有人的住处的话。他告诉他们,来巴克斯顿的路在南边大约半英里的地方向右分岔,要是他们蠢得不要命的话,就得在那儿拐弯。"

大家都被马威的故事惊呆了。

他用袖子擦了一下鼻子,继续说道:"然后他就拉着我出了帐篷,把我拖进树林里,放到那匹漂亮的马上面,把我绑到马鞍上,把缰绳系在他自己的腰上,一手一把手枪,我们就顺着大路的中央往南走。

"我知道查尔斯老爷他们会来救我的,我希望他们杀那个人的时候瞄得准一点儿,不要误伤了我。"

马威朝地上踢了一脚,又接着说道:"我只能猜到一件事,就是他们到岔路口时走错了路。不过要是他们闯进学校把我带回去,你们谁也不要感到意外。"

艾玛·柯林斯说:"你为什么希望那样?你现在自由了。"

马威说:"他们告诉我必须来上学,别无选择,我怎么就自由了?他们让那个叫约翰尼的男孩和他的妈妈像治安官一样看着我,我怎么就自由了?"

铃声响了,我意识到自己得对马威小心一点儿。我大半夜还在嘉年华闲逛的事,要是被艾玛·柯林斯或别的哪个女孩儿听到了一点儿风声的话,那我的麻烦可就大了。

当我们走上学校台阶时,特拉维斯先生说:"早上好,同

学们、斗士们、美好未来的追求者们！准备好学习了吗？准备好成长了吗？"

他看见马威，说："啊！恭喜！他们告诉我了，说你今天入学。欢迎你，年轻人。"

我看得出来，自由让马威感到很难受。他没有礼貌地回应特拉维斯先生，而是鲁莽地问他："你们的军队有多少人马？"

孩子们都闪到一旁，腾出空间，好不妨碍特拉维斯先生抓住马威。可是特拉维斯先生的所作所为出乎了我们所有人的意料。他既没有打马威，也没有给他任何责骂。他温柔地把手放在马威头上，和颜悦色地说："我的名字是特拉维斯先生。我对你说话的时候，你要这样称呼我，或叫我'先生'。我觉得我们俩要在一起度过很长很长一段时光。再次欢迎你，恭喜你。"

马威回答道："谢谢你，先生。"我和马威一整天都在往窗外偷看，等着查尔斯爵士和那个五大三粗的红头发白人男子到这儿来。可是他们一直没有露面。

第十一章
CHAPTER ELEVEN
藏在枫树后的人

嘉年华事件过去一星期后,一个星期六的早上,爸爸、老煎饼、库特和我正在南边霍尔顿太太家的地里挖树桩。一切进展得都很顺利,突然老煎饼打了一个响鼻儿,告诉我它看见或闻到了什么反常的东西。鹿和其他四条腿的动物对它而言不算什么,所以我知道它这一声是因为一个陌生者,一个陌生的人。

我继续赶着老煎饼,当它拉绑在树桩上的锁链松劲时我仍然用力拽它的缰绳,不过我的目光越过田野,想看看是什么让它打了个响鼻儿。

我在树林边发现了他们。

人们藏在待着很不舒服的树林里时,总是会犯同样的错误。假如你想不做全面搜索就知道他们的准确位置的话,那你只要在最大的树或岩石周围找 找就行了。他们总以为那后面是最佳藏身地点。不管那些人是谁,反正他们选择了立

ELIJAH OF BUXTON

在霍尔顿太太地里的最大那棵枫树。

我看见一片绿色中有两个脑袋从五十码开外的枫树后面探出来偷看。我继续干着活儿,吹着口哨不让老煎饼停下来,装作什么也没看见。

我说:"爸,老煎饼刚才发觉东边儿树林里有几个人。"

爸爸手里的活儿没停,也没有四处张望,就像我没有在和他说话一样。他只说:"是白人吗?"

"不是。"

"有几个人?"

"我只看见两个,先生。像是一个男的和一个男孩。"

爸爸说:"库特,回去,找到艾玛·柯林斯。叫她到这儿来一趟。别回头看,我们看不见你之后就跑起来。"

库特知道爸爸为什么要找艾玛,所以就说:"好的,先生。"于是,他做出一副漫不经心走开了的样子。

这貌似古怪,但我们不得不如此,以免惊吓到谁。

大多数时候,当刚获自由的奴隶来到巴克斯顿时,都是在一个"地下铁路"列车员的帮助下抵达的,不过偶尔也有完全是自己找过来的情况。发生这种事时,有人总会在树林或者灌木丛里发现他们在偷看我们,琢磨我们,拿不准被人发现的话安不安全。即使他们没有看到白人,也仍然不能直接出来亮明身份。

奔跑的少年

我们早就知道在刚发现他们的时候不能弄出太大的动静。我们知道，他们经历了漫长的逃亡，提心吊胆，担惊受怕，不知道下一顿饭什么时候吃，或下一觉睡在哪儿，或是都可以信任谁，这些经历让他们变成了惊弓之鸟，甚至变得很危险，不太能接受任何跑向他们的人，即使你笑着朝他招手，表达你对他们的大功告成感到由衷的高兴。不等你到他们身边，他们就会没入林中，留下你独自站在那儿，怀疑自己是不是看花眼了。

如果我们一群人大呼小叫地冲向他们，他们很可能会在森林里再躲上两三天。这两三天他们是自由的，可他们却不知道，爸爸说这最可悲了，因为你永远不会知道你在世上还会活多久，所以自由的每一天都是无比宝贵的。

我们做了各种尝试之后，发现欢迎刚获自由的人来定居点的最好办法，就是利用那个爱哭鼻子的丫头片子艾玛·柯林斯，原因就在于此。

库特离开没多久，就拽着艾玛回来了。艾玛抱着她的娃娃。那只是一只旧袜子，脚趾部分填了东西，然后用细绳系紧，做出个脑袋的模样。上面缝了两枚棕色的大扣子作眼睛，六枚白色的扣子作牙齿，甚至还有一撮编起来的黑毛线作头发，本来应该是看起来像辫子。艾玛还在每根辫梢上系了小丝带，给玩偶穿上蓝色的连衣裙和红色的围裙。所有这些合在一起，

就成了这么个乱七八糟的可怕的东西,都会让你做噩梦。但是除了上学之外,艾玛和它几乎形影不离。

她说:"下午好,弗里曼先生。下午好,老煎饼。下午好,伊利亚。"

这就是谁都不喜欢艾玛的一个主要原因,她以为在跟我打招呼之前先跟骡子打招呼很好玩。就跟菲利普·怀斯一样,对于我是巴克斯顿第一个生而自由的孩子这一事实,她也一直耿耿于怀。我妈和她妈比赛看谁先生,而艾玛比我整整晚出生了六天。由于我和妈妈赢得了比赛,所以艾玛一直妒火中烧。

爸爸拉下帽子回应她。我则拉下了脸。

爸爸擦了一下额头,问:"你还能看见他们吗,儿子?"

我轻轻拍了拍老煎饼的肚子,面朝爸爸,目光却转回那棵大枫树。在离地三英尺高的地方仍然有半个脑袋在偷看我们,是那个男孩。

"能,有一个还在那儿。"

爸爸说:"他们在那边,艾玛,在这儿一带最大那棵树旁。"

艾玛用眼角余光看了看说:"我看见树了,弗里曼先生。"然后她慢慢地从我们身边走开。

弗雷德里克·道格拉斯先生在演讲时说过,在让自己获得自由这件事上,第二难的一步是你迈出的第一步。他说,

奔跑的少年

在你下定决心并迈出第一步之后，后面的就非常容易了。可是他说，最难的一步是最后一步。他说，从为奴最终跨向自由是奴隶有生以来要做的最可怕、最勇敢的事。在我看来，艾玛·柯林斯成了带着人们迈出走向自由最后一步的最佳人选，这真奇怪。不过，实话实说，还真没谁比她做得更好了。

妈妈说那是因为艾玛很像我，不过她这可不是什么好话，因为艾玛不会扔石头，也不会像我那样能把动物们照料得非常好。而我在学习和学校的功课上也比她差得很远。妈妈的意思是，我们俩很像，是因为艾玛也很懦弱。

但她可一直都比我懦弱多了。你得仔仔细细地把我研究一番之后才能看出我的懦弱，可是对于艾玛来说，那是一目了然的事，她的懦弱都写在她的脸上。就像妈妈和其他女的在礼拜天时戴的破花帽一样显眼。但是这种懦弱确实让人很容易就能看出艾玛是个人畜无害的人，这让逃跑的奴隶们一看见她就会觉得舒服一些。

艾玛·柯林斯并没有直奔那棵大枫树而去。她貌似七拐八拐的，走得很慢，但总是朝着那棵树的方向。

这看起来完全就是浪费时间，大约一分钟的路，却花了那么长时间，不过她心里有数。她弯腰摘起一朵小黄花，看样子是在拿给那个丑八怪娃娃看，走了几步，又蹲下搬起一块石头看看下面有什么，把玩偶的脸靠近地面，好让它也看

ELIJAH OF BUXTON

个清楚，又走了几步，身子转几个圈，又走了几步，又把什么东西从玩偶的裙子上掸掉，还没等你弄明白她是怎么做到的，她已经溜达到那棵大枫树旁边了。

这时她终于不再走动了，死死盯着那棵树。我知道她正在温柔地对着那些自以为没被发现的人说话。

她离我们太远了，话语又太轻柔，所以我听不到她的话，不过我知道她正在说着："嗨，我叫艾玛·柯林斯。我是巴克斯顿第一个生而自由的女孩，而现在，你们也自由了。你们就要成为我们的新邻居了，我们非常高兴。来吧，我们一直在等你们。"

艾玛·柯林斯结束了自己的演讲，把右手伸向那棵树。

很长一段时间都没有什么动静，然后，慢慢地，一个男人从枫树后面走了出来，手里抓着帽子。他说了句什么，把帽子戴回头上，然后单膝跪下，把一只手伸给艾玛。

艾玛握住他的手，他站起身来，他们开始径直朝我们走来。

我说："她搞定了！"爸爸这才看向那边，并挥手致意。

那个男人没有做出任何回应。他一只手拉着艾玛，另一只手放在背后。他左顾右看，瞻前顾后，好像一有风吹草动就会马上逃走。

在离我们还有大约二十步的时候，那个男人松开了艾

奔跑的少年

玛的手，扯下帽子，对着爸爸喊道："请原谅，先生。这孩子说的是真的吗？这儿真是巴克斯顿吗？"

"上午好。是的，先生，这就是巴克斯顿，你们真的自由了！"

那个男人亮出了藏在身后的那只手，手里握着一把明晃晃的长刀。

他看看那把刀，又看着爸爸，一副要哭未哭的样子。

他掉转刀子，握住了刀刃，说："非常抱歉，先生，我还拿着这把匕首，可是……"他擦了擦眼睛，"……可是我们疲于奔命，已经快……"他说不下去了。

爸爸走上前去，抱着那个男人说："不要再说了，兄弟。我知道。我知道你这一路上的艰辛，不过你找到你的安身之所了。你到家了。你一个人吗？"

那个男人说："不是，先生。"他转过身去，对着枫树吹了声口哨，然后在头顶上方挥舞着双臂。

一个女人、一个男孩和一个女孩，手拉着手从树林里走了出来，慢慢走向我们。他们走得很慢，低着头，左顾右看的，就像那个男人刚才那样。他们没有径直走向我们，而是沿着树林边和勒罗伊先生清理过的霍尔顿太太的一块地走过来。

那个女人背上背着一个包，我知道那是一个宝宝，因为捆绑的方式跟定居点所有的女人带着孩子干活儿时一个样。

奔跑的少年

大约走到一半儿时,他们不再沿着林边走,而是开始步伐越来越快地穿过空地朝我们走来。他们的嘴巴张得大大的,像是要尖叫一般,但是没有传来任何声音。过了片刻,他们开始拼命奔跑,就像身后有个野兽在追赶他们。随后他们发出一种声音,令我全身皮肤抽搐,起满了鸡皮疙瘩。那根本就不是人声,那是混杂在了一起的哀号、呻吟和喊叫声,听起来特别瘆人。

那个男人扔下刀子,奔向他们。他们狠狠地撞在一起,你都会以为他们彼此会把对方撞倒,然而并没有。他们站在那儿抱作一团,一直发出那种可怕的声音,紧紧拥抱着彼此,好像没有明天了似的。他们才只分开一两分钟,却像一百年没见面了似的。

那个小男孩看上去大约有五岁大,又哭又闹的,两条腿上下倒腾着,就像还在跑着,却原地不挪窝。他紧紧抱着他父母的大腿原地跑着。看到父母长时间的放声大哭、举止失常,肯定把他吓坏了,因为突然之间他的裤子前面湿了一大片。我只得扭过头去,免得让他觉得丢人。

我看向艾玛,天哪,这会儿她正在揉搓那个丑娃娃,拉下嘴角,泪眼朦胧,准备要和这些刚刚获得自由的人一起号啕大哭了。

谁要说号啕大哭不像麻疹、水痘或瘟疫那类东西那样,

我就跟谁急,因为一旦一个懦弱的人被染上了,好像周围其他懦弱的人谁都没跑。我一直拼命抗拒着,可除了开始和艾玛他们一起大哭之外,一点儿招儿都没有。

爸爸和库特没有任何让我感到尴尬的举动。库特看向自己的鞋,而爸爸则看着我。他的肩膀略显松弛,长出了一口气,貌似失望,不过至少他什么也没说。

那个女人挣脱出来,扑向爸爸,她把背上的宝宝解了下来,举到面前。

她说道:"先生,我的孩子!我的女儿病了!"

她给爸爸看了宝宝,爸爸说:"我们有护士照料你的孩子,太太。她病了多久了?"

她说:"从昨天早上开始她就没有醒过。两天前有些缉奴贩子紧盯着我们不放。这孩子一向很安静,可自从我们开始逃亡以来,她就总爱哭,所以我只得给她吃些这个,否则他们肯定就逮住我们了。我没有别的办法,可是恐怕我给她吃的太多了。"

她从衣服口袋里掏出一个棕色的药瓶。

爸爸说:"她的呼吸很有力。我们有很多孩子服用过过量的安眠药,过段时间之后他们都恢复得很好。"

那个男人和两个孩子围到女人和熟睡的宝宝身边。爸爸松开老煎饼身上的链子,把它拴在我们一直在拉的树桩上。

奔跑的少年

爸爸又走到这家人身边,把那番我们对所有初到巴克斯顿的刚获自由的人的相同说辞又说了一遍。那是我们欢迎他们获得自由的方式。

爸爸指着上面说:"看那儿!看那天空!"

这番话我已经听爸爸和其他大人说过太多次了,可我还是忍不住顺着爸爸手指的方向看去。大家都在这么做,我们都仰脸看着万里无云的蔚蓝的天空。

"那难道不是你们见过的最广阔的天空吗?"

爸爸微笑着指着田野。"看看那片土地!看看那些树木!你们何曾见过如此宝贵的东西?这是自由的土地!"

爸爸指向哪儿,这一家人就看向哪儿。

"再看看你们自己!看看这些孩子!你们有过这么漂亮的时候吗?从今天起,你们就只属于你们自己,而不属于任何人。从今天起,这些孩子不再属于任何人。从今天起,你们没有理由把明天发生在你们身上的事归咎于别人了。今天你们真的让自己获得自由了!"

接着他张开双臂,对这些人说:"你们选了最美丽、最完美的一天来做这件事!我只想问,你们怎么不早点儿做呢?"

古怪的是,就算刮风下雨甚至电闪雷鸣也都无关紧要,我们总是告诉新人说这是获得自由的最美丽、最完美的一天。要依我看,天气跟这事没有太大的关系。

爸爸又说:"走,我们进定居点去,让大家都知道你们大功告成了。库特、艾玛、伊利亚,你们也都来。把老煎饼留在这儿,我们不会离开太久的。"

爸爸和库特还有这些新人朝着大路走去。

即便是女孩也会对懦弱感到难为情的,所以我和艾玛都落后了一点儿,以平抚情绪。艾玛把她的娃娃和那朵小黄花放在树桩上,掏出手绢擦了擦眼睛和鼻子。

我问过别人不知道多少次了,可还是弄不明白专门做块布就为了往上面擤鼻涕到底是图什么。我觉得那也太脏、太恶心了。要我说,堵住一个鼻孔,把鼻涕从另一个鼻孔里擤到地上要靠谱得多。至少你不用走到哪儿兜里都揣着鼻子里擤出来的黏乎乎的东西了。可妈妈总是告诉我不要那样做,尤其是当着体面人的面。

依我看,艾玛一点儿也不体面,不过看在妈妈的面子上,我没有把鼻涕擤到地上,而是擤到了衬衫袖子上。

艾玛鄙夷地看了我一眼,我立刻就回敬她了一个。

我想起了那个男人扔在地里的刀子。我把它捡起来,跑着赶上爸爸他们。

我说:"先生,你忘了这个。"

我把刀子递给那个男人。他和那个女人对视了一眼,脸色有些难看。他说:"谢谢你,孩子,不过我们现在自由了。

我再也不想看见这把刀子了。"

我不禁大吃一惊。

那个男人对爸爸说:"先生,我发过誓,除非我死了,否则谁也不能再把我们弄回去了。我发过誓,我也证明过我是说到做到的,可现在我不需要这把刀子了,不需要再去想它上面的脏东西了。它太脏了,它不干净。"

我看了看那把刀。看上去就像铁匠刚打出来的。我说:"可是,先生,它看起来挺新的啊,一点儿都不脏,它看起来就像……"

爸爸对我说:"伊利亚,把刀子放进你的袋里,别说话。"

他对那个男人说:"别担心,先生,我会处理好这把刀的。"

我希望回头爸爸能和我解释一下这是什么意思,不过从他处理一切事务的果断劲儿来看,我知道现在还是闭嘴为妙。我从袋里拿出一块布,把刀包好,以免磕碰到我的投石。

我们开始往回走,艾玛左拐右拐走向那个刚刚获得自由的女孩。看那个小女孩的反应,好像艾玛很吓人似的,吓得她紧紧抱住那个尿裤子的男孩。

艾玛朝女孩笑了笑,试着把摘的那朵小黄花送给女孩。女孩看了看花,又看了看艾玛,仍然紧抱着她哥哥。于是艾玛把花插在那个丑娃娃的围裙上,把两样东西都递给这个刚刚自由的女孩。

女孩的一只手仍然抓着哥哥，不过慢慢抬起另一只手去接娃娃。她一拿到娃娃，就紧紧地抱在怀里，盯着艾玛。

艾玛说："她的名字叫伯蒂。我觉得你想叫她什么都可以，不过她总是最喜欢'伯蒂'这个名字。她有点儿害羞，所以想让我问问你介不介意当她的新妈妈。"

女孩认真地看着玩偶的棕色眼睛，看了好大一会儿，然后笑了，就好像除了几颗扣子和几根线之外，她还在那儿看到了别的什么。她上下晃着脑袋，嘴里像是在说"谢谢你，小姐"。

艾玛笑着说："不客气。"

我本可以对那个男孩说几句表示欢迎的话，不过根据我个人的经验，要是你当着一群陌生人的面尿了裤子，你真的不想有人跟你说话。你不想有人问你为啥走路时两腿僵硬，也不想有任何引人注意的举动。我的沉默寡言并非源于无知和冷漠，我这么做是为了不让他感到尴尬。再说了，他穿着尿湿的裤子一路走到定居点，肯定被摩得生疼，也根本就不想说话啦！

库特对我说："他们是四个月来第一批刚获自由的人，伊利亚。上一次是你敲的钟，所以这次该轮到我去敲钟迎接这些人了。"

库特说得对。上一批刚获自由的人来的时候是我敲钟迎

奔跑的少年

接的,所以这次轮到他了。

我说:"爸?"

他说:"你们头里跑吧。"

我和库特两人异口同声:"遵命!"然后就向定居点飞奔而去。

只要我们撞响那口自由之钟,巴克斯顿能来的人几乎都会欣然前来!

第十二章
CHAPTER TWELVE
大人们的秘密语言

我和库特捡最好走的路抄近道一路跑回学校,比爸爸、艾玛和那些新人早到很长一段时间。爸爸会陪着他们沿着大路慢慢走,心平气和地和他们交谈,让他们逐渐熟悉我们在巴克斯顿的做事方式。

星期六学校里没人,于是我和库特打开门,走向尖塔去撞响自由之钟。

自由之钟可不是学校里都会有的那种普通钟。它有五百磅重,是从美国一路运过来的。也不是来自美国密歇根那么近的地方。它来自一个叫做匹兹堡的城市,在合众国的大南边。这口钟我们一分钱也没花,是其他曾经为奴的人送给我们的。

他们省吃俭用了好多年,把能省的每一分钱都攒了下来,才让人做成了这口自由之钟,然后让人一路送到了加拿大。那些人也不富裕,可是他们深以我们为荣,甘愿节

奔跑的少年

衣缩食，于是我们就有了这口钟。他们希望我们巴克斯顿的人一直听到、看到这口钟，就能想到来自美国的祝福一直都与我们同在。

他们还在钟上刻上了字，这样我们就永远都不会忘记馈赠者是谁了。钟上刻着：匹兹堡有色居民敬赠加拿大西部罗利学校金先生。让自由鸣响！

"罗利"是定居点以外的人对定居点的称呼。

每当有刚获自由的人来到巴克斯顿的时候，我们都会为他们每个人敲响二十次钟。十响是为了送别他们过去的生活，十响是为了迎接他们的新生活，他们的自由生活。然后，我们让那些刚获自由的人一个接一个地爬上尖塔的梯子，用他们的左手摩擦这口钟。多数时候，做重要事的时候该用右手，可是我们要求他们用左手，因为左手离心脏最近。

弗里德雷克·道格拉斯先生说，他希望获得自由、用手摩擦自由之钟的人多得都能在钟上磨亮一块地方，磨得像金子一样闪闪发光。可是到目前为止，这种事还没有发生。

定居点的人听到钟声后，不管手头正在忙着什么都会立刻放下，来到学校欢迎这些新人。然后，如果这些刚获自由的人说想在定居点生活，大家一起决定他们暂时先待在哪儿，直到他们有了自己的住所，在此安居乐业。

学校的尖塔里总是放着一盒棉花，在你鸣钟时用来塞住

耳朵。动静太大了，要是不在耳朵里塞点儿东西，那你在很长一段时间里耳朵里就只有钟声，听不见别的声音。我和库特把耳朵都塞得严严实实的。

库特问："那我得撞多少次？"

我问他："你说什么？"

库特大声喊道："我得撞多少次？"

一个数乘以二十很好算，你只要把它翻倍，再在后面加个零就可以了。我说："五翻一倍是十，十后面加个零就是一百。"

库特问："嗯？"

我又大声告诉他一遍。

库特问："你肯定吗？好像不该那么多吧。"

我说："你说什么？"

库特说："一百下感觉有点儿太多了。"

我把手张开，把手指头逐个合拢，说："不多。看着啊。十，二十，三十，四十，五十，六十，七十，八十，九十，一百。"

库特说："我猜你是对的，不过好像确实挺多了。"

"嗯？"

库特喊道："你算术比我好，就听你的。"

他跳起来去拉绳子，把钟撞响。既然他来撞钟，那我只能数数儿了，这样听到钟声的人就会知道有多少人获得了

自由。

　　当！

我喊道:"一!"

第一声总是声音最小的,要到大约第五下或第六下时,钟声才会真的洪亮起来。

　　当!当!当!

"二、三、四……"

没用多久,我们就敲了九十六下。

　　当!当!当!当!

"九十七、九十八、九十九、一百!"

等我和库特敲完时,已经有些人站在学校外面等着欢迎爸爸领进来的新人了。卡罗莱娜小姐、沃勒先生、邓肯大小姐和她的妹妹邓肯二小姐,还有波莱特先生,他们都说道:"早,库特。早,伊利亚。"

库特问:"你说什么?"

波莱特说:"我说的是'早'。"

我问:"你说什么,先生?"

波莱特先生大吼道:"要是你们两个榆木疙瘩不把棉花从耳朵里掏出来,我对你们可就不客气了!"

我和库特赶紧把棉花掏了出来。

卡罗莱娜小姐问道:"一共有几个人,伊利亚?九个?

十个？"

"不是，小姐，他们只有五个人，一个男的、一个女的、一个女孩、一个男孩，还有一个生病的宝宝。"

波莱特先生说："只有五个吗？你肯定你数对了吗，小子？你们敲了那么多下，我还以为在这儿能看到半个田纳西的人都跑出来了呢。"

"不是，先生，只有五个人，就敲了一百下。"

库特说："我都跟他说了，我说只有五个人却敲一百下有点儿太多了。"

我说："但并不多啊！五乘以二十就等于一百。"

我伸开手指想再数一次，可还没等我数到四十，爸爸和那些刚获自由的人就出现在大路口，朝着学校走来了。艾玛·柯林斯和那个小女孩正一人拉着一只那个破伯蒂的胳膊，让那个娃娃在她们之间前后摆动着。

爸爸说："大家早。这是泰勒一家，刚从阿肯色过来。他们早就听说过我们这儿了。这个宝宝需要护理一下。"

爸爸和艾玛已经让他们心神安定了一些，所以现在跑向他们没问题了。大家不再对我叽叽歪歪，都奔向爸爸和那些新人待的地方。

我们敲钟时离得较远的人也都陆续露面了。妈妈和盖斯特太太也过来了。

奔跑的少年

　　那些新人一副不知所措、晕头转向、腼腆害羞的样子，我们这么多人呼啦一下围上前去，拍背握手，欢迎他们的到来。盖斯特太太领着那个女人和她的宝宝去了医务室。妈妈看了看那个男孩，然后拉着他走开了。我知道等我再看到他时，他会一身的香粉味儿，穿着我的一条旧裤子。我知道即便那样，他还是要过段时间才不会两腿僵硬地走路。

　　接下来，事情真的让人摸不着头脑了，因为这次并没有像往常对待新人那样欢迎并安顿他们，而是由邓肯大小姐开始了提问。

　　她把艾玛那位新朋友的脸捧在自己手里，对妹妹邓肯二小姐说："多特，我知道那时你才八岁，而且已经过去十五年了，不过你觉得这个孩子像谁？"

　　邓肯二小姐先端详了小女孩一番说："我没看出来她像谁。你说像谁？"

　　邓肯大小姐问："你多大了，姑娘？"

　　小女孩把伯蒂的胳膊从艾玛手里拽出来，回身抱住父亲。那个男人说："别害羞，露西尔。她才六岁，她个头有点儿小。她长得像谁？"

　　邓肯大小姐对那个男人说："你老婆叫什么名字？"

　　那个男人说："莉莎，莉莎·泰勒，女士。"

　　邓肯大小姐问："你们结婚了？"

"是的,女士。七年了。"

"她娘家姓什么?"

"姓琼斯,女士。"

"她老家是哪儿的?"

"阿肯色的史密斯堡,女士。"

"她在那儿出生的吗?"

"是的,女士。"

"她妈妈是谁?"

"她从来不知道妈妈是谁,女士。"

"谁把她养大的?"

"她姨。"

"亲姨吗?"

"是的,女士。"

"她姨没对她说过她妈是谁吗?"

"没有,女士。"

邓肯二小姐说:"她为什么不告诉她呢?"

泰勒先生看着这两个女人,皱起了眉头。看样子他有话要说,可是邓肯大小姐插话问道:"她对北卡罗来纳有印象吗?"

"她没什么印象,至少她从来没说过什么。"

邓肯二小姐回头看着小女孩,突然把两手拍在耳朵上,嘴巴张得老大，一副目瞪口呆的样子。

邓肯大小姐说："先生，根据你女儿的长相，我认识你妻子，我发誓我认识她。不过她叫艾丽斯，不是莉莎。"

邓肯二小姐貌似傻了一样。她把手从耳朵上拿下来，低声说道："不对，不可能，那个女人太老了。艾丽斯现在只有二十六岁啊。"

泰勒先生也说："不对，女士，你弄错了。我们说不准莉莎现在到底多大年纪。她在别处生过五个孩子，最大的有十四岁左右。我们猜测，莉莎的年纪应该在三十五到四十岁之间。但是她不是年轻女人啦，她不可能是二十六岁。"

邓肯大小姐对泰勒先生说："她就有那么年轻！她生了——艾玛，五加三等于几？"

艾玛回答说："五加三等于八，邓肯大小姐。"

邓肯大小姐说："她自己还是个孩子呢就开始生孩子，已经生了八个了。所以她才显得那么苍老。"

她对泰勒先生说："她左肩上有一个月牙形的伤疤，一直到胸部。"这不是个问句。

泰勒先生倒吸一口气，双眼圆睁。他把他的女儿拉到身边，然后问道："你知道那是怎么搞的吗？"

"那是她四岁的时候把一口煎锅拽到自己身上烫的。她的真名是艾丽斯·邓肯，出生在北卡罗来纳的埃杰克斯县。

她和我们的弟弟凯莱布在十五年前被卖掉了。你妻子是我们的姊妹。她知道凯莱布在哪儿吗？"

"不知道，女士，据我们所知，除了她姨，她什么亲人都没有。这会让她大为震惊的。"

接下来，事情更加让人摸不着头脑了，因为邓肯大小姐没有尖叫一声"苍天保佑"或"谢天谢地"，或其他什么你以为她会尖叫着表达喜悦的东西，而是说："求求你，先生，在我们想好怎么告诉她之前，什么都不要对她说。她经历了这么多的苦难，一直都是无牵无挂的。"

泰勒先生说："谢谢你，女士，我也是这么想的。她眼下不能再有这种困扰了。"

这又是一个令人捉摸不透的地方，让我怀疑自己是否能有足够的心智去成为大人。我唯一能说准的事就是，成为大人不太能说得通。或许这就是你得花很长时间才能成为大人的原因，或许把身上的所有心智全部耗光就得花上很长的时间吧。

换做是我刚刚逃出美国获得自由，跑了那么远的路，结果找到了一个亲姐妹，我准得高兴得一蹦三尺高，可是大人们却不会这样。当邓肯大小姐询问泰勒先生所有那些问题时，好像在场的每个大人的脸都越拉越长，眉头也越皱越紧。

我能理解其中的部分原因。爸爸总是告诉我，奴隶们在

奔跑的少年

美国生活之艰难令人难以想象。他说好像每个人在离开美国时都要付出一些可怕的代价,都要带着永久性的伤痛,都要有丢下的东西或带着烙印的东西或内心无比遗憾的东西。

或许这就是当大人们见到某个失散很久的亲人时不像年轻人那样激动的原因。或许不为别的,只是因为他们害怕,明知道无能为力,可还是不得不去倾听他们所爱之人所遭遇过的一切。或许对于他们亲人的那些伤疤、烙印或者缺憾背后的所有苦难,最好不要直视。

这种像大人一样的想法开始变得有道理了。

真可恶。

第十三章
CHAPTER THIRTEEN
美国来信

　　我平常最爱干的活儿里,有一样就是去查塔姆查看邮件。这个活儿不是固定的,因为我们在巴克斯顿这儿有自己的邮局。可是隔三差五的,碰到两三个星期也不来邮件时,就得有人去看看是怎么回事。这是我最爱干的活儿之一,但是只有在允许我骑着老煎饼而不是骑马去时才是如此。因为那些马就算走得再慢,对我来说也仍然太快了。

　　星期三刚一放学,爸爸就让我直接去查塔姆查看邮件。他没有直说骑马,于是我到了马厩就向塞吉先生要了老煎饼。我知道这不对,但是似乎也没什么错,有点儿介乎两者之间。

　　我和老煎饼优哉游哉地出了巴克斯顿,才朝查塔姆走了两英里,我就开始后悔没有向不对的事说不了。老煎饼打了一个响鼻儿,告诉我觉察到了某种危险。它甚至用了前蹄子刨地而不是用后蹄子,我都不知道它还有这两下子。

奔跑的少年

我抓紧它的鬃毛,仔细地往树林里看去。

一开始我什么也没看见。可能是老煎饼谎报军情了。接着,它又一次玩起了刚学会的那个把戏。第一次是牛刀小试,这一次它玩得溜了。它把前蹄子高高抬起,把我从背上掀了下去。我和手提袋以及空邮件袋一同跌落尘埃!

我毫发无损,可我刚从地上跳起来,老煎饼就玩了另一个我以前从未见过的把戏。它开始跑了起来!它四肢僵硬,姿态笨拙,但是除了"跑"之外我想不出别的字眼。

眼瞅着自己的骡子把我摔到地上,还试图炕着蹶子跑掉,让我在这儿等着被那个把它吓成这样的什么东西吃掉。亏我还把它当做最好的朋友之一,这世上还有比这更糟心的事吗?

我抓起手提袋,掏出三块石头。我转向树林,准备扔出去。可是那儿什么也没有。不管吓到老煎饼的是什么,在我摔到地上时肯定已经跑掉了。

我朝大路远处看了看,看见老煎饼已经打定主意自己不太爱跑。它已经不跑了,在地里啃东西呢。我跑去过,安抚了安抚,然后爬回到它的背上。我们继续往查塔姆走去。

可是这趟差事意外不断。我刚走了五分钟,就看到波莱特先生从树林里走出来,手里握着三只野鸡的脖子和一把猎枪。

"下午好,波莱特先生。"

"下午好,伊利亚。你要去哪儿?"

"我去查塔姆。"

"去干什么?"

"去查看邮件,先生。"

"别骑那头没用的骡子去。你马上回马厩,让克拉伦斯·塞吉给你骑征服者或者叮当男孩。我一直盼着从多伦多来的一个包裹,我得在20世纪到来之前收到它。"

"好的,先生。"

我让老煎饼掉头,回巴克斯顿把它换成了一匹该死的马。

我和叮当男孩一到查塔姆,就径直去了邮局。我在邮局前拴好马,等了等,好让我的五脏六腑不再颤抖,然后走上邮局门廊。我拉了一下门把手,差点儿把我的肩膀拽掉。门锁着呢,这太古怪了,因为才刚四点多。直到这时我才看到贴在窗户上的告示:

五号之前歇业。若有任何疑问,请去干货店咨询乔治。

于是,我来到隔壁麦克马洪干货店。

奔跑的少年

这个地方气味很大,那是刚鞣好的皮料和新材料混杂着时髦香粉和香皂的气味。你一开纱门,一个铃会响一下,好让人知道你来了。当你离开时它还会响一下,好让人知道你走了。

那个正在柜台后面折叠女式衣料的白人抬头看向我。

"哎,你好,伊利亚。你怎么样?"

"很好,谢谢你,麦克马洪先生。"

"今天需要点儿什么呢,小子?"

我早就知道麦克马洪先生管人叫"小子"时并无恶意。有时候听起来的确像"小贼",不过别人叫我不用理会。

"我是来拿邮件的,先生。告示上说让来这儿找你。"

至少我希望告示上是这么说的。我不知道"咨询"这个词是什么意思。

"噢。我还惦记着巴克斯顿的人什么时候来呢。这么说你们没听说发生什么事了?"

"没有,先生。"

"啊,小子,我们得再找一个邮递员了。拉里·巴特勒出大事了。"

当麦克马洪先生说"大事"时,"大"的音拉得老长。

"出什么事了,先生?"

"我们猜测,他的马把他摔了下来,还踩到了他。蹄子

直接踩到他的脑袋了。"

这更能证明骡子比马好了。假如巴特勒先生骑的是老煎饼,那他现在仍然还在投递邮件。

麦克马洪先生说:"再稍等我一分钟啊,伊利亚。我知道邮局里有个包裹,可能还有一两封信。不多。"

"好的,先生。"

麦克马洪先生叠好布料,然后拿起拐杖,带我回到邮局。

很久之前,麦克马洪先生被马狠狠地撞了一下。所以他的右腿只到膝盖处,小腿和脚没了。

他拄着拐杖走起来动作优雅,干净利索。他失去那条腿太久了,现在拐杖就像长在他身上一样。他走起路来就像是在跳舞。

我们进入邮局后,麦克马洪先生把一只盒子拎到架子上,然后往一个正面写着"巴克斯顿"字样的邮政袋里看了看。

"姆,好像只有一个包裹和一封信,伊利亚。我明明记得有更多啊。"

他把信递给我。

"谢谢你,先生。"

"到了五号就会有人投递邮件了。新来的人应该在那个时候走马上任。"

"好的,先生。请转告巴特勒先生,我对他的事感到很

奔跑的少年

难过。"

"谢谢你这番话,小子。不过对他说什么都无关紧要了,他已经不在了。"

麦克马洪先生像跳舞一样走到门口,然后在我们身后把门锁上。他走到叮当男孩身边,拍了拍它的脖子。"我见过的最漂亮的马,伊利亚。真不敢相信它跑得那么快。"

"它的确跑得快,先生。"

我把盒子搬到马鞍上,然后跳了上去。

亲眼目睹了马在查塔姆的破坏力,加上我待在这么高的地方本来就紧张,所以直到路走到一半儿时我才看了一眼信是寄给谁的。

当我看到信封上写的花体字时,心猛的一沉:

　　加拿大西部罗利黑人定居点　埃米琳·霍尔顿太太　收

在背面,红色蜡封的上方写着:

　　美国弗吉尼亚费尔法克斯县阿普尔伍德

这是个麻烦。美国来的信里就没好事。如果信封上是一笔一画的简单字体,像是谁费了很大力气、花了很长时间才写下来的,那么多数时候表明是个奴隶偷偷摸摸寄出来的,里面全是坏消息。不是谁的父亲病了,就是谁的兄弟狠狠挨了一顿鞭子,要么就是哪个母亲的孩子们被卖掉了。如果字体很漂亮,就像这封这样,圈圈弯弯、花里胡哨的,那就只表明一件事:

一个好心的白人写信告诉你有人死了。

既然这封信是寄给霍尔顿太太的,那很可能是关于她丈夫的坏消息。

从查塔姆的回程并不愉快。不是因为路不好走了,或是蚊子变多了,也不是因为叮当男孩比平时颠得更厉害了,而是因为袋里那个写着花体字的信封让回程变得漫长而伤感。

▲▼▲

我把波莱特先生的包裹放在他家的门廊上,然后把叮当男孩骑回马厩,交给塞吉先生。我没有直接把信交给霍尔顿太太,而是拿回家去看看妈妈会怎么说。

我脱掉短靴,穿过前门,走进屋里。

"妈?"

她不在客厅里。

"妈?"

也不在楼上的卧室里。

"妈?"

也不在我的卧室里。

"妈?"

也不在厨房里。

厨房的桌上有个蜜桃馅饼正在晾着。有一瞬间,我想着

奔跑的少年

要不要掀起馅饼脆皮用手指抠出几块桃子来。接着就打消了这个念头。

我脱掉袜子,走出后门。妈妈正蹲着打理她的菜地。

她看见我就笑了,正要跟我打招呼。

妈妈们都很神,也很可怕。好像她们都有洞察先机、未卜先知的本事。我都还没有开口,可妈妈就通过某种神秘的方式知道出事了。她腾的站起来说:"伊利亚,出什么事了?"

她手中的小铲子和一把野草滑落到地上。

"怎么了?"

她跑过来,我给她看了美国来信。

她在工装裤上擦了擦手,说:"你看我也没戴眼镜。给谁的,谁寄来的?"

所有在美国当奴隶时没有学过读书写字的成年人,晚上都得去学校上课。在不用煮饭、打扫卫生、照料花园、缝纫、编织、在地里收庄稼、在砍树竞赛和募捐活动中帮忙、照料绵羊、剪羊毛、收羊毛、梳羊毛、纺羊毛的时候,妈妈一直都很懒,学校的功课很懈怠,她的功课学得不太牢靠。

我告诉她信封上都写了什么,她说:"噢,不。不,不,不。这还有完没完啊?"

妈妈一刻也没耽误,她说:"去把你参加活动的衣服穿上,

伊利亚。我们一起去告诉她。"

我知道我还得把这封信大声读给霍尔顿太太听。她跟妈妈一起上课,我对特拉维斯先生没有一点儿不敬的意思,不过在组织里这些大人识字这件事上,他挺差劲儿的。

我换上星期天学校上课时穿的衣服,走进客厅。妈妈已经穿上了她的礼服,拿着那块她烤好的馅饼。

她说:"好在我烤了这张馅饼。办这种事时可不能空着手去。"

她放下馅饼,张开双臂。

我走进她的怀里,她亲了亲我的头顶,把脸紧紧地贴在那儿。

她的声音和脸上的温度从我的头顶传了下来。"听着,伊利亚,你知道很有可能你要向霍尔顿太太透露一些坏消息,所以别忘了,我需要你坚强起来。我要你不要哭鼻子,更不要哭个不停,免得刺激到她和她的女儿们,宝贝。如果这里真是个坏消息的话,我要你尤其不要尖叫着落荒而逃。你能做到吗?"

我知道一个孩子对养育你的人不该有这种感觉,可是我对妈妈非常失望。她都没有留意到,在过去几个星期里,我都已经成熟了很多。

就在几天前,我偷听到她对爸爸说,我没有出生在奴

奔跑的少年

隶制下就是个奇迹,因为我太懦弱了,一分钟都熬不过来。我以前或许有点儿懦弱,可是我再也不怕听到耸人听闻的无稽之谈了,也再也不会因为芝麻大的小事而尖叫着落荒而逃并跑上很久了。还有,给人贴上懦弱的标签是大错而特错的。

"我能指望你能成熟点儿吗,伊利亚?"

"能,妈妈。"不过这可不太容易。好像不告诉我还好,一告诉我不要哭着跑开,我反倒更想哭着跑开了。我现在就已经感到鼻子发酸了。

妈妈又亲了亲我的头顶,然后放开了我。

我们向霍尔顿太太家走去。

邓肯大小姐和邓肯二小姐正在房前打理她们的花园。

邓肯大小姐看见我们,站起身来喊道:"萨拉?出什么事了?怎么了?"

邓肯二小姐也站起身来,说:"萨拉?"

妈妈告诉她们:"伊利亚取来了一封给霍尔顿太太的信,是从南边老家来的。"

两个女人都在裙摆上擦了擦手,邓肯二小姐说:"等一下,我们也一起去。那个可怜人啊。"

等我们到了霍尔顿太太家的时候,一开始只有妈妈、我和一封信,现在已经成了一支游行队伍。我们有十二个人:

我、三个婴儿和八个拿着吃的的女人。那些吃的有馅饼、玉米面包、鸡肝、火腿、蒲公英嫩叶和粗玉米粉。

走向霍尔顿太太家的一路上大家都没怎么说话。

我们到那儿的时候,妈妈把我推上门前的门廊,让我去敲门。只有一扇挡牛虻的纱门。大门是敞开着的,我可以直接看到客厅里面。

霍尔顿太太的女儿佩内洛普和西塞莉正在地板上玩,我敲了敲门,她俩抬起头来看向我。当看到是我时,她们笑了。

霍尔顿太太从椅子上站了起来。她正捧着我五年前学过的那本启蒙课本。

她笑着对我说:"哎呀,伊利亚。勒罗伊先生还没开始干活儿呢。我的天哪,你为什么穿着参加活动的衣服……"

她打开门,看到门廊上的一群人时,呼吸停滞了一小会儿。她说:"噢!噢。"

启蒙课本从她手中滑落,掉到门廊的木地板上。我把书递还给她。

她冲大伙笑着说:"欢迎。都快进来吧。"

我们都脱掉鞋子,然后走进屋里。

她家的客厅布置得跟我们家的一样漂亮。有一张桌子、一张摇椅、一张长椅和一个很大的砖砌壁炉,地板是枫木的,

还铺着几块小地毯。

她说:"抱歉没有足够多的椅子,不过大家怎么舒服就怎么来吧。"

她冲两个女儿说:"你们去花园帮妈妈摘些花来。一定要摘些漂亮的紫花和白花。"

大姑娘说:"可是,妈,你说过它们还没到摘的时候。"

霍尔顿太太说:"我想现在到时候了,佩内洛普。"

佩内洛普说:"大家下午好。"然后问她母亲:"这些人为什么都来串门?"

霍尔顿太太说:"没什么好担心的,亲爱的。现在照我说的去做。就待在那儿,等我叫你们,不要离开院子。"她给两个女孩每人一个拥抱和一个亲吻。

佩内洛普牵着西塞莉的手,领着她穿过前门。

"大家喝点儿什么吗?"

妈妈说:"谢谢啦,霍尔顿太太,不过伊利亚从查塔姆给你取来一封信,是从南边老家来的。"

霍尔顿太太对我说:"伊利亚,你能念给我听吗?"她把正在学的课本晃了晃。"我的功课还没什么长进。"

邓肯大小姐把手放在摇椅上说:"你为什么不坐下来呢,霍尔顿太太?"

"我没事,邓肯小姐。我真没事,不过谢谢你啦。伊利亚?"

ELIJAH
OF
BUXTON

我开始拆信,可还没等我把手指伸进去拆开蜡封,她又说:"伊利亚,要是你不介意的话,我想自己拆开它。"

"我一点儿也不介意,太太。"

她把信封上的蜡封挑掉,放到围裙的前袋里。她从信封里把信抽出来。她看了一遍,然后把它递给我。

我说:"是大约一年前写的,霍尔顿太太。"我看了一遍信,知道得把一些话大声读出来。我念道:

最亲爱的埃米琳,

希望你收到这封信时,你和孩子们都很健康。我们听到很多关于那个黑人定居点的美妙之事,你和家人有了一个避难所,这真是太好了。

霍尔顿太太打断了我。恐怕她是有些难过,因为我结巴了几次,但是根本不是这回事。她看了一遍信封,说:"我相信这是普尔小姐的笔迹。她就爱言过其实。你得告诉我有些字眼的意思,伊利亚。'避难所'是什么意思?"

我学过这个。

于是我回答说:"'避难所'是指某个安全的地方。"

她点了点头。

我接着念了下去:

奔跑的少年

可是恐怕此函不是喜讯。恐怕我得告诉你个不幸的消息。

我停下来,想看看霍尔顿太太还需不需要解释了,但她不需要。我很庆幸,因为我压根就不知道"函"是什么意思。

那次艰辛而勉强的阿普尔伍德之行后,约翰再次为奴。蒂尔曼先生对他施以重罚,以儆效尤,并对他偷窃金子的行为进行报复。加之回家途中条件严酷,约翰的身体未能挺住,他于1859年5月7日去世。

他安息在奴隶墓地,我们为他举办了一个葬礼,并花了15美元立了一块墓碑。

我很遗憾地把这个沉痛的消息告诉给你。我们为你和孩子们祈祷。如果你打算偿还这笔费用的话,请在阿普尔伍德把钱转交给我。

你真诚的

雅各布·普尔小姐

霍尔顿太太立在那里。八个女人好像谁都没有直视她的

面孔,但我知道,她们随时都会跳起来,以防她一时晕倒或者崩溃。

但是霍尔顿太太没有畏缩或是什么的。她对我说:"请把那段再念一遍,伊利亚,关于约翰受罚的那段。"

我清了清嗓子,然后念道:"蒂尔曼先生对他施以重罚,以儆效尤,并对他偷窃金子的行为进行报复。加之回家途中条件严酷,约翰的身体未能挺住。"

霍尔顿太太抬起手。我正要对她说我的阅读可以达到中等水平,但多数时候我并不知道都是什么意思,可她点着头说:"'约翰的身体未能挺住',这肯定是一种委婉的说法,是说他被鞭子抽死了。"

霍尔顿太太对女人们笑了笑,说:"谢谢你们对我的关心,不过我没事。我就知道。我早就知道了。

"自从到了这儿之后,我的心一直悬着,可现在……我只希望他能感知到我们成功了。尽管普尔小姐那样说,可这是唯一能让约翰安息的事。我希望他能感知到过去这一年里你们给予我们的快乐和爱护。"

她鼻子轻轻抽了一下,我以为她肯定要放声大哭了,可她只是说:"我希望他能知道他的女儿们自由的时候有多漂亮。"

霍尔顿太太坐在了摇椅上,说:"他不会想要什么沉痛哀

悼的，我太爱他了，要满足他的心愿，所以我没事。"

女人们拍着霍尔顿太太，说了一大堆"难过""愿意帮忙"和"来家坐坐"之类的话。

霍尔顿太太碰了碰她们每一个的手，说："请大家原谅我，你们太好了，带了这么多吃的，瞧我一点儿礼貌都没有。我们一起吃吧。"

她起身去了厨房。

她把孩子们叫了进来，我们开始一起吃东西。

到了该走的时候，妈妈和我逗留了一会儿，等到别人都离开了。妈妈和霍尔顿太太刚聊几句，就发现原来她们俩来自美国南方的同一个州，而且她俩干活儿的种植园相距只有几英里。她们甚至都能说出几个在那儿俩人都认识的人。不过都是些白人，因为奴隶是不许四处走动的。

我们来到前门的门廊，我开始穿我的短靴。妈妈和霍尔顿太太拥抱着，妈妈说："埃米琳姐妹，需要什么都尽管来找我，或者让伊利亚和勒罗伊捎个信儿。"

霍尔顿太太说："谢谢你，萨拉姐妹。世界真小，是不是？我们竟然是从同一个地方来的，真让人欣慰。我没事。知道是怎么回事了，我也就放下了，就这样。再也没有比抱着幻想度日更艰难、更难熬的事情了。希望破灭了倒也好。只有一样，我没法儿把普尔小姐写的那句话从脑子里抹去。'约

Elijah
of
Buxton

翰的身体未能挺住。'好像不对劲儿。约翰·霍尔顿的人生结局好像不该就这几个字啊。"

妈妈说道:"怎么说呢,谁的身体都有挺不住的一天,是吧?不过我希望……不,我知道我们大家内心都足够强大,无可阻拦。它会永远飞翔下去。"

霍尔顿太太说:"萨拉姐妹,你的话让我倍感安慰,你和巴克斯顿的所有姐妹一直在帮我。太感谢啦。也谢谢你,伊利亚,帮我念了这封信。我和你妈很快就会自己念了。"

妈妈笑道:"你比我有信心,埃米琳。人一旦长大之后,再想学会读写好像就不太容易了。不过只能继续努力,没有别的法子。"

回家的路上,我等着妈妈评价我的变现,都快憋坏了。不从大人嘴里得到肯定,你心里总是没底,不过我在想,我刚才的表现很好地证明了我懦弱的日子一去不复返了!在给霍尔顿太太念信的时候,我没有哭,声音没有颤抖,甚至都没抽鼻子。

我不打算告诉妈妈,不过我认为我能做到这一点不是因为长大了的缘故。在很大程度上,我觉得之所以我没有号啕大哭,是因为妈妈和那些女人们围在霍尔顿太太身边,眼睛和双手都充满关切,就像许多手持刀剑的士兵在客厅里围出了一圈铜墙铁壁,任你再强烈的悲伤也无法冲破。

一旦那些女人在霍尔顿太太的客厅里聚集起来，她们好像就在我们周围建起了一堵墙，就算有一百个约书亚和一千个孩子吹响号角、喊破嗓子，也摧毁不掉这堵墙。

一旦那些女人在霍尔顿太太的客厅里聚集起来，就算我像艾玛·柯林斯那样懦弱也不会哭鼻子。

但是我希望妈妈会把这看成是我长大了。

快到家的时候，她用胳膊搂住我的脖子，把我拉进她的怀里，说："伊利亚·弗里曼，我就知道你能做到，宝贝！你做的真有大人样儿，儿子！等我告诉你爸爸去。"

我感觉太自豪了，我都担心自己会爆炸了，可结果却是我的鼻子又开始发酸了！

这说不通啊，根本就说不通。

第十四章
CHAPTER FOURTEEN
伊利湖边的野餐

特拉维斯先生在课上说过,星期日要我们休息。可是,这一条特拉维斯先生和其他大人记得可不怎么牢啊,因为每个星期日有一半时间都不是花在休息上。可是假如我能选择的话,我宁愿清理五个马厩、挖两英里的排水沟、清理三英亩的林地,也不愿意用上大半天听人说教。

只有两个原因能让这个星期日尚可忍受。我无意表示不敬,因为巴克斯顿的人都说金先生是最好或第二好的白人男子,但是第一个原因是他仍然远在英格兰,所以特拉维斯先生替他布道。对于金先生是个大好人这一点我并无异议,毕竟是他创建了定居点。我要说的是,他布道的时间太长了,有时候听到一半我都想哀求:"现在就带走我吧,耶稣。"

第二个原因是,这个星期日后,爸妈和塞吉先生已经谈妥,借一辆四轮马车和一匹拉犁的马,带着我们一群孩子和霍尔顿太太一起去南边的伊利湖野餐。

特拉维斯先生说出了最后的"阿门",我和库特两人唯一有热情的就是这俩字。人们走出礼堂,在前门口与特拉维斯先生握手,他在那儿"伏击"每一个人。

我退了回来,不想和爸妈同时走出门去。有几件事会让特拉维斯先生弄不明白他到底是你什么学校的老师,看到我们一家三口走在一起好像就是其中之一。还没等你弄明白是怎么回事,他就忘了在星期日应该休息,开始告诉爸妈你的拉丁语学得有多烂。

我、库特、艾玛·柯林斯和菲利普·怀斯是最后走出礼堂的。

当我们走到特拉维斯先生挡住门口的地方时,我和库特同时撒谎说:"今天的布道真棒,先生。"

特拉维斯先生扬了扬眉毛说:"比克斯比先生,弗里曼先生,in vestra Latina maxime laborate。"

哦唷。这是什么意思,我一点儿概念都没有。他好像在为我们的谎言而说什么客套话。

我说:"不客气,先生。"

库特说:"一点儿都不用客气。我们说真的。"

艾玛·柯林斯笑得咳了出来,我马上就知道我们搞砸了。

还没等我们走下台阶,她就说:"他让你俩多在拉丁语上下点儿功夫。他可没说什么该用'不客气'答复的话。"

奔跑的少年

我什么都没说,只是无限同情地看了她一眼。她的内心正在饱受嫉妒的煎熬,而嫉妒可是不该发生的啊。悲哀的是,她就在礼堂门前把它展露无疑。

爸爸已经让四轮马车和个头最大的耕马舍尔在路上等着了。他、妈妈和霍尔顿太太坐在马车的驾驶座上,佩内洛普、西塞莉和悉尼·普林斯坐在车身的平板上。我、库特和艾玛跟每个人打过招呼,然后爬了上去。

我没有把腿悬在马车的后面或一侧,我总是靠着驾驶座的中间坐。这不仅是因为那里颠得不太厉害,而且还因为假如你对偷听周围人说话有兴趣的话,那可是最佳位置。从巴克斯顿向南一直到伊利湖这六英里的土地都属于定居点,所以行程会有点儿漫长。

单独待在马车的后面,会让孩子们忘了大人们就在几英尺远的地方,大家会说许多不该说的话。可是大人们也一样。他们会谈论一些让你难以置信的事!过了一会儿,你会发现他们完全忘了年轻人就在他们后面,会说一些你不想听的事。有时候你会咳嗽一声或清一下嗓子让他们知道你在呢,但有时候你会发现很多他们从不打算告诉你的事情。

这个星期日,不管是坐在前面的还是待在后面的,都没怎么聊天。孩子们决定等到了湖边后玩儿废奴主义者和奴隶贩子的游戏,吵着谁该扮演什么角色。谁都不想当奴隶贩子,

因为到最后总是要把他们杀了。这就意味着我们得抽签儿决定谁来扮演。结果我是废奴主义者,库特是奴隶。前边那些大人聊的也没啥意思。好像除了庄稼、雨水和谁又被哪匹马伤了之外,他们不打算谈点儿别的了。

没过多久,马蹄的嘚嘚声、马车的摇晃、中午的阳光和爸爸的低声哼唱,合在一些让我觉得脑袋发沉、昏昏欲睡。我知道自己在打瞌睡,因为有一次我睁开眼时,看见艾玛和他们在玩娃娃,下一次睁开眼时他们都在唱歌,接着再睁开眼时大家都兴奋得坐立不安,因为都能闻到湖的气息了,就是说我们离湖不到一英里远了。

爸爸仍然在哼唱,妈妈和霍尔顿太太则聊起了大人们不太喜欢当着我们的面过多谈论的话题——她们当奴隶时候的事。

我以前听过妈妈的经历,所以她说话时我不用看都知道她在干什么。她会紧闭双眼,左手动来动去的,像活物一样自己在动。她的手指会在左耳和嘴巴之间来回滑动,像在抚摸一条身上看不见的鞭痕。这很古怪,因为当你仔仔细细地端详妈妈的脸时,看不到任何伤疤、鞭痕或任何印迹。你只能看到她那棕黑色的光滑皮肤。

"埃米琳,"她说,"我懂你的意思。有时候他们的点子最妙了。"

妈妈开始讲起她自己的爸妈——我从未见过面的姥爷和

奔跑的少年

姥姥。

妈妈说:"那时候,我只比伊利亚稍大一点儿。有一天,莱特太太出人意外地告诉我妈说,她和老爷准备带我和小姐到北边去避暑。都没有提前给妈妈打招呼什么的,莱特太太就那么突然对妈妈说她要带我走。十五分钟后,我和小姐跟他们一起坐上了驶往北方的马车。"

霍尔顿太太说:"他们事先什么都不说,因为他们害怕你妈妈会和你一起跑掉。"

这类经历就是你不想听到的。你妈妈被送给一个白人小女孩当宠物玩儿,简直难以想象,可是事实就是如此。妈妈对我说过,那时她还不在地里干活儿,她就伺候这个名叫"小姐"的女孩。

妈妈继续说:"妈妈对此不太高兴,可她能怎么样?我们要离开三个月。之前我从来没有离开过妈妈,所以我怕得要死,一直以为他们再也不会带我回来了呢。"

讲到这儿时妈妈的手总是停止了移动。

"他们把我一直带到了密歇根的一个名叫弗林特的小城。老爷有个兄弟在那儿有个木材厂,有时候我们会和他一起去底特律。我记得莱特太太把我们带到河边,指着河对面对小姐说:'那边是加拿大。那是另一个国家,全是外国人。'"

妈妈告诉霍尔顿太太:"当我看向河对面的加拿大时,你

都不知道我有多失望。看起来没有任何不一样的地方。妈妈和大人们总说加拿大是一块乐土,可我没有看到一处不一样的地方,只有半英里远。"

霍尔顿太太说:"噢,姐们,他们也是这么对我说的,乐土!"

妈妈继续说道:"总之,我感觉像是在弗林特待了整整两年,但是到我们回家时其实只过去了三个月。回程好像永远也走不完!刚出了弗林特大约一小时,小姐就开始问我们到没到家,一连问了好多天!

"我们坐在马车上,在离种植园大约两英里远时,我能认出我们是在哪儿啦,开始变得和小姐一样烦躁不安。莱特太太对我说:'萨拉,别像个傻瓜一样,保持安静。'

"我说:'对不起,夫人,我只是很久没见到我妈妈了,都要想死了。'

"莱特太太对我说:'嗯,明天一早你就见到她了。现在天色还早,你就在马厩里干会儿活儿吧,今晚我要你和小姐待在一起。这趟旅行让她心情不佳。'

"我知道那是顶嘴,可是我还是说道:'求你了,夫人,我就见妈妈一眼也不行吗?'

"'你都会以为我在从她要天上的月亮。她反手就是一巴掌,差点儿把我扇下马车,说:'你再说一个字,我就让你单腿跳一个星期。'

奔跑的少年

"老爷对她说：'格温，让这孩子去地里见见她妈妈吧。给她十五分钟。'

"莱特太太说：'詹姆斯，你太心软了。你早晚会毁在他们手里的。我把话撂这。'"

霍尔顿太太嘴里感叹着："噢，噢，噢。"

妈妈说："我太高兴了！我把小姐伺候上床之后，就告诉了莱特太太，她看了看表，然后说：'你有十五分钟。要是晚回来一秒，我肯定会狠揍你一顿。'

"埃米琳，我一辈子也没那么玩命跑过，不管是之前还是之后。我看见了妈妈在半英里开外的地里弯着腰，感觉就像飞一样地跑向她。"

讲到这儿妈妈的手会再次开始磨蹭她的左脸颊。

霍尔顿太太碰了碰了妈妈的肩膀。

妈妈大笑起来："天啊，要是知道马上要发生什么，我就不会那么急着去见她了。

"妈妈听到了我的喊叫声，就丢下手里的活儿，也拼命跑向我。我透过泪眼看过去，感觉自己就像在游泳。"

妈妈双手抱着胳膊。

"噢，她紧紧地抱住了我。

"她说：'孩子啊，孩子啊，孩子啊！你不在的每天晚上我都祈祷着你快回来，现在你真的回来了！看看你又长高了！'

"她拼命地亲我,我都不知道自己脸上湿乎乎的是眼泪弄湿的还是她给亲湿的。然后她问我北边什么样。我说:'跟这儿一样,只是树多一些,没有烟草。'接着我又补充说我看见加拿大了。姐们,刚说完这句话,我就感到她的身子僵住了,我马上就知道自己做错事了。

"一开始我还以为是莱特太太从我后面偷偷摸摸地过来听到了我说加拿大。我们哪怕大声说出这几个字都会挨打。可是不是那么回事。

"接下来,妈妈出手如电,一巴掌把我扇倒在地。使的劲儿老大了。之前她的触碰都充满慈爱,可是天知道那一下里绝没有慈爱。"

霍尔顿太太用力地抚摸着妈妈的后背。

妈妈说:"我从地上腾的跳了起来,吓傻了,都不哭了。我只是问道:'妈妈……为什么?'

"她看着我,那种眼神我从来都没见过。她说:'我怎么养了你这么个傻瓜啊?你近得都能看见加拿大了,可是你现在却还在这儿站在我面前?'

"我对她说:'可是,妈妈,要是我走了的话,可能就再也见不到你了!'她又狠狠地打了我一下。然后她说:'你差一点就获得自由了,却因为可能再也见不到我了就掉头往回走?你怎么就觉得我愿意在这儿看见你?知不知道……'"

奔跑的少年

妈妈往后面的车板上看了一眼，一字一句地说道："'……老爷给你做的那些混账的安排？你不知道等你长到足够大时他要干的勾当吗？是见我重要还是摆脱厄运重要，你蠢得这都分不清吗？'"

妈妈说："我说：'可是，妈妈，我不那样想。我就想见……'

"妈妈揪着我的衣领，把我拉到她的跟前，近得我都能看见她眼里喷出的怒火，都能闻到她那天早上吃的东西，都能感到她嘴里喷出的唾沫星子。她说：'丫头。要是那些人什么时候……什么时候再带你去北边，你要是不试着逃到加拿大的话，我得在这儿跟你把话说明白了。我向列祖列宗发誓，我要亲手拧断你的脖子，就跟拧断一只小鸡的脖子没什么两样。因为要是他们什么时候再带你去底特律，你却不往加拿大那儿跑，那你就跟那只鸡一样没有资格活着。你和院里的那些扁毛畜生一样愚蠢，死到临头还在开心地闲逛，任人宰割。要是再有一次机会你却不抓住……或拼命试一下的话……我发誓，丫头，你一回来我就亲手宰了你。'"

妈妈抚摸下巴的手停了下来，伸出三根手指。

"她抽了我三个嘴巴。"

妈妈笑着说："都挨了三巴掌了，再傻我也知道该低下身子了。人们过来把妈妈从我身边拉开。我记得他们拽她回去干活儿时，她对我又喊又叫、连哭再骂的。我知道她不是在

唬我。没过两年,他们又带我去了底特律,我们坐进马车离开之前,我和妈妈吻别,我知道这次是生离死别了。"

霍尔顿太太一直抚摸着妈妈的后背,她说:"萨拉,有位睿智的女人对我说过一句话,我得说给你听。她说:'内心足够强大会让你一直飞翔下去。'"

妈妈抱着霍尔顿太太说:"噢噢!那你可要珍惜那个女人,听起来她确实挺睿智的。"

她们哈哈大笑,霍尔顿太太说:"姐们,我很珍惜。要是你能知道我有多珍惜她就好了。我爱她如同亲姐妹。"

她们就那样一直拥抱着,直到爸爸停下了马车。

在屋里坐了一天,大家都饿坏了,所以我们先吃东西,然后再玩废奴主义者和奴隶主的游戏。人们还在给霍尔顿太太送吃的,以帮她化解悲痛,她带来了很多。妈妈也煎了一些鸡肉,烤了几块馅饼。

我们把毯子铺开,坐在沙子上吃东西。

靠近湖水,听着湖水拍打着沙子,世上你能想到的安静祥和之事莫过于此了。要不是我抽签抽中了废奴主义者,我吃完后就会坐在那儿打盹儿,可是逮着杀死奴隶贩子的机会我可不会放过,即使他们只是佩内洛普和悉尼假扮的白人。

妈妈和霍尔顿太太给我们每个人都分了很多好吃的,妈妈把她的蜜桃馅饼切成小份儿,往我们的盘子里各放了一块。

奔跑的少年

吃到一半儿的时候,我看见爸爸在他坐着的毯子旁边挖了一个洞,堆起一堆小山似的沙子。我一开始没有多想,直到五分钟后,他指着一些巨大的杨树问道:"那是一只白头海雕吗?"

那些海雕基本上不会到巴克斯顿这么远的内地来,所以我们都看向那边的杨树。

谁都没有看到什么东西,于是爸爸说:"我想你们动静太大把它吓跑了。"

我看向爸爸,发现他挖的洞不见了。他把所有的沙子都推回到了洞里。我又发现妈妈的那块蜜桃馅饼也不见了。

爸爸看出我发现了两者的联系,知道了馅饼的去处。他靠过来小声说:"我们离开前,你回这儿一趟,把它挖出来,埋到一个很深的地方。不该埋得这么浅,哪个饿急眼的野生动物可能会把它挖出来吃了,然后悲惨地慢慢死掉。"

我忍不住笑了起来。不过就在这时,库特和他们一起跑到一个山崖后面,他大喊:"救命啊!附近有废奴主义者吗?我就要被这些奴隶贩子抓回去当奴隶了!救命啊!"

于是,我向大人们告辞,好去追赶库特,抓他几个奴隶贩子!

第十五章
CHAPTER FIFTEEN
精致的木盒子

几天之后，吃过晚饭，梅太太的一个双胞胎孩子过来砰砰地敲门。我去开了门。

"晚上好，伊利亚。"

"晚上好，埃布。"

"勒罗伊先生让我来告诉你，今天晚上不要直接去霍尔顿太太的地里。"

这就怪了。我该再去帮他的。

"他说为什么了吗？"

埃布回答说："呃，这个——，你知道勒罗伊先生那个人，他从来都没什么话。他就说让我告诉你先去锯木厂。"

"谢谢你，埃布。给你爸妈带好。"

当我到达锯木厂时，勒罗伊先生和波莱特先生正坐在刚锯好的一块约四英尺长、一英尺宽的木板旁。

波莱特先生说："他来了。晚上好，伊利亚。"

奔跑的少年

"晚上好,波莱特先生。晚上好,勒罗伊先生。"

勒罗伊先生说:"晚上好,伊利亚。我想让你在我动手雕刻前,看看这上面都写了什么。霍尔顿太太想把它挂门上,除非有识字的告诉我它内容合理,不然我可不给人刻东西。

"人们要我刻东西,照他们的要求刻完后,可有人念给他们听,内容就是一派胡言乱语,他们就说不会付我工钱,瞎耽误我工夫。所以要先看看这上面写的靠不靠谱。"

我能看出来勒罗伊先生对这个非常在意,因为他刚说的这番话都能顶上他平时一个月说的多了。他递给我一张纸,上面笔迹潦草,还有很多划掉的地方。我念道:"这些字被刻下来,为的是谁都永远不会忘记我亲爱的丈夫约翰·霍尔顿,他被鞭打至死,在1859年5月7日遭到杀害,仅仅是因为他想要看看他的家人如果获得自由的话会是什么样子。他安息了,知道他的家人真的做到了。身体不会永远挺得住,可是我们所有人的内心都很强大,会一直飞翔下去。"

我对勒罗伊先生说:"先生,有些地方确实需要改一改。你最晚什么时候要,我可以思考多长时间?"

波莱特先生说:"思考?在我看来,要是你真的善于读写的话,根本就不需要时间去思考什么。直接就改过来,因为我听着就觉得不顺耳。"

他转向勒罗伊先生:"我都告诉过你,勒罗伊,我们应该

找柯林斯家的那个小丫头。那是个伶俐的孩子。这小子就是半尖不傻的。"

勒罗伊先生说："等一下，亨利，这孩子说他需要点儿时间，我得让他从容一点儿。霍尔顿太太已经吃了很多苦。她不能再为挂在门上的胡言乱语受更多折磨了。"

我把霍尔顿太太写的那张纸拿给爸妈看，他们对我说这个活儿可是我莫大的荣幸，我得尽力把它做到最好。

爸爸说："你得帮她把那些扎心的话剔出来，伊利亚。她新痛未愈，不能让如此痛彻心扉的悲苦长久地留在字里行间。"

妈妈对我说："可怜的勒罗伊先生得刻上好久才能刻完。可是你看，宝贝，有些话是我说的！"

这周余下的时间我一直在想着这个事。我在笔记本上写了一页又一页，想为霍尔顿太太找出恰当的词语。我学习时想，干活儿时也想，就连捕鱼的时候也挥之不去，结果把我用石头捕鱼这个事都搞砸了，弄得我和鱼都不愉快。我投了二十次，只砸中了四条鱼。最糟糕的是，我把两条鱼的脑袋砸开了花，砸得晃晃悠悠地又沉入了水底。

大约一星期后，勒罗伊先生失去了耐心，他说："我现在开始觉得亨利·波莱特说的有道理了。改几个字似乎不该花这么长时间。霍尔顿太太一直在问她的牌子什么时候刻好。

奔跑的少年

你吃过晚饭后到地里来,把那些话准备好,我就开干了。写得工整点儿啊。"

这让我完全没了胃口,不过晚饭后我终于写出了点儿东西。在把它交给勒罗伊先生之前,我跑到特拉维斯先生家,让他帮我看看有没有什么严重的错误。特拉维斯先生改动了两个字,划掉了三个字,完善了标点符号,然后说道:"很出色,弗里曼先生,很出色。"

爸妈都说他们觉得很好,当我把这句话念给勒罗伊先生听时,他什么也没说,只是咕哝了一下,他要说的都在这一声咕哝里面了。

把这些字刻在木头上花了他很长一段时间,刻完那天,他拿给我看。牌子刻得太漂亮了!

他说:"她特别喜欢做工精美的东西,不想要普通的东西,所以我在上面加了一些装饰。"

他在牌子的三个角上分别刻了一棵树、一只鸟和一些波浪,在第四个角上刻了太阳和月亮。他还在那些字周围刻了一条绶带,谁看了都得说刻得生动逼真。勒罗伊先生让我把它拿到霍尔顿太太家,我们就可以把它挂到门上了。

很快他就在她家门上钉了第一枚钉子,霍尔顿太太听到动静出来看是怎么回事。

"下午好,勒罗伊。下午好,伊利亚。"

我和勒罗伊先生同时说:"下午好,太太。"

勒罗伊先生对她说:"我很抱歉,霍尔顿太太,我让这小子改动了几个字。原先太长了。"

她走出屋子,回头看了看牌子,问道:"哦?现在是怎么说的?"

我给她念了一遍,她笑着说:"这正是我要说的话,伊利亚。真是谢谢你啦。也谢谢你,勒罗伊先生,活儿干得这么漂亮。我喜欢你在角上刻上那些装饰,这让它看起来很庄重。

"请稍等一下。"霍尔顿太太走回屋里。我猜她是给勒罗伊先生拿钱去了,可是当她回来的时候,手里却拿着一个雕工精美的盒子。

她把手伸进围裙的口袋里,给了我一整枚五分硬币!她竟然为在纸上写几个字付钱给我!

我把硬币紧紧攥在手里,说道:"谢谢你,太太!"

但是还没等我把它放进口袋里,耳边就听到了爸妈会怎么说。

我摊开手掌,把硬币递还给霍尔顿太太。我说:"谁的钱我都不能拿,太太。"

她握住我的手,让硬币又握回到我的拳头里。

"伊利亚,我坚持要你收下。要是你不收下,那我就把它扔到院子里。我会告诉你妈妈是我让你拿的。"

奔跑的少年

这对我来说再好不过了！爸妈会觉得把钱扔掉比帮别人后收人家钱更加不好，所以我没有什么顾虑了！

接着，霍尔顿太太看向勒罗伊先生，说："先生，这是给你的。"

她把盒子递给他。

勒罗伊先生皱了皱眉头，说道："霍尔顿太太，我感谢你给我这个盒子。这东西做工很好。考虑到你家摊上的事，我得说我们扯平了，不过从现在开始，我只要钱。要是我显得唐突的话，那我很抱歉，太太。我不是有意的，不过我知道你以前也有亲人在南方老家那儿当奴隶，所以你懂的。"

霍尔顿太太说："我懂。给你，打开盒子。"

勒罗伊先生接过盒子，把盖子抽掉，我和他都倒吸了一口凉气，就像浸入了一桶凉水之中。

勒罗伊先生的双手开始颤抖，满头大汗，好像肚子疼得厉害。他抓住自己的左胳膊，低声问道："霍尔顿太太，这是什么？"

霍尔顿太太说："这是价值两千两百美元的金子，勒罗伊先生。我本来打算用它来赎约翰·霍尔顿的。但是你现在比我更需要它。"

勒罗伊先生说不出话来。他两腿一软，瘫坐在霍尔顿太太的门廊上。他说："霍尔顿太太，这就是我的妻子和两个

孩子啊。我……我……我没法儿拒绝……"

"我没打算让你拒绝。"

她走到他跌坐的地方，他抱住她的双腿，就像一个溺水者抱住了洪流中的一棵大树。

他一直咕哝着："我没法儿拒绝，我没法儿拒绝……"

这情景看起来太可怕了。我最近表现出来的成熟劲儿眨眼的工夫就像池塘里鸭子一样飞走了，我又成了一个懦弱的男孩。看到勒罗伊先生那样的硬汉大哭，这让我觉得一切都乱套了。

接下来，我们三个人就在霍尔顿太太的门廊上哭作一团。她把我拉进她的怀里，我们这幅景象真是要多惨有多惨。

勒罗伊先生说："霍尔顿太太，我已经攒了一千零九十二美元八十五美分。我不需要这么多，但我发誓我会还你的，我发誓。你这辈子也绝不用担心地里的活儿没人干了。"

勒罗伊先生都没把眼泪擦掉，他还在哭着，同时却破涕为笑了。"你该看看我那大小子伊泽基尔。四年前我最后一次见他时，就已经是个大小伙子了，现在他十五了，肯定壮得像棵橡树！我和他随时都会听你差遣的，太太，我发誓！我们会把钱一分不差地还给你！谢谢，谢谢……"

霍尔顿太太说："勒罗伊先生，我绝不怀疑你会把钱还给我，不过听到自由之钟在你的妻子和孩子们走进巴克斯顿时

奔跑的少年

敲响,就等于把钱还给我了。"

她往自己的手帕里擤了擤鼻涕,说:"伊利亚,再给我念一遍这些字吧。"

这些字上花了我那么多心思,所以我都不用看霍尔顿太太门上的牌子。我吸了吸鼻涕,背出了牌子上刻的那些话:

> 纪念我的丈夫约翰·霍尔顿。
>
> 他逝于1859年5月7日,但是仍然活着。
>
> 血肉之躯会挺不住。内心强大,永远飞翔。

她说道:"就是这样,伊利亚。孩子,你说的是实话。"

我想我们三个人都在想,直到我们彼此分开时另外俩人才会停止大哭吧。当霍尔顿太太的两个孩子看到发生的一切也开始号啕大哭时,她第一个抽出身来。她亲了亲我和勒罗伊先生的头,然后轻轻地关上了门。

我是第二个离开的。天色不早了,我不想挨妈妈说,所以我让勒罗伊先生一个人坐在台阶上,把脸埋在那个盒子上。

我一路跑回家,去告诉爸妈这个喜讯!

第十六章
CHAPTER SIXTEEN
去密歇根

第二天早上，有人敲我们家门。我听到爸爸请勒罗伊先生进来了，于是出去向他问好。

"早上好，爸爸。早上好，勒罗伊先生。"

他们俩都说："早上好，伊利亚。"

勒罗伊先生帽子拿在手里，看起来就像刚刚钻过四个老鼠洞一样。他对爸爸说："斯潘塞，我有事跟你说。"

爸爸说："伊利亚，回避一下。"

勒罗伊先生说："不用，斯潘塞，我和伊利亚是工作伙伴。小伙子待人接物就跟大人一样，所以我希望你不介意他留下来。"

就算我活到五十岁也会记得这一幕，第一次有人说我是大人了！大半年来这种事我想都不敢想！

爸爸说："随你啦，勒罗伊。"他坐在摇椅里，对我指了指软椅。

勒罗伊先生说："不知道伊利亚是不是把发生的事都告诉

奔跑的少年

你们了?"

爸爸不置可否。他轻轻地摇着摇椅,问:"什么事,勒罗伊?"

此时此刻,我真心觉得爸爸了不起。直到勒罗伊先生问到爸爸这个问题时,我的脑海里才闪过这个念头,或许我不该把发生的事告诉爸妈。假如我对别人说勒罗伊先生拿了霍尔顿太太的金子,他或许会觉得很没面子。可是爸爸没有泄露我大嘴巴这档子事。

勒罗伊先生说:"就算是他说了,对我也没什么的,斯潘塞。你们俩把他培养得不错,我知道这孩子爱聊天,可是他不搬弄是非。我知道有些事孩子得告诉父母。"

当大人这件事远比它看起来要难得多。爸爸怎么就明白要只字不提我告诉过他们,勒罗伊先生怎么就明白我在担心什么,我是完全理不出个头绪来!

勒罗伊先生说:"霍尔顿太太确实借给了我足够的钱去赎买妻子和孩子们,斯潘塞。"

爸爸说:"勒罗伊,这真是个天大的好消息。"

接下来,勒罗伊先生把我的这次参与大人谈话的机会完全毁掉了,他说:"没错,斯潘塞,我不知道怎么才能……我怎么才能……"他又开始号啕大哭起来。他把脸埋在帽子里呜咽着。要是这我都能无动于衷的话可就真是奇了怪了。

爸爸看着我,朝我的卧室歪了下脑袋。我离开客厅,不

在他们的视线之内,不过仍然能够听见他们说话。反正勒罗伊先生确实说过,我在待人接物上就像大人一样,我知道大人们最爱干的事就是偷听了。

爸爸什么也没说。我听到摇椅发出的嘎吱声跟勒罗伊先生哭之前有着一样的节奏。爸爸就那样等着勒罗伊先生恢复常态。

过了一会儿,勒罗伊先生说:"我很道歉,斯潘塞。我整宿没睡,脑子里很乱。知道我的家人就要来了,脑子里反而好像总是摆脱不掉那些可能会发生的各种可怕的事情。"

爸爸说:"没有必要道歉,勒罗伊。这段时间对你来说最难熬了。"

勒罗伊先生说话的时候声音颤抖,就像正坐在马车里走在崎岖不平的路上。他说:"这四年来我没日没夜地干。四年哪。我原本以为再过两年也凑不够钱,斯潘塞。我本来打算先把伊泽基尔赎回来,然后我俩一起干活儿,再赎回我的妻子和女儿,可是霍尔顿太太的钱改变了这一计划。我都没有做好准备。我都不知道可以去找谁帮我把家人弄出来。你和'地下铁路'的人还有来往吗?"

爸爸说:"勒罗伊,我们能办到。我会跟查塔姆的人谈谈,看看都要做些什么。别担心,我们会办到的。"

就在这时,我听到牧师的声音从纱门外传了进来:"斯潘

奔跑的少年

塞？我看见你们家门开着。你们都已经起床了？"

爸爸腾的一下从椅子上跳起来，向门口走去。

他说："早，泽弗。"

爸爸走到外面的门廊，在身后把门关上了。我听不到他们在说什么。

过了一会儿，勒罗伊先生叫道："斯潘塞，要是你不介意的话，你能把他叫进来吗？"

爸爸和牧师来到客厅里。

"呀，早啊，勒罗伊。今天早上没听到你的斧头声，一想你今天就是休息了。"

勒罗伊先生说："没有，泽弗赖亚，今天太美好了。我有钱赎回我的家人了。"

牧师叫道："谢天谢地！今天的确很美好！现在我明白了，为啥你一副心烦意乱的样子。"

勒罗伊先生说："我们正在商量,怎样把我家人弄出来最好。"

牧师问："你们决定怎么做？"

爸爸说："我知道在查塔姆有人能做这种事。"

牧师问："你说的不会是艾布拉姆斯家的小子吧？"

爸爸说："哎，对，就是他们。"

"你没听说吗，斯潘塞兄弟？他们老爸在纽约病倒了，半年前他们就搬回那儿去了。"

牧师长叹了一声,然后说道:"我想最好还是等下一批'地下铁路'的人过来。他们有段时间没来了,不过我想不会等太久的,最多三四个月吧。"

勒罗伊先生肯定跟我想的一样,三四个月就跟三四年一样漫长!他从椅子上跳了起来,椅子与地板的刮擦声清晰可闻。

他说:"我可等不了那么长时间!得想个快点儿的法子!"

爸爸说:"我拿不准,勒罗伊,这事你都已经等了这么长时间了。为了稳妥起见,我们最好再多花点儿时间。"

"可是要多花三四个月吗?噢噢,不行!时间太长了!我跟谁都没说过,希望你们也都不要说出去,不过最近这一年我一直感觉不太好。好像我一直都在生病,怎么也好不起来。唉,斯潘塞,我都不知道自己还能不能活过三四个月。"

牧师大笑着说:"勒罗伊兄弟,你只是干活儿太拼命了累的。你跟骡子一样壮。哪个病秧子能把斧头抡得像你那样。"

勒罗伊先生说:"泽弗赖亚,我不能等了。你要是愿意陪我的话,我可以去趟美国,去底特律,和那儿的人谈谈。我知道那儿有白人愿意帮这种忙。"

爸爸插话道:"勒罗伊,我觉得这不……"

牧师说:"哎,你知道吗?你一说到密歇根,我想起来了,有个伐木头的小村子,离底特律不到一小时的路程。那个帮刘易斯太太从南卡罗来纳赎回丈夫的白人就住那儿。我和他

认识。他叫约翰·贾维，是个非常好的白人。"

勒罗伊先生说："我记得那事！四年前的事了！他还在那儿？"

"勒罗伊，我两个月前去过那儿，在他那儿吃的晚饭。你这事一下子把我整蒙了，不然我马上就能想到他。他还在运作赎人的事。自己亲自做。假装给自己的种植园买奴隶，然后秘密带到密歇根。"

勒罗伊先生说："我最怕的就是这个事。我知道要是狄龙老爷发现是我在赎我的家人，他会把价钱翻倍，或根本就不卖。泽弗赖亚，有你在，算是老天开眼了！"

牧师说："不要这样说，勒罗伊，事情理应如此。你需要的所有条件都备齐了。这是对你以往善行的回报。他会确保你能得偿所愿。"

爸爸什么也没有说。可是一听到牧师说"得偿所愿"这个字眼，我就知道爸爸会强烈反对。照爸爸的说法，"得偿所愿"又是一个响尾蛇一样的字眼，总有致命的一击紧随其后。

勒罗伊先生问道："泽弗赖亚，你能跟这个人联系一下，帮我运作运作吗？"

牧师回答说："勒罗伊，你知道你这样说很伤人。你以为非得求我吗？你以为我此时此刻没在考虑怎样把手头的事重新安排一下，好马上就能处理你这事吗？"

勒罗伊先生说:"我不是有意的,泽弗。我一点儿都没睡,满脑子胡思乱想。"

牧师说:"我理解。不过你知道贾维先生是有开销的,对吧?"

"他会要多少,泽弗?你自己要多少?"

牧师回答说:"我本人什么也不要。我宁愿花钱让自由之钟在你家人走进定居点时响起。贾维先生绝对是个好人,他花多少就收多少,从不多要。我现在还说不好,不过我想应该带一百美元左右用于贾维先生的开销,再加上赎你家人的钱或物。"

牧师突然大声说:"真是不简单,有年头没听到'赎你家人'这么中听的话了,勒罗伊兄弟。"我知道他这时的样子,他会把两只胳膊举过头顶,向屋顶挥舞。

爸爸仍然什么也没说,但是随着谈话越来越深入,我好像都能听到他皱眉头的声音了。

勒罗伊先生问:"我们需要多久才能开始着手呢?"

牧师说:"我马上就去把我在查塔姆的事往后推一推。要是你都准备齐当了,我今天下午就可以动身了,最迟今天傍晚。"

勒罗伊说:"我留有富裕,泽弗。我不会让你白白帮我的。"

纱门打开了,牧师回头说道:"勒罗伊,我不打算利用别人的痛苦来获利,尤其是你这样受人尊敬的人。我去看看能

奔跑的少年

不能跟塞吉先生借一匹马。这事越快办完,自由之钟就会越早敲响。"

我走回到客厅,爸爸没有让我离开。他立刻对勒罗伊先生开腔了。

"勒罗伊,这事进展得太快了!你要谨慎行事。赎你家人的可是一大笔钱,钱能使人迷失本性。"

勒罗伊先生说:"进展得太快?斯潘塞,这一天我已经等了四年了。四年哪!这一点儿也不快。泽弗说得对,事情不是无缘无故就进展得如此顺利的。这背后自有因果,正义总要得到伸张。"

爸爸说:"我建议慎重,勒罗伊。我不想说谁的坏话,可是我们真的了解泽弗赖亚的底细吗?我没在这个人身上看到任何真正不同凡俗的地方。你要给他的是需要你拼命干上五六年时间的辛苦钱。对谁来说都是一个巨大的诱惑。"

勒罗伊先生说:"有时候你就是得有信心,斯潘塞。有时候你得相信别人。"

爸爸说:"我说的是眼么前的东西,我们知道的东西,而不是什么信任不信任的。我们都知道泽弗不在定居点里住,我们都知道他没有正经工作,我们都知道他神龙见首不见尾的。他带着的那把上百美元的手枪天知道是从哪儿弄来的,我们都知道他贼精八怪,我们还知道他岁数不大,非常年轻。

你把那笔钱和那么大的责任托付他之前，我们要考虑的问题太多了。"

勒罗伊先生："你的话我听明白了，斯潘塞，可是就像我刚说的，有时候你得相信别人。"

爸爸说："这不是什么相信不相信别人的问题，勒罗伊。你一门心思盼着和家人团聚，有些当局者迷了。我一向不喜欢求人，但是我求你再好好想想这事，不要这么快就急于行事。泽弗对这事好像有些过于热心了。"

勒罗伊先生说："我都告诉你了，斯潘塞，我没有多少时间了。"

他看向我问道："伊利亚，你了解泽弗赖亚。他值得信任吗？"

我还没来得及张嘴，爸爸抢着说道："勒罗伊，这种事小孩子可没法做评判。他才十一岁。他谁也看不透。"

勒罗伊先生站起身来说道："斯潘塞，我已经打定主意了。我知道你有你的道理，我也真心感激你的关心，可是我别无选择。"

爸爸也站起来，那样子像是准备挡住勒罗伊先生走出屋子一样。

他们狠狠地瞪着对方，我的呼吸都停止了。

最后爸爸说："那好吧。但是得让我做件事，一件能帮我心安的事。"

奔跑的少年

勒罗伊先生说:"只要什么都不耽误,我都听你的。"

爸爸说:"我只求你不要让泽弗赖亚一个人带着那笔钱去。再找个人和他一起骑马去,一个我们都信得过的人。"

勒罗伊先生想了一下,然后说道:"我看这没什么坏处。谁呢?"

爸爸说:"你我都去不了。我们没有获释证书,密歇根仍然遍地都是缉奴贩子。不过,西奥多·海盖特有获释证书,而且他的手一直没好利索,干不了重活儿。让我们去问问他。"

勒罗伊先生说:"他挺合适的。"

爸爸打开纱门,走到外面穿鞋。他说:"你在这儿等着,勒罗伊。我马上就回来。你得向我保证,我回来之前不要轻举妄动。"

"快去快回,斯潘塞。我会等你。"

爸爸向海盖特家跑去。

勒罗伊先生坐了回去对我说道:"伊利亚,或许你爸是对的。或许我不该那么信任泽弗。"

他抓住我的两只胳膊,用力地看着我说:"你跟他在一起的时间比谁都多。你觉得他会偷我的钱吗?"

这事我得好好想一想。勒罗伊先生问我这个属于大人的问题,让我觉得备受尊重,责任重大,所以我不想匆忙地敷衍他。我不想说错话,所以我非常用心地思考了一番。

我记得牧师做过的所有那些不怎么地道的事。我记得他骗过我的鱼,我记得他用离奇的故事忽悠过那些刚获自由的人,我记得他曾考虑过让我和那个魔法师查尔斯爵士一起闯荡江湖。所有那些坏事一下子就都想了起来。可是,我也记得他做过的那些好事。比如让真正的马威获得了自由,缉奴贩子来时他跑去树林里搜索,还有让全巴克斯顿的人都知道了我天赋异禀。所以我得承认他确有一颗善良的心。

还有什么能比连人家赎家人摆脱奴隶身份的钱都偷更坏的事呢?的确,我是见过牧师干坏事,不过我认为是个人就干不出那么低级下流的烂事。

牧师的心眼没那么坏,任谁知道了勒罗伊那么能吃苦也干不出那种事。谁会那么冷血呢,就算牧师有多少让我们摸不着底的事,也没人能说他不是人。

勒罗伊先生摇晃了我一下,问道:"孩子?你觉得那个人会偷我钱吗?"

我对他说:"不会的,先生。我觉得他绝不会那么做,绝对不会。"

勒罗伊先生没有再说什么。他放开了我,然后看着窗外。

没过多久,爸爸冲进屋来。他说:"西奥多说很荣幸能帮你把钱带到密歇根。"

勒罗伊先生、爸爸和我互相握了握手。

奔跑的少年

我听到一匹马急驰而来,就跑到外面的门廊上。

牧师正骑在冠军的背上,在我们房前勒住了缰绳。

他问:"勒罗伊兄弟还在吗,伊利亚?"

"在,先生。"

爸爸和勒罗伊先生来到外面的门廊上。

牧师说:"勒罗伊兄弟,把钱都准备好,我会尽快回来。有了这匹马,不会花多长时间的。"

爸爸说:"等一下,泽弗。西奥多·海盖特准备和你一起去密歇根。"

我看见牧师目光一闪,不过他说:"嗨,那没问题。会耽误一点儿时间,不过完全没问题。"

勒罗伊先生说:"我仔细想过了,泽弗,最好是你们两人一起看着那些钱。你们可以互相照应一下。"

牧师从冠军背上跳了下来,说:"你是担心这个吗,勒罗伊兄弟?要是你担心我和那些钱的话,让全巴克斯顿的人都一起去我也不在乎。我不想让你为这个事担一点儿心。我想让你打心眼里对我去这一趟感到放心、安心。"

牧师解开了精致的手枪套,拽了下来,把它连同神秘手枪一起递给了勒罗伊先生。

他说:"给你。喏,它当然没有你家人的赎金值钱了,一点儿都不那么贵重,不过你知道我对这把手枪的感情。你会

Elijah of Buxton

是它归我之后第一个触碰到它的人。你知道我是走到哪儿都随身携带的。"

勒罗伊先生说:"没这个必要,泽弗。我信任你。"

牧师把它推到勒罗伊先生怀里,说:"我也信任你。我相信你会妥善保管它,直到我带回一切搞定的好消息。"牧师微笑着,"我也相信你不会把我的手枪掉到水里。"

勒罗伊先生说:"泽弗,虽然我对你这么做心存感激,但我觉得你带着那些钱时,身上带上家伙事更好一些。"

牧师解开马甲,给勒罗伊先生看他曾让我打过一次的那把旧手枪,然后说道:"噢,别担心,勒罗伊兄弟。我不会赤手空拳去蛇窝的。"

勒罗伊先生说:"要是这样的话,泽弗,那你就快点儿回来吧。我保证让你的手枪离水远远的。"

牧师对爸爸说:"对西奥多兄弟说,我过午就能回来。让他向塞吉先生要一匹强壮的马。我们要快马加鞭。"

牧师跳回到冠军背上,沿着通往查塔姆的大路绝尘而去。

爸爸看着他的背影说:"但愿不会是那样,可我就是觉得这个事不太对头。"

第十七章
CHAPTER SEVENTEEN
坏消息

你在等人给你带来消息时,时间过得别提有多慢了。勒罗伊先生能赎回家人的事传开了,他和我在霍尔顿太太地里干活儿的时候,各色人等都过来向他问好,对他致以美好的祝愿。

在我们等待牧师和海盖特先生的消息时,勒罗伊先生干活儿的速度既没有更慢,也没有更快。他只是一如既往地拼命砍树,演奏同样的音乐。每当有人过来时,他都会停下来,但只是略停片刻去弄明白他们是否有事相告。一旦发现不是,他就不失礼貌地继续去挥舞那把斧头了。

日子慢得像蜗牛爬行,四天后就有人开始提议,应该派个人到密歇根的那个村子去看看是否出了什么问题。没谁承认自己在担心,但其实每个人都在担心。

在牧师和海盖特先生离开后的第五天,我和老煎饼在我们的秘密湖边用石头捕鱼。我刚砸到一条大个儿金鲈,正在

奔跑的少年

把它捞上岸,这时老煎饼突然打了一个响鼻儿,表明有什么人就在附近。

我不再理会那条金鲈,抬起头来。我听到库特在远处喊我的名字。

"库特!我在这儿呢!"

他跑到我跟前,喘了几口气,然后说道:"他们……用……马车……把海盖特先……先生……从温莎……带回来了!"

"带回来?"

"噢噢。我们不……认……识的……一个温莎人,用马车拉着他。"

"他为什么不骑着叮当男孩回来?"

"我也不知道,伊利亚。他们说马车后面拴着一匹马。"

"他现在在哪儿?"

"他们说他离巴克斯顿还有大约半小时的路程。不过那是我来找你的时候。"

"勒罗伊先生家人的事,他们说什么了吗?"

"没人说什么。那个骑手只是来捎个信儿,说海盖特先生受了重伤。"

我又问:"那……"

库特知道我在想什么。他说:"他们说牧师没和他在一起。"

我的心沉了下去。那就是说有人抢劫了他们，杀了牧师或者把他抓去当了奴隶！我知道应该去找勒罗伊先生，让他知道我们有消息了。但是想了片刻之后，我又想到自己其实没什么可以告诉他的。妈妈总说："亲耳听到的东西一点儿都不能信，亲眼看到的东西也只能相信一半儿。"所以，在无法确定是否果真发生了的情况下，我觉得不该跑去告诉勒罗伊先生这些坏消息。

我对库特说："走，要是我们沿着大路跑，或许能在马车到达巴克斯顿之前追上它。"

库特说："你头里走，伊利亚。我跑遍了这些树林找你，已经没力气再跑了。"

"好吧，你骑着老煎饼回去，我得试着截住那辆马车。把我捕鱼的家伙事收好了，绳上的黑鲈你拿两条，剩下的给我妈。"

我刚出了树林来到大路上，就看到了了新鲜的车辙。他们肯定已经过去了。我跑回树林里，试着在更远的地方截住他们。就在我拐过第一个弯儿后，就听到前方有马车声，于是我跑着穿过那片树林，到了他们必经之处。

不一会儿，我就看见一辆两匹马拉着的大马车，后面拴着叮当男孩。

我朝他们挥手。

赶车人勒住马问道:"你要去巴克斯顿吗,孩子?"

"是的,先生,不过我在找……"

一只手抓着马车车厢的柱子。一个男人从车厢边上探出头来问:"伊利亚?是你吗?"

我知道那只能是海盖特先生,可我一开始都没认出来。

他说:"是我啊,孩子。"

我的心彻底沉了下去。是海盖特先生不假,可和五天前离开的时候比判若两人。

我感到两腿发软,就像要在马车旁瘫成一团。

赶车人伸出手,把我拉到他旁边的座位上。

我看向后面的海盖特先生。

他左眼睁着,可右眼已经肿得睁不开了。他的脑门上有一道笔直的线,就像有人拿着尺子量好后用刀划的一样。伤口已经发炎,虽然包扎着,可边上仍在往外渗着东西。

海盖特先生说话时有点儿哽咽。他说:"他竟然开枪打我。他竟然开枪打我。"

他说这话时没有激动和烦躁或害怕和发狂,一点儿也不像是个挨了一枪的人说话的样子,他说这些话时就像在做语气惊讶的轻声祈祷。就好像他以为要是一遍又一遍地重复的话,就有可能控制住已经发生的事情。

"伊利亚,他竟然开枪打我。他想要我的项上人头。"

赶车人说:"他的头脑一直不太清醒。一直咕哝着一个叫泽弗赖亚的人。"

我爬进马车车厢,让海盖特先生把头枕在我的膝盖上。

离巴克斯顿只有一英里时,一群大人向我们跑了过来。爸爸跑在最前面。

"爸爸!"

爸爸跳进马车,看了看海盖特先生,然后冲塞吉先生喊道:"克拉伦斯,骑马去查塔姆找医生来。他中枪了。"

塞吉先生跑向巴克斯顿。

爸爸问道:"西奥多,怎么回事?"

海盖特先生说:"斯潘塞,我辜负了勒罗伊。我没能拦住他,我尽力了。我发誓我尽力了,可是他竟然冲我开枪!"

爸爸说:"慢点儿说,西奥多。告诉我发生了什么事。"

海盖特先生说:"一切都走样了。我们刚离开加拿大就开始倒霉。我们刚坐上去密歇根的渡船,泽弗赖亚的举止就变得古怪起来。他干的第一件事是把他给你们在马甲里看过的那把旧手枪拿出来,问我想不想拿着它。你知道我不怎么喜欢手枪,斯潘塞,所以我对他说:'不了,谢谢,我有火枪。够用了。'

"他说:'随你便。'然后,他居然把那把旧手枪扔进了底特律河里。

奔跑的少年

"我问他为啥扔了啊,他说那把没用了,他有更好的。然后他就去马鞍袋里掏出了一把跟他交给勒罗伊保管的那把一模一样的手枪和枪套,一模一样!我一下子就知道了,他杀了那对白人双胞胎的说法绝不是谣言,百分之百是真的!"

爸爸的表情就像有人对他说他在日出时要挨枪子一样。他只说了声:"喔!"

海盖特先生说:"接着,我们一把马从渡船上牵下来,他就开始装出一副不认识我的模样。他什么话也不跟我说。我问他什么他都一副没听见的样子。我们就沿着通向那个伐木小村子的路闷头往前走。

"我没觉察到什么危险,你也知道他有时候举止怪异。我就以为他只是不想让任何事耽误他赶到那儿和那个白人谈事。我还是抱着一线希望,盼着一切都还正常。

"我们一到那个村子,他就对我说,天太晚了,没法去见那个白人了,得等到明天。我还是没有觉察到什么不对劲儿。我们待在一个小巷子里,我铺开一张毯子,想休息一下。

"我怎么也睡不着,所以就只是闭着眼睛躺在那儿。过了两三个小时,我看见泽弗带着那包勒罗伊的钱和金子,正在蹑手蹑脚地离开。我喊住他,他对我说他知道哪儿能赌钱,他想着要是勒罗伊的钱够赎回三个奴隶的话,那么他能让那笔钱翻倍,就可以解救六个奴隶了!

"我露出一副根本就不接受他这派胡言乱语的表情。他就问我是解救六个奴隶好还是解救三个好。"

海盖特先生说:"斯潘塞,我后脊梁一阵发凉!我告诉他:'呃呃,泽弗,谁都不会拿那种钱去赌博。'

"他大笑着说:'别担心,我玩牌有十足的把握,根本就算不上是赌博。'

"我告诉他:'只要有我在,你就什么都玩不成。'我伸手拿起火枪,瞄准了他的膝盖。

"他看着我,眼神儿像毒蛇一样冰冷,好像他认定了我是在和他闹着玩。我告诉他:'你把钱和金子都留下,不然我们俩谁都甭想走出这条巷子。'

"他又大笑起来,说:'你根本就不知道杀人有多难。'他说,'对人开枪你下不去手的。'他把那把手枪从枪套里掏了出来,垂放在身体一侧。"

海盖特先生继续说道:"我能怎么做呢?我要给他膝盖来一下,他就会明白我不是在和他闹着玩了。他却只是盯着我的眼睛,然后举起他的手枪。我当时满脑子都是勒罗伊辛辛苦苦劳碌了这么多年,要是泽弗带走那些金子,我们就再也见不到他了。"

爸爸说:"天啊,今天……"

海盖特先生说:"他说得对。我这辈子从来都没拿枪指过人，斯潘塞。"

爸爸接过话茬说:"没人会怪你没有冲他开枪，西奥多。"

海盖特先生说:"不是的，我试了！我端稳了火枪，扣动了扳机，可是……"

爸爸和我都屏住了呼吸。

海盖特先生说:"……可是什么也没发生，只有咔嗒一声脆响。我这辈子都没听过那么可怕的声音。我明明在枪里装子弹了啊，我马上就明白了，他不知什么时候把子弹退出去了。我一定是打了瞌睡，不知道这档子事。

"他脸上露出死神一样的微笑，然后举起那把手枪，瞄准了我的眉心。我记得当时我只想着自己让勒罗伊失望了。我记得当时我只想着，要是我被击中，这个恶棍干完坏事后逃之夭夭了，那这世上就没有善恶可言了。我记得当时我想到了妻子，我记得自己倒了下去，然后就什么也想不起来了，直到两三天之后。

"我醒来时，发现是小镇上的自由人在照料我。一对夫妇，人特别好。他们细心地照料我，却不要任何回报。"

海盖特先生在上衣口袋里摸了摸。他掏出一张纸，说:"我请他们把名字写了下来，这样就可以给他们送点儿糖浆，算是答谢。他们甚至还借了一辆马车，把我送到底特律，然后又安排这个人把我送回巴克斯顿。"

他把那张纸递给我。上面字迹潦草地写着：威尔伯普莱斯509号，本杰明·奥尔斯顿。

海盖特先生似乎变得神志不清了。我试着把那张纸还给他，他却把我的手推开，嘴里念叨着："他竟然开枪打我。他竟然真的开枪打我。"

爸爸吩咐我说："拿着吧，伊利亚。"

我把那张纸重新折好，放进我的口袋。

爸爸说："西奥多，试着回忆一下。你没再听过泽弗赖亚的消息吗？"

海盖特先生是："奥尔斯顿先生说，听说泽弗喝酒、寻欢作乐、赌博样样精通。他们说他赢了很多钱，把白人的钱都赢走了。可是我现在这样是没法去找他了，斯潘塞。我想我最好还是先回这儿来，让勒罗伊和你们大家都知道。"

海盖特先生又开始用那种惊讶的语气做轻声祈祷了。他说："他想要给我一枪爆头，斯潘塞。他想杀了我，好偷走勒罗伊的钱。"

我知道事情不是这样的。我知道要是牧师瞄准了海盖特先生想要把他一枪爆头的话，那他早就把他一枪爆头了。我知道牧师就没打算杀他。

爸爸说："苦难还有完没完啊？我们还要受多少苦难啊？多少啊？"

奔跑的少年

海盖特先生说:"你得把勒罗伊找来,我好告诉他都发生了什么。"

爸爸说:"不用了,西奥多,该做的你都做了。我会告诉他的。"

他看着我说:"走吧,儿子,我们得去霍尔顿太太的地里,让勒罗伊知道这场灾难。"

我和爸爸跳出马车,开始朝霍尔顿太太的地里走去。我从没见过爸爸的头垂得这么低。我知道最好什么话也不要说。

接下来,一个念头冷不丁掠上了心头。这整场灾难不怪别人都怪我!假如我没告诉勒罗伊先生牧师不会偷他的钱,这些事就都不会发生了!假如我听了爸爸的话,没有掺乎大人的事,这事就根本不会发生!

你以为我会向爸爸坦白承认这个事,可是看他那个样子,要是知道了自己多嘴多舌的亲骨肉是导致这场苦难的罪魁祸首的话,会要了他的老命的。

我们俩都耷拉着脑袋走着,谁也不说话。

我们在半英里开外就看见了勒罗伊先生。其实没看见什么,除了他挥动的斧头上反射的阳光。

当我们走到近前都能看清他飞扬的汗水、听到全部的音乐时,爸爸大声喊道:"勒罗伊!"

勒罗伊先生又挥了一下,把斧头留在了树上。

他看向我们，双方都不需要说什么。他双眼紧闭了一会儿，长出了一口气，坐到地上，问道："怎么了？现在怎么了？"

爸爸走上前去说："泽弗竟然带着钱跑了，勒罗伊。他冲西奥多开了枪。"

勒罗伊先生问："西奥多死了？"

爸爸回答说："没有，他中枪了，不过看起来不太糟。钱没了，勒罗伊。泽弗在密歇根把它输光了。"

勒罗伊先生什么也没有说。

接着，最可怕的事情发生了。勒罗伊先生像疯子一样龇牙咧嘴地把那把斧头从橡树上拽了出来，举过头顶。我知道他已经想明白了谁是这场灾祸的起因，他要把我一劈两半！

这一次，我的两腿没有发软，而是非常有力。在他劈下斧头前，我和勒罗伊先生两人都尖叫起来，然后我一头扎进了树林。我回头看去，只见勒罗伊先生把斧头扔向霍尔顿太太地里的一棵橡树。斧头砍在了三十英尺多高的地方，留在了那里。然后他朝着相反的方向冲进树林。

我猜他是准备包抄我，于是我就往树林深处跑，能跑多快就跑多快。

我跑得太拼命了，好像树都在给我让道，好像知道要是被我撞上的话非把它们连根撞倒不可。我跑得飞快。除了自己的心跳，我什么也感觉不到，什么也听不到。我的心脏好

奔跑的少年

像从胸膛里跳了出来,停在我的两耳之间怦怦作响。

树与树的树枝挨得很密,抽打在我的身上,我知道身上肯定全是血道子,可我什么也感觉不到。我只担心勒罗伊先生用斧头把我劈倒之前逃不掉咋办。我只想怎样才能比谁跑得都快。我肯定已经跑了一个小时。

我跑得是挺快,可是还不够快。

突然一只大手薅住了我的脖领子,有人从后面把我拎了起来,摔倒在地。

我重重地摔到地上,事出突然,我的嘴巴都还张着,吃了一嘴泥和枯叶。

希望勒罗伊先生把我劈成两半时动作利索点儿。我希望自己没什么机会尖叫和哀求。

我双手捂着眼睛,等着挨宰。

第十八章
CHAPTER EIGHTEEN
被绑架了

我在地上缩成一团,不知过了多长时间,才听到勒罗伊先生的声音在我头顶响起。他大声喘着气,等着呼吸平稳下来,才能把我好好地剁碎了。我想站起身再跑,可是我的腿累坏了,抖得厉害,所以除了待在那儿盼着不被最先砍到之外,什么也干不了。

勒罗伊先生喘上气儿来了,他说:"小子……你……你……疯了吗?"

奇怪的是,尽管他说话很吃力,可是一点儿都不像他的声音。听起来特别像我爸。

他没有像劈柴禾那样劈我,而是说:"起来!"

真是我爸!

爸爸仍在努力让呼吸恢复正常,他说:"我只要——你不要再像现在这样发疯了!你什么时候才能不这样瞎跑,勇敢地面对眼前的一切呢?"

奔跑的少年

我说:"可是,爸,他要杀我!"

爸爸问:"什么?勒罗伊究竟为什么想杀你呢?"

"他知道完全是因为我才出了这档子事。都怪我!我对他说牧师不是贼。"

爸爸说道:"别瞎琢磨了!绝不怪你,谁都不怪。勒罗伊急于见家人,结果乱了心智。你怎么说都劝不动他。你要记住这个教训。不要让你的欲念蒙蔽了真相。看事情始终要看它的本来面目,而不是只看你想看的一面。"

我明白爸爸在干什么。他和妈妈仍然认为我太懦弱了,所以总是在保护我,总想试图让我不要为自己干过的蠢事感到难受。可是你长大之后就得为自己干过的事担责啊,不管那事是对是错,谁也无法对我说这个祸不是我闯的。

爸爸说:"走吧,我们得回定居点去。我得召集一个会议,得想法儿逮住那个该死的小偷、没胆的野狗。"

我知道最好什么也不要再说了。爸爸爆粗口的时候不多,可是当他这么做时,就表明我该闭嘴了。

爸爸说:"你刚才让我跑得心脏差点儿都要从胸腔里蹦出来了。你往这边狂奔,勒罗伊往那边狂奔,我年纪大了,不能再像猎狗一样追人了。让我坐一小会儿,喘口气儿。"

爸爸的气儿刚一喘匀,我们就往回走。我对自己失望到极点。不是因为像刚才那样落荒而逃,那样做完全说得通。

当你觉得要被一个勒罗伊先生那样壮的人用斧头劈时，落荒而逃绝不是懦弱的表现。不是因为那个，我感到丢人是因为我跑出去多远！

我以为自己肯定已经跑出去了两三英里，可我和爸爸一往回走我就明白了，我才跑出去百八十米远！我大惑不解，不过我唯一能想到的就是我很可能绕着圈跑了很多圈，所以爸爸才那么容易就追上了我。

▲▼▲

那天晚上，爸爸和其他长者在礼堂里开了个会。我、艾玛·柯林斯、悉尼和约翰尼只得跑遍定居点去通知大家。多数人都听说了出了什么事，都说会到场。

在会议开始前一个小时左右，我吃完晚饭，走到门廊上，听到妈妈对爸爸说："那伊利亚怎么办？"

我说："对不起我打断一下，妈，你说'怎么办'是什么意思？"

妈妈说："我不想让你参加这个会，伊利亚。大家可能会谈论很多不好的事，那些乌七八糟的东西不适合你这个年龄的小孩听。尤其是你还那么……"

我知道这么做不对，可还是在妈妈有机会说出我是个懦弱的孩子之类的话之前顶了回去。我说："可是，妈——！我不能错过这个会！没准他们有事需要我帮忙呢。"

奔跑的少年

爸妈对视了一眼，然后爸爸说道："这个嘛，假如这样的话，我们肯定会告诉你的。"

妈妈问道："比克斯比太太会去开会吗？"

妈妈知道库特的妈妈基本上不怎么出门。库特的姥姥快五十岁了，体弱多病，所以比克斯比太太哪怕一分钟都不敢离开。

我说："不去，比克斯比太太说她妈妈身体不太好，得在家陪她妈妈。"

妈说："好吧，那么，我要你跑去问问，我们开会时她能不能照看你一下。"

"可是，妈……"

妈妈举手示意没什么可说的了。

接着，她对我说："你不妨问问今晚能不能在那儿过夜，明天早上就能和库特一起去上学，因为谁也说不好这个会什么时候才能结束，你也知道不睡觉的话你有多难受。"

她这话说得好像我还是个婴儿床里的小宝宝一样！我说："可是，妈……"

爸爸说："不要跟妈妈顶嘴，伊利亚。去拿上你的校服，明天早上就能和库特一起去上学了。"

"知道了。"

大人从来都不给人以应有的尊重。我一直都在努力让自

己变得不再懦弱，爸妈从来都没有留意过。我拿上第二天上学穿的衣服，和我上学时穿的鞋子及课本一起放进了手提袋里。

凡事都要讲个公平，这个祸是我惹的，可是在决定怎样善后时却把我踢了出来，毫无公平可言。

我一边拎着衣服什么的往库特家走，一边开始琢磨今晚的会上会发生什么。我不知道他们是否会为勒罗伊先生组织一个搜索队，也不知道他们会不会组织一队人马到美国去追捕牧师。不管他们最终做出什么决定，我都知道让我明天做完马厩的杂活儿之后才能得知结果是不公平的。那得晚上八点之后了，而且惹下这场灾祸的人非得让别人为自己擦屁股好像也不妥当。

还没等走上通往库特家的大路，我就想到了另一个好主意。

等我敲响库特家的门时，这个主意在我脑子里成型了。

比克斯比太太给我开了门。

她说："晚上好，伊利亚。你好吗？"

"晚上好，比克斯比太太。我很好，您呢？"

"好得很。"随后，她指着我的袋子问道："你是离家出走了吗，伊利亚？"

"不是，比克斯比太太。我爸妈想知道我今晚是否可以

奔跑的少年

和你们一起过夜,因为那个会可能会开到明天。"

比克斯比太太说:"伊利亚,对你妈妈说,不管她什么时候需要我照料她的'宝贝儿',都不用问我。"

真是可恶,谁都不要再提"宝贝儿"这个字眼了!我觉得过了五岁的孩子都不能再被叫"宝贝儿"了。我觉得即便是世上最懦弱的孩子一旦都快十二岁了也不该再被叫"宝贝儿"了!我都要跟库特的妈妈顶嘴了,不过说的却是:"谢谢你,太太。"

然后我偷偷加进了我不得不说的瞎话:"妈妈想让我去礼堂那边待一小时左右,这样在决定怎么解决这个麻烦的时候我也能出一点儿力。库特能和我一起去吗?"

我想的是我和库特俩人一起去偷听大人们的会议。

"好啊,伊利亚,不过别指望库特和你一起去了。学校老师特拉维斯先生刚刚来过,说这小子在学校里又犯浑了。"

她打开纱门,我看见库特站在一个角落里,鼻子顶在墙上。

她说:"这小子这几年总被罚站在那个墙角,地板上都被他踩出个坑。"

我说:"是啊,太太,现在勒罗伊先生也跑走了,也没法修好了。"

比克斯比太太一只眉毛挑了挑,我就知道她在怀疑我是

不是又大嘴巴了。我马上说道:"我无意冒犯,太太。"

"没有的事。给你,伊利亚,喝了这个。你的朋友学会在学校里规规矩矩之前,既没的吃,也没的喝,可是我又不想看着这杯牛奶白白浪费。"

我喝了库特的牛奶,比克斯比太太又让我喝了两杯,直到一点儿也不剩。

她说:"把你的包拿到库特的房间里,伊利亚。不要试图跟那个蠢材说话。他在三十岁之前需要做的另一件事就是把嘴巴闭上。"

"知道了,太太。"

我跑着把包放进库特的房间里,然后对比克斯比太太说:"我得回家告诉我妈一声,你同意我今晚在这儿过夜了。然后我还得去参加一会儿那个会。"

她说:"你要小心,快点儿回来。我听说勒罗伊已经疯了,就在附近游荡。听说他把一把斧子扔了一百英尺高,砍进了一棵树里,把另一把斧子扔得更高,都戳到月亮里的那个人的眼睛了。"

"知道了,太太。我不会太久的。"勒罗伊先生谁都不会伤害,这个问题我想都不用想。我太了解他了。只是一些风言风语和添油加醋而已。我想能有一个小时的时间偷听会议的内容,然后就必须得到库特家了。

奔跑的少年

我朝礼堂走去，不过我进了树林，这样一来，我就可以绕到礼堂后面去，谁也不会发现我在偷听。星期四的晚上礼堂里却烛火通明，感觉怪怪的。多数时候不是这样的。

礼堂里没有传出常有的声音，这也非常怪异。没有跺脚的声音，没有拍手的声音，也没有令人开心的手鼓声。就连那种令礼堂这个地方显得温暖、舒适和惬意的唱诗班的声音都没有，那种声音往往会令你昏昏欲睡，最终靠大人的胳膊肘把你弄醒。但是我知道今晚礼堂如此异样的原因，也不是因为满月的缘故。今晚大家对什么都不感兴趣，就是为了收拾我惹的这一烂摊子事。

才只来了几个人。他们在礼堂里一直把话音压得很低，我只能偶尔听出有人喊"完全同意"或者"全能的主啊"。虽然这些只言片语听起来也很有意思，但更重要的是要听清大家这样大声叫喊针对的是什么。

要想好好地偷听，我得爬到礼堂地板底下。我记得爸爸说过做过奴隶的人从来不会放过任何一个迟到的机会，所以我知道得在外面等上一会儿，要等到礼堂里挤满了人，所有那些姗姗来迟者都进了礼堂再行动。

树林边缘已经近在咫尺，这时我突然听到背后有树枝折断的声响。我跟树林里的幼鹿受到惊吓时一样，我僵在了原地。

说时迟那时快,还没等我转过身去看清偷袭我的是什么,一只粗糙的大手就从后面捂住了我的脸,我被拦腰抱了起来,双脚离地,被拖进了树林里。

我见过老鼠被猫抓到时的样子,它既不反抗,也不抽搐,束手就擒。我看了之后一直弄不明白为什么。我总是想,换做是我那样被抓住的话,我就会连踢再打,那只猫想要不费吹灰之力就把我吃掉?没门!我总是说,我可不会坐以待毙让那只猫把我吞下肚子,在被吞下的时候我至少要在它舌头上狠狠咬上几口。可是现在我知道我错了,对方像拎小鸡一样把我提起来拽到树林深处时,我就知道了反抗什么的毫无意义。我的感受肯定就跟那只老鼠当时的感受一样。我不想靠挣扎去拖延时间。我只希望这被猎杀的过程快点儿结束。

第十九章
CHAPTER NINETEEN
开弓没有回头箭

不管抓我的是什么,他开始感到累了。我的身体紧紧地挨着他的身体,我能感觉到他胸腔里的心脏跳动得就像被扔到岸上的鱼。他的呼吸越喘越重,终于他把我扔到了地上。

他刚一放开我,我就把那些关于猫和老鼠的胡思乱想抛到脑后,试图冲出树林。我没跑出多远,因为有一截树根似乎支出了地面,让我再次摔倒在地。

你若以为我都已经摔倒过那么多次了,总该学会倒地之时把嘴闭上了吧,可是好像这个教训也不容易记牢靠,因为我刚一倒下去,就吃了一嘴的树枝、泥土和枯叶。

我四下划拉了一下,想看看能不能抓着一块石头好反抗反抗,可是我的指头碰到的只有更多的树根和树枝。我转过身去看看抓我的到底是何方神圣,眼前的景象把我吓得魂飞魄散!

是勒罗伊先生!

Elijah of Buxton

奔跑的少年

他一副死了而不自知的模样!

他正握着自己的左臂,大口地喘息。

他说:"伊利亚,我需要你。"

我把土和枯叶从嘴里吐出来,对他说:"对不起,勒罗伊先生,我不知道他会偷你钱,我发誓真不知道!"

勒罗伊先生抬了一下手,让我给他一个喘息的机会。

他说:"孩子,我知道你什么都不知道……谁也不怪,要怪就怪我自己和那个偷东西的傻瓜。可是我真的希望……你能帮我一把。伊利亚,我没招儿了,我不知道能找谁帮我了。"

勒罗伊先生靠在一棵树上,喘息得仍然很剧烈。我站起身朝他走去,说道:"勒罗伊先生,不管你和爸爸怎么说,我清楚所有这些事都是因我而起,要是能帮到你,让我干什么都行,先生,干什么都行。你尽管吩咐。"

而勒罗伊先生的话却让我不寒而栗,我的两腿开始打颤。

他说:"我得去密歇根的那个村子看看那些钱还剩没剩下。要是全没剩下,我得找到泽弗赖亚,一枪打死他,因为他偷走了我赎出家人的梦想。我要看着他的眼睛,叫他灰飞烟灭。"

我听人说过,有些人你一眼就能看出死神在向他们身边靠近,当我看着勒罗伊先生,听他说这些话时那冷酷、发狠的样子,就明白那种说法是什么意思了。有些话可能只是获

得自由者的夸大其辞，但是有些话却是千真万确的！不难看出死神已经抱住了勒罗伊先生，支撑着他的身体，不急不忙地等着和他一起去密歇根抓牧师。

勒罗伊先生把一只手放在身体的一侧，我看见他正挎着牧师精致的枪套和那把神秘的手枪。突然间我感觉自己没那么勇敢了。

"可是，先生，这事我可帮不了你。我不知道他在哪儿。"

勒罗伊先生说："我需要你跟我一起去，因为我不认字，伊利亚。另外，我跟白人打交道没有你那么自在。不管是不是白人，谁也别想阻止我的行动，我需要你的帮助。"

"可是，勒罗伊先生，密歇根那边有抓奴隶的人。要是有人想绑架我们，那我们该怎么办？"

"孩子，你说话的样子，没人会认为你做过奴隶。他们只要看看你，就知道你生下来就是一个自由人。要是我们必须得用上这把枪的话，那我们就用上。"

"意思是说你要逼着我和你一起去是吗，先生？"

"非常抱歉，伊利亚，但开弓没有回头箭了。我们俩得去一趟密歇根。"

"意思是说我没的选择，是吗？"

"恐怕是的，孩子。"

我对他说："太好了！我就是想确认一下，勒罗伊先生。

奔跑的少年

我知道要是爸妈知道我自作主张去了密歇根,我回来后他们会活剥了我的!这回我就可以告诉他们,对他们说实话,我是被绑架去了,我就不会有那么多的麻烦了!谢谢你,先生。"

勒罗伊先生说:"我真心希望我们去的路上,你不要说一套又一套的胡话了。我真的受不了,伊利亚。我觉得我们最好一路上都安安静静的。"

"遵命!"

勒罗伊先生说:"我从马厩借了一匹马。我们会走得很快。"

我们走进树林更深处。叮当男孩的缰绳拴在一棵树上。勒罗伊先生爬上马背,伸手把我拉了上去。

我开始明白了,这个事勒罗伊先生毫无规划。就像爸爸说的那样,他不看事情的本来面目,还是只看他想看的一面。

我说:"勒罗伊先生,我们不能马上就这么去密歇根。库特妈妈还等我今晚去她家过夜呢。"

他转过身说:"那又怎样?要是进展顺利的话,你明天就回来了,最晚后天。"

"这个,先生,要是我今天晚上不露面,他们就会以为我出了什么事,而且恕我直言,大家都说你疯了,就在树林里转悠,朝着月亮扔斧子。要是他们把这两件事一碰,准会猜中是你抓了我,正直奔密歇根而去。爸爸非常喜欢你,可

要是他认定是你绑架了我,他就会心急火燎地在后面追我们。那我们就有大麻烦了,就没法儿去抓牧师了。"

勒罗伊先生用缰绳勒住叮当男孩说:"有道理。你觉得我们应该怎么做?"

"让我回库特家,对比克斯比太太说我爸妈改主意了,所以我不能在那儿过夜了。那样一来,我爸妈就会以为我睡在了库特家,而库特的妈妈会以为我睡在了自己家。我明天上不了学不会是什么大问题。我爸妈会以为我在学校。然后,明天是星期五,我放学后得在马厩里干活儿,之后他们会以为我去捕鱼了,这样明晚八点之前谁都不会知道我被绑架了。到那时候我们已经回来了。我们会回来吧?我们最迟也得在星期六回来,先生。我星期一有个拉丁动词考试,我还没怎么学呢。"

勒罗伊先生说:"我就知道带上你是对的。你的脑子反应就是快,伊利亚。我觉得你几乎可以帮我们把每件事情都想清楚。我非常抱歉把你扯进来,孩子。你要记住,你是在救我。可是你得努力克制一下,别总是说起来说个没完。"

穿过树林,有一条去库特家最近的路,我指给勒罗伊先生看。

在我从叮当男孩背上跳下来之前,勒罗伊先生转过身子看定我的脸。

奔跑的少年

"你知道要是你跑掉的话,我什么招儿都没有。你现在告诉我,伊利亚,你告诉我,我就不浪费时间等你了。你会回来吗?我有必要等你吗,还是应该现在就走,一个人去?"

我举起右手对他说:"勒罗伊先生,我用我妈的脑袋发誓,我马上就回来。"

我从叮当男孩身上滑下来,跑出树林,朝着库特家奔去。

纱门是关着的,不过大门是开着的。我敲了敲门。

比克斯比太太把门打开,说:"还真没多久。"

我努力装出一副伤心的样子说:"是没多久,太太,大家都不怎么想说话。"

她问道:"那他们要做什么?是要去抓那个贼吗?"

哎呦!我说:"还没等我弄明白他们就把我打发了。"

她大笑道:"那就对了。我都有点儿意外你父母一开始怎么会让你去开那种会。"她朝墙角那边看过去,库特仍然把鼻子顶在墙上。她对我和库特俩人说:"不过,伊利亚,你比其他同龄小孩成熟多了。"

我说:"我爸妈改主意了,太太,我不能在这儿过夜了。我得回家,明天得上学,放学后得干活儿,然后还得去捕鱼。明晚八点之前,很可能谁都看不到我,要是捕鱼不顺的话,还会再晚点儿,照上次的情形来看,甚至可能会更晚一些,所以要比正常情况晚得多得多的时候,才会有人发现我被绑

架了,才会四处去找我。"

我努力装出更伤心的样子。

她安慰我说:"没事,伊利亚,你可以改天晚上再待在这儿。你的包还在你放的地方。"

我走进库特的房间去拿我的包,不过我从包里拿出了一张纸和一支铅笔,我要写个便条。我走到窗户那边,借着皎洁的月光写道:

亲爱的库特:

你怎么样?希望你还好。我很好,除了勒罗伊先生绑架了我,并且带着我一路杀向密歇根。我们在找牧师以及勒罗伊先生的钱。他没有发疯,也没想砸月亮里的那个人,他只想把家人接来。我求他不要带上我,可他说我必须得去。我们准备明天晚饭时回来。告诉我爸妈不用送钱,也不用担心,因为勒罗伊先生发誓说他会好好照顾我的。

库特的妈妈在客厅里喊道:"伊利亚?你在干什么?拿个包也用不了那么长时间啊。"

我回答说:"对不起,比克斯比太太。因为我不能和库特说话,所以我给他写个便条,说我明天跟他见面。"

奔跑的少年

比克斯比太太对库特说:"看见了吧?你怎么就不能学学伊利亚呢?"

我只得快速收尾。

你的好友

伊利亚·弗里曼

我从头看了一遍,觉得最好再加上一句。

  另:星期六早上之前不要把这个给我爸妈看,不然的话,勒罗伊先生会割断我的喉咙,像杀猪一样给我放血的。

我不得不把割断喉咙这句加进去,因为我隔三差五会走背运,多数时候我都指望库特会做错事,而他出于害怕反而会试着把事做对。可要是他认为我会像猪一样被放血,我知道他就会做错事,谁也不告诉。

我走回客厅,对比克斯比太太说:"太太,我可以把这个便条给库特吗?"

她回答说:"给吧,伊利亚,然后就赶紧回家。替我向你妈妈问好。"

"好的，太太。"

我走到库特近前，挨得很近很近的，说道："库特，这是给你的便条。"

我把便条放进库特的手里。

只要库特的妈妈在屋里，他就会特别乖巧听话，他的鼻子都不会离开那个墙角。他用眼角的余光看向我，我朝他眨了两次眼睛，他也眨了两次眼睛回应我。我感觉好点儿了，因为这表明他知道了这张便条至关重要，需要好好研究。

我说："谢谢你，比克斯比太太，晚安。"

"晚安，伊利亚。"然后她又对库特说，"你的礼貌呢？跟伊利亚说晚安。"

库特的鼻子仍然顶在墙角，他大声喊道："晚安，伊利亚。"

"晚安，库特。"

我离开比克斯比家，开始沿着大路朝我家走去。刚一走出比克斯比太太的视线，我就钻进树林，返回我离开勒罗伊先生的地方。

勒罗伊先生没有笑或其他什么表示，不过我能看出，他一看见我心里的一块石头算是落了地。他说："我就知道你是条好汉，伊利亚。"

他把手伸下来，把我拉到叮当男孩的背上。我用胳膊抱着他的腰，说："现在我得回家准备些东西，勒罗伊先生。"

奔跑的少年

我爸妈这会儿肯定还在开会,没人会看见我。"

叮当男孩穿过树林,朝我家走去。我问勒罗伊先生:"密歇根的那个村子有多远,先生?"

"一点儿都不远。骑这匹马从底特律到那儿不到一个小时。"

"我们怎么知道到哪儿去找牧师?"

"要是他在那儿的话,不难找到。"

这说不通,根本就说不通。要是牧师真的偷了勒罗伊先生的钱的话,依我看他肯定不会让人轻易就能找到他。

于是我说:"可是,勒罗伊先生,要是他已经走了可怎么办?他五天前开枪打了海盖特先生。我觉得他不会在那儿等着别人去逮他的。"

勒罗伊先生勒住了叮当男孩。他转过身子,看着我的脸说:"伊利亚,你想让我说什么?我只能试着去找他,没别的招儿。我只能把家人接来,没别的选择。你爱说啥说啥,反正我们得去密歇根。"

就在这一刻,我明白了爸爸有多英明。他说勒罗伊先生只看他想看的一面,而不看事情的本来面目,这话他说得对极了。可是我也知道,要是我不在勒罗伊先生身边帮他把事情想清楚,他是根本没有办法找到牧师的。我知道勒罗伊先生现在伤心欲绝,我得为我们两人做好谋划的工作。

勒罗伊先生让我在树林里就从叮当男孩上下来,我就可以走回家了。当我到家的时候,我的心一下子停止了跳动,因为当我拉门进去的时候,我爸妈正要推门出来。他们见到我时跟我见到他们时一样吃惊。

"伊利亚,你在这儿干什么?比克斯比太太不能照看你吗?"

"能,她说你想让她什么时候照看我都行。只是她糊涂了,管那叫帮你照看'宝贝儿'。"

妈妈笑了,说:"这个呀,她不知道你都已经大得不能再叫'宝贝儿'了,对吧?不过,她这么说我们倒也没什么意见。她又没有恶意。"

"是的,妈妈。"

爸爸说:"回答你妈问你的问题,伊利亚。你在这儿干什么?"

我撒谎说:"我忘了带地理课本,得回来取一下。"

"噢,跑步进去拿,儿子,我们就要走了。"

"遵命。"

真见鬼!爸妈在等着我,没法为这次旅行准备吃的喝的了。我回到自己的卧室,又拿了个手提袋把一本书放了进去。正当我准备离开房间时,我停住了,因为我得想一想。既然我和勒罗伊先生马上就要开启这趟危险的旅程,他带上了牧

奔跑的少年

师那把精致的手枪以防不测,我觉得或许我也应该带点儿什么东西。

我把手头最好的二十块石头放进了袋子里,然后掀起床垫的一头,从下面抽出泰勒先生那把弄脏了的刀子。我看着它,把刀刃在月光下晃了晃。我耍了几下捅刺缉奴贩子的动作,然后把它塞进包里。

然后我在盒子里翻了翻,直至找到了海盖特先生给我的那张纸。我看了一眼帮助过他的那个男人的名字,然后把那张纸塞进我的口袋里。

我环顾房间,看看还有没有这趟冒险或许能派上用场的东西。我也说不好是什么,让我变得有点儿懦弱了。不知道是不是因为这很可能是我最后一眼看自己的房间了,或是因为我知道就算我能平安回来,爸妈也会因为我的所作所为气得发疯。我把鼻子里酸溜溜的东西吸了吸,然后走到外面的门廊上。

妈妈问道:"没事吧,伊利亚?"

够了,妈妈又未卜先知了!

"没事,妈妈。"

爸爸说:"别担心,儿子,车到山前必有路。"

"知道,爸爸。"

我拥抱了爸妈,这可能是最后一次了。他们对我说要乖,

ELIJAH
OF
BUXTON

然后我们一起走下了门廊。他们向左走,我向右走。

勒罗伊先生仍在树林里我们分开的地方。他把我拉回叮当男孩背上。我把写有地址的那张纸从口袋里拿出来,说:"先生,这是我们一到密歇根的那个村子就要找的人。海盖特先生说他是一个大好人。"

自从我认识勒罗伊先生以来,破天荒第一次我看到他笑了。你要问我他试着笑一笑和老煎饼试着跑一跑这两者哪个更不自然,我还真答不上来。

他说:"伊利亚,这事会有个好结局的。我心里有感觉。"

我和勒罗伊先生骑着叮当男孩直奔西南方而去,准备去捉那个梦想窃贼!

第二十章
CHAPTER TWENTY
一河之隔

我以前说过,我也知道很多人不认同我的说法,但是骑马比骑骡子差远了。尤其是当你在通往温莎的那条破道上快马加鞭时,尤其是当你知道身前这个人不到底特律河渡口绝不会停时,尤其是当你觉得他们把巴克斯顿和温莎之间的路拉长了好几百英里时。

唉,我在叮当男孩的背上不停地颠来颠去,我知道库特的妈妈让我喝的那些牛奶都在我肚里搅成一大坨黄油了!虽然我超级喜欢黄油,可要是它在进肚的时候还是牛奶,那它的滋味可比黄油差远了。

我只能紧闭着双眼,把脸紧紧地贴在勒罗伊先生的后背上,死死地抓牢,但愿那些黄油不要试图从我喉咙里突围出来。它已经变成又大又硬,不狠狠噎我一下是不会出来的。

我想对勒罗伊先生大喊,对他说或许他让叮当男孩跑得太急了,可是就像他对我说过的那样,开弓没有回头箭了。

过了很久很久之后，我闻到了水的气息，勒罗伊先生让叮当男孩放缓了脚步。我睁开双眼，发现我们到了温莎，道路的尽头有一艘大渡船正停在水里。

我和勒罗伊先生跳下马，待到我体内的东西停止了晃动，我轻轻拍了拍叮当男孩的胸脯。它汗流浃背，气喘吁吁，就像在寒冬天一样。它看着我，像是在问我为啥让勒罗伊先生那么玩命地赶它。它的眼神就像一头受伤的小鹿那样狂躁。

我说："勒罗伊先生，我们让叮当男孩跑得太狠了！它都要死了，先生！我最好带它到下面的河里，给它饮点儿水，让它凉快凉快。"

勒罗伊先生说："得看渡船什么时候开。你去问问那些白人。马没事。你们都太娇惯它们了。"

我说："好的，先生。不过或许你该把它牵到河里，或许你也该去水里洗一洗，你的汗出得和叮当男孩一样多！"我没告诉他，不过他的眼神看起来也和马一样狂躁。

白人们说渡船四十五分钟后开。我告诉了勒罗伊先生，然后直接把叮当男孩牵进河里。它低下头，用力地喝了好大一会儿，嘴边冒着泡泡。我找到一个有漏洞的破桶，用它舀水往叮当男孩身上浇了浇。它哆哆嗦嗦，抖了又抖，不过我知道它喜欢这样。

过了一会儿，它不再喝水，呼吸恢复正常了。

奔跑的少年

勒罗伊先生喊道:"伊利亚,把马牵上来。我们要第一个上去,好第一个下去。"

我把叮当男孩牵回到上面,对勒罗伊先生说:"先生,让叮当男孩跑这么狠得不偿失。要是它死了或瘸了,到那个村子就要花上我们双倍的时间,回到巴克斯顿则需要三倍的时间。我了解这匹马,先生,它受不了这样连续几个小时的猛跑。"

勒罗伊看着河那边的底特律,说:"我想你是对的。从现在开始不催它那么狠了。"

这差点儿让我目瞪口呆,这些话表明他尊重我的意见了!我只是个孩子,他却认为我说的话是对的,同意按我说的办!我猜就像库特妈妈说的那样,我比同龄的多数人都更成熟、更聪明。

我们在底特律一下了渡船,我就转过头去看加拿大。

要说我比多数十二岁左右的孩子聪明,我没有什么异议,可是我怎么也看不出来一条河为何关系如此重大。你怎么会在河的一边是自由的,在另一边却是奴隶呢?

看看加拿大的树,再看看美国的树,好像它们都是一样的树,就像一粒种子长出来的。石头是一样的,房屋是一样的,马是一样的,凡是我能对比的其他东西都是一样的,大人们能看出来的它们之间的巨大差异,对我却不那么一目了然。

勒罗伊先生说话算数,所以尽管颠得仍然比老煎饼厉害,但是比来温莎时好受多了。

跟巴克斯顿的广场相比,伐木村大约是它的五倍或者六倍大。

勒罗伊先生让我把那张写有照料过海盖特先生的人名字的纸拿出来。我们遇到的第一个人不是白人,勒罗伊先生让我问:"劳驾,先生,我们在找本杰明·奥尔斯顿先生。他住在威尔伯普莱斯509号。"

那人说:"那是老本吉。沿着路往前走不远就是,不过你们现在找不到他。晚上这个时候他很可能去酒馆了。"

"酒馆在哪儿,先生?"

那人指向路的另一个方向说:"在那边。"他对勒罗伊先生说:"先生,这真是一匹好马。"

勒罗伊先生没理他,于是我说:"谢谢你啦,先生。"

勒罗伊先生盯着酒馆看。

他问道:"他去酒馆干什么?"

"他们在耍钱。赌注不大,不过这一带也就只有这点儿乐子了。"

勒罗伊先生又问道:"听说过一个加拿大来的自称牧师的人在这一带跟人耍钱吗?"

那人大笑道:"一个承认自己破戒的牧师,嗯?这儿没听

奔跑的少年

说过这号人。没有,有的话我肯定有印象。"

勒罗伊先生把外衣拉开,好让那人看到牧师的手枪,然后说:"他带着一把跟这个一模一样的枪。枪套也一样。"

那个人笑了,说:"啊,他呀!没错,先生,他前一段时间在这儿耍钱。把这儿的傻子们赢光后,又去找大号傻瓜了。我听说他去跟白人赌去了。我不知道他们在哪儿赌,不过酒馆后面那拨人里有个人知道。"

这是个重大消息!牧师这时没准儿真的已经赢够了从美国赎回六个奴隶的钱了!或许我们根本没必要跑到这儿来抓他!

勒罗伊先生说:"谢谢你啦。"

他伸手把我拉上叮当男孩的背。

酒馆很近。我们到了后,勒罗伊先生把叮当男孩拴在酒馆前面,对我说:"要是有什么麻烦,你就跑出来骑上这匹马回家。沿着这条路往南走就行。"

我说:"好的,先生。"

他把手枪从枪套里抽出来,放进马甲的口袋里。他的手再也没有从口袋里拿出来过。

我们绕到酒馆后面,走向一群蹲在地上大声说话的男人。

我们刚一走近,我就发现牧师不在这儿。那些人正在往墙上掷两个布满斑点的白色小方块儿。咒骂声此起彼伏,大

量硬币不断过手,美元钞票被紧紧攥在拳头里挥来挥去的。

勒罗伊先生说:"打扰了。你们有谁认识一个名叫……"他用胳膊肘轻轻推了推我。我又把那张纸从口袋里拿了出来,然后念道:"本杰明·奥尔斯顿先生。"

一个人问:"你是谁?"

勒罗伊先生说:"他救了我的一个朋友,我需要跟他谈谈。"

那个人又问:"他救了你什么朋友?"

勒罗伊先生说:"一个姓海盖特的男的,从巴克斯顿来的。加拿大。"

一直问问题的人站起身说:"我就是本吉·奥尔斯顿。找我有何贵干?"

勒罗伊先生说:"真心感谢你救了西奥多,先生。"

"那没什么。有人袭击了他。我不过给了他一个休息的地方,找了一个医生。那人很幸运。医生说要是再靠近半英寸的话,他肯定就挂了。他现在怎么样?"

勒罗伊先生说:"我听说你或许知道我在哪儿能找到带着一把这种手枪的人。"

勒罗伊先生把手拿出了口袋。他让枪口朝向自己,免得有人会错意。

那群人一见到这把枪,就怒容满面,骂骂咧咧。

奥尔斯顿先生说:"都闭嘴吧,你们谁也不能肯定他出了

老千。有人就是好运不断。"

有人说："好运,你可拉倒吧!"

另一个人说："他赢完我们后,说要去找人赌把大的,说他想去跟一些白人会一会。他们在卡尔佩珀那儿赌,不过那是几天前的事了。呸,我觉得要是那人聪明得能对我们出老千,那他脑子应该够用,知道不能和白人赌博。"

奥尔斯顿先生说："我最后一次听说他昨天在东利马厩那儿。不过我不敢肯定真假。那是奴隶贩子待的地方。"

奴隶贩子?我不由得脊背发凉!

奥尔斯顿先生说："要是你们打算去那个马厩的话,最好小心点儿。那些缉奴贩子可不是好惹的。他们有条我在北方见过的个头最大、最凶的猎熊犬。"

他跟我们说了马厩在哪儿,我谢了他。

我不知道是什么导致的,说不好是关于奴隶贩子的话还是关于猎熊犬的话,我们刚一走回叮当男孩身边,勒罗伊先生就露出一副异常焦虑担心的表情。这让我倍感沮丧。

我问："怎么了,勒罗伊先生?我们该去哪儿寻求些帮助吗?"

勒罗伊先生抓住自己的左胳膊,开始像砍橡树时那样喘气。

他说："伊利亚,谁也……帮不了我。只有你。"

ELIJAH OF BUXTON

一个大人，你知道他是条硬汉，现在却面露惧色，这世上没有比这个情景能让你更快地感到懦弱了。

"可是，勒罗伊先生，出什么事了？你为什么这幅表情？"

他说："我们得去那个马厩，孩子。我们得动作快点儿。"

他慢慢地一步一停地爬上叮当男孩，没有像往常那样一下子跳上去。

他没有把手伸下来拉我上去。

"牵着马去，伊利亚，走后门。"他说道。

我抓住叮当男孩的缰绳，牵着它向北走去。

走了大约半英里的时候，我对勒罗伊先生说："先生，在去那个马厩之前，或许你该休息一下，或者我们需要……"

我回过头，刚好看见勒罗伊先生从叮当男孩身上滑落下来。他动作非常慢，就像飘向地面一样，似乎要像羽毛那样轻飘飘地落下。可是当他大头朝下摔到地上的时候，重重地发出了"砰"的一声，一切又归于正常速度了。

"勒罗伊先生！"

我跑回去，跪在他的旁边。

他的双眼睁着，可是比平时眨得都厉害。

我说："求你啦，勒罗伊先生，起来吧！"

我摇晃着他，他说："不行啦。你得去那个马厩拿回那些钱，儿子。他偷了赎你母亲和妹妹的钱，伊泽基尔。"

奔跑的少年

勒罗伊先生疯了!

我说:"求你啦,先生,我不是伊泽基尔,我是伊利亚,伊利亚·弗里曼。"

他抓住我的胳膊问:"你会去吗?你会去拿回那些钱吗,儿子?"

我变得彻底懦弱了。鼻子开始发酸。

他继续说:"答应我……现在就答应我!"

我能怎么办呢?我低声说:"我不是伊泽基尔,我是伊利亚。"

他说:"答应我!答应我你会拿回那些钱,要是他把钱弄没了,答应我你会开枪!"

"求你啦,勒罗伊先生,请你起来。求你不要把我一个人留在这儿!"

他说:"儿子,你看不出来我要死了吗?求你对我说,求你对我说你会为你妈妈和妹妹拿回那些钱。这不过分吧。伊泽基尔,你为什么不对我说呢?"

他的声音越来越弱,却比大喊大叫更让人受不了。

最终我只好说:"我答应你,先生,我答应你,我会去做。"

他笑了,轻声说道:"拿上这把枪,儿子。"

我把那把神秘手枪从精致的枪套里抽了出来,放进我的手提袋里。

奔跑的少年

他咳了两下,又黑又稠的东西从他嘴里和鼻子里流了出来。

他最后的话是:"我爱你,儿子。对你妈妈说我……"

他睁着眼睛,但是我知道它们什么也看不见了。

我摇晃着他说:"勒罗伊先生?噢,求你啦,勒罗伊先生!"

我跑回奥尔斯顿先生那儿,想要寻求些帮助。

我奔向那些人,喊道:"劳驾,先生,勒罗伊先生从马上摔下来了,不动了!"

奥尔斯顿先生说:"你说什么,孩子?冷静一点儿,别说那么快。"

我喘了一口气说:"勒罗伊先生从马上掉了下来,没气儿了!"

他们跟我一起跑回去,围在勒罗伊先生躺着的地方。

奥尔斯顿先生看看勒罗伊先生,把手放在他的眼睛上合上了他的双眼。他说:"孩子,他走了。你们是一家人吗?"

"不是,先生。"

"你们俩都是巴克斯顿的吗?"

"是的,先生。"

"这儿有人照顾你吗?"

我本来都要说没有了,但是我深知要是我这么说了,要是勒罗伊先生真的死了,那他们不会让我遵守诺言的,他们

不会让我追捕牧师拿回勒罗伊先生的钱的。

我说:"有,先生,我姑姑就住在那边。"我朝南边指了指。

奥尔斯顿先生说:"我们得去找治安官,孩子。对你姑姑说她得来认尸,不然的话他们就会把他埋到义冢里了。"

我说:"我得告诉爸爸,他在巴克斯顿。他们会来领勒罗伊先生的。"

我抓住叮当男孩的缰绳,再也没有回头。

君子一言驷马难追,我是不会让勒罗伊先生失望的。我要找到牧师,哪怕要花上我十年的时间。我打算从东利马厩开始找起。

我朝南走去,装作急忙赶回巴克斯顿的样子,以免奥尔斯顿先生和其他的人起疑心。

第二十一章
CHAPTER TWENTY-ONE
当游戏变成现实

我兜了个圈儿,开始往北走,在两个街区外看见了那个马厩。它的南边有个拴马桩,于是我把叮当男孩拴在那儿,剩下的路步行。我从手提袋里掏出五块石头,三块拿在左手里,两块拿在右手里。我对猎熊犬长什么样没有一点儿概念,万一它和我起了冲突,但愿五块石头就够用了。

我走到马厩时,电光火石间事情就发生了。我脑海中第一个念头就是爸爸告诉过我,永远不用担心叫得欢的狗,它叫唤是因为它和你一样害怕。他说,得提防不发出动静的狗,那种狗没兴趣吓唬人,它只想着从你身上咬下一大块肉来。

我什么也没看到,就听到链子响动的声音,然后是一声粗重的呼噜声,好像什么庞然大物突然改变了方向。这头猎熊犬没有发出任何叫声,而是像捕捉老鼠的猫头鹰一样悄无声息。

我看见一大团黑乎乎毛茸茸的东西朝我扑来,我一边

试图躲闪，一边使出我最大的力气左右开弓扔出石头，左一右一左。

我听到铁链子拉紧时发出的声响，猎熊犬的爪子击中了我的一侧，力道之大，使我最后两块石头脱手而飞。我死定了！

狗的涎液喷了我一脸，我重重地倒在地上，差点儿背过气去。那只狗仍然没有叫唤，但是它的前爪像拳头一样压在我肋骨上。我不禁怀疑，它是想把我撕成碎片呢，还是要把我活活压死。

我闭上眼睛，等着窒息而亡或被大卸八块。

可是什么事也没有。我睁开眼睛，发现那只狗晕了过去，脑袋耷拉着靠在我身体的一侧。它的头很大，有五个月牛犊的头那么大，上面布满了伤疤。它呼吸急促，像是刚刚追过一只兔子，每一口气都会吹起一点儿尘土。它的爪子抽搐着，跟狗狗们做噩梦时的动作一样。

我一下子注意到了我的肋间。感觉就像被人捅了一刀，我低头看去。猎熊犬的一只爪趾勾进了我衬衫的衣襟里，有血流出。我从狗腿下面滚出来，又滚了两滚，躺在尘埃中等着喘过气来。

我大口地喘了五六口气后，才把衬衫拉起来，查看骨头有没有戳出来。什么也没有，只有狗爪抓出来的三个小洞，

奔跑的少年

竟然只有一个洞在流血。我摸了又摸,确定什么也没断。除了在我身上戳出三个小洞之外,这只猎熊犬好像只是把我撞得喘不过气来。

我站起身来,手里又拿了两块石头,然后朝那只狗走过去。我有块石头正中它的眉心,我知道是我左手第二次扔出的那块。那儿肿起了一个大包。它的舌头从棕黄色的长牙间耷拉出来,那些牙齿有熊爪那么大。它的舌头着地的地方有个小泥坑。我觉得我对它造成的伤害不怎么严重,但我没工夫在这儿仔细查看了。

我用身子抵着去推马厩的门。

▲▼▲

当你第一次走进一所房子的一间屋子时,或树林里的一个空地时,或今天这样一个马厩时,它们总有办法告诉你它们知道你来了。不是什么特别明显的东西,可是里面的空气却变了,像是在说:"我在看着你呢。"有时候空气好像在笑着说:"我罩着你呢,进来吧。"而有些时候它又好像在皱着眉头说:"我盯着你呢,你最好给我小心点儿。"不过我进这个马厩时悄无声息的,偷偷摸摸的,神不知鬼不觉地开了门,屏住呼吸,迈进一步。

我轻轻地关好门,站定不动,等着眼睛适应黑暗的环境。

我眼前一片漆黑,不过从声音上判断,我想这里肯定关

着五六匹马。有马尾巴驱赶苍蝇的刷刷声，有马蹄子换个舒服姿势的摩擦声和啪啪声，有动物干完累活儿想睡会儿时那种平稳、放松、绵长的呼吸声。还有一只藏起来的猫头鹰，一边等着大意的老鼠，一边发出和缓的喔喔声。

听上去似乎没啥好担心的……眼下是这样。

我轻轻呼了一口气，然后吸了一口气。

我一下子就知道了，这马厩里面大事不好。

不是马的事，它们闻起来和巴克斯顿的马一样。没有古怪。

也不是地上的干草味儿，不过我能看出来负责打扫马厩换干草的人有些偷懒。

我都能闻出这里还有一两只山羊……这些都很容易分辨，都很平常。可是这种马厩的日常气味中还混杂着别的东西，不对劲儿的东西。

这跟蜷缩在洞里的死老鼠肿胀腐烂了的气味不一样，不过也差不太多。也不像骡子吃坏肚子拉稀时的气味，不过也有点儿相似。

也不是病房里的气味，在有些病房，他们说你只能硬着头皮去跟一个看起来去年就该死了的人道别，不过也绝非跟那种恶臭完全相反。

我没工夫去琢磨这种怪味儿到底是什么了，因为我的眼

奔跑的少年

睛开始适应黑暗了，正在看清一些东西，当你可以选择用鼻子、耳朵还是眼睛去关注时，你每次都会听眼睛的。

接着我的心脏就停止了跳动，浑身变得冰凉，就连时间都凝固住了！有个人正站在马厩的另一头。

我又像一只幼鹿那样了。我停止了呼吸，浑身肌肉僵硬，动弹不得。或许那人还没看见我。

我的眼睛慢慢地更加适应黑暗了，真可恶，我开始怀疑自己认识那个人。站在马厩另一头的正是正尊执事泽弗赖亚·康纳利三世博士，那个梦想窃贼！

可是就像马厩里的气味一样，他也不对劲儿。

他正从马厩的另一头看着我，我非常肯定那就是牧师，可是随着他慢慢地变得越来越清晰，灰影逐渐褪去的时候，我开始怀疑自己的第一印象了。

他太静了。

牧师总是动个不停，不是手就是腿，大多数时候是他的嘴。看他站在那儿向身体两侧伸展着双臂，低着头像是正在琢磨地上的什么东西，感觉完全不对劲儿。也可能根本就不是那么回事。或许他跟我一样，肌肉也都僵住了，好让我也看不见他。

我们两个都一动不动，僵持了很长很长一段时间看谁先动。但是最终我的双腿开始哆嗦，感觉它们都要喷火了。站

定不动这件事牧师更胜一筹。他一根手指都没动。他举着胳膊,安如磐石,静似草人。

不过有什么地方就是不对劲儿。

我开始缓步偷偷靠近他。紧接着我就听到了一声哼哼声,就在我左手边咫尺之遥的地方,我的两条腿又僵住了,呼吸又停止了。不管那个发出声音的东西是什么,它都离我太近了,我的眼珠都动不了了。我直勾勾地看着前方作稻草人状的牧师。接着,慢得如同冷天里的枫树汁,我把眼珠滚向左边,哼哼声传来的方向。

我唯一能看清的是,有人把几捆黑乎乎的东西或袋子斜靠在马厩左边的墙上了。一共有五个,放在一起,互不挨着。

那个动静又有了,就像有人试着在找想要哼唱的歌。

我知道最好别再屏着呼吸了,不然的话等到憋不住的时候就得大口喘息,会弄出很大的动静。我缓缓地吸气,就像风箱被平缓地慢慢拉开一样。

我又微微转动了一下眼珠,彻底看清了那种音乐一样的哼哼声的来源。

是那几捆东西中的一个!

我搞不懂是因为我吸气过于缓慢,还是因为我的两只眼睛终于能够看清东西了,我的脑袋变得晕乎乎了,还没等我反应过来,我的理智就像地里的野鸡一样咯咯叫着扑扑棱棱

奔跑的少年

地飞走了。

紧接着,感觉马厩的地面在起起伏伏,就像晾干的床单叠起来前被拍打抖动时一样。

我感到天旋地转,大脑一片空白,都想要放弃站立了。我知道最好抓住点儿什么东西,直到地面平稳下来,不然我就会摔倒在地。

可是已经太晚了。我又看了一眼那捆发出哼哼声的东西,发现它居然有胳膊!

四只活生生的、正在动的胳膊!

其中有两只很小,基本上不动,另外两只比较大,正在动。

真不敢相信我大老远跑到美利坚合众国,竟然这辈子第一次遇到了诡异事件。

我没机会抓住任何东西,我两腿发软,瘫倒在地上。我完了,我又彻底懦弱了。

当你的理智遽然离你而去,而你又跌落尘埃的时候,根本就没有时间和心思去举手护头。全身都变得跟秋葵一样软塌塌的。由于脑袋是身体最重的部分,所以总是最先着地。不过这次我总算想到把嘴闭上了。

这块的地上肯定铺了厚木板,因为当我的头撞上地面时,发出一声巨响,就像斧子砍在粗大的橡树上一样。脑壳这一记狠撞让我眼前直冒金星,发出了可怕的动静,靠在墙上的

ELIJAH
OF
BUXTON

那几捆东西全都活了过来,带着恐怖的声响伸展开来!

他们发出的动静都能把死人吵醒!不是因为声响大,而是因为可怕。那根本就不是人类发出的声音,但不知怎么确实让人想到了人类。那是呻吟声和粗重的呼吸声,掺杂着类似外面那条狗身上铁链一样的声音。这让我想到:自己很快就要被那条我砸晕的大狗的兄弟姐妹们撕成碎片了。

区别仅在于这儿的动静是狗发出的五倍,外加一阵呜咽声和粗重的喘息声。

我看见的东西根本就不是五个麻袋,也不是五条要为兄弟报一石之仇的狗,更不是五个复活的恶灵。跟这些都不沾边儿。我看见的比所有这些加在一起还要糟糕。

靠在马厩墙上的只能是五个蹲着的怪物,有人抓住了它们,用链子锁了起来。

我看向牧师,希望他能采取些行动,可是我的注意力很快又被吸引到了那些被锁着的怪物身上。那个长着四只胳膊哼着歌的怪物,对另外几个怪物发出了"嘘"声,然后开始说话了!说的竟然也是英语!

它低声对我说:"哎哎!你是人吗?"

我从地上抬起头,不假思索下意识地说:"你说什么,女士?"

她是那群东西中唯一一个像女人的,而且我拿不准把一

奔跑的少年

个怪物称作"女士"合不合适,可那两个字就那么脱口而出了。

她的模样变得越来越清晰了,我怀疑她或许是人。她看起来就是一个正常女人,不过是个面露惧色长着四只胳膊的正常女人。

可是看她盯着我的样子,我非常确定这就是个正常女人。我还看到她身上没穿衣服,只有一块破布耷拉在一边的肩膀上。

看到一个大人这样光着身子让我大为震惊,我马上把目光从她身上移开,看向她脚前的地面。她的脚踝上锁着很粗的镣铐,跟一些别的锁和链子连在一起,把她困在原地。看到这些链子,就像看到她赤身裸体时一样让我难堪。我连忙看向其他人,免得让她感到窘迫。

其他几个都是男人,全都赤身裸体,连块破布都没有。脚踝也像那个女人一样被宽大厚重的镣铐锁着。他们看向我,和我看见他们时一样面露困惑和惊惧的神情。

四只胳膊女人又低声问:"你真是一个男孩吗?"

我拿不准该怎么回答。假如她是个怪物,并以为我也是的话,那她就不会怎么着我。另外,除了怪物谁会长着四只胳膊呢?可是要是她不是怪物,而我对她说我是怪物,那她没准就会对我施加某种杀怪物魔法,我横竖都会交代在这儿。

我不再看她,而是看向马厩的椽子,这样更容易一些,

因为在我拼命想着怎么回答她才好时，我仍然躺在地上，懦弱不堪。那只伺机而动的猫头鹰正从上方盯着我。

我想我最好如实回答。我是："是的，女士，我真是一个男孩。"

她低声说："如果你不是人，那就离开这儿。如果你真是一个男孩，那就别再犯傻，从地上站起来！"

我试着站起来。我站起来了，可是头还垂着。一声呛着的咳嗽从女人那方传来，于是我忍不住看了过去。一个女人不可能发出这么小的动静。我看见一个黑色的小脑袋和两只黑色的小胳膊从女人身前的破布里钻了出来。尽管马厩里很黑，我还是看明白了，那个女人根本就没有长着四只胳膊！这时我心头的疑虑一下子就烟消云散了。那是个抱着孩子的女人！

现在我明白了！根本就没有被拴着的怪物！这是五个带着婴儿逃跑的奴隶又被捉住了！我知道他们是谁了，可我的脑袋还是天旋地转的。

她说："孩子！"

"什么事，太太？"

她说："要是你是真的，去后面牲口栏里的马那儿，把水桶拿过来，但是不要发出声响。那边有个缉奴贩子喝醉了。"

我看向她指的方向，看见马厩右首还有一捆东西。除了

奔跑的少年

斜靠在他身上的火枪,你无从知道那是个白人。

有一只皮水桶挂着钉子上,于是我走过去,把它和旁边的水瓢拿到抱孩子的女人蹲着的地方。

她伸手碰了碰我的手,好像是想确定我是不是真人,然后说道:"谢谢你,孩子!"她用瓢舀了水,把婴儿扶起来,好让他喝水。

那个婴儿除了一两声咳嗽外,没有一点儿活着的迹象,可他一看见水,就挺直了身子,开始手刨脚蹬地大口喝起水来,好像两年没喝过水似的。

婴儿喝水的声音让那些男人狂躁不安起来。有两个向我伸着手,挣着锁链,想要尽可能靠近水桶。

女人把手指放在嘴上嘘了一声,说:"别把锁链弄出声响。你们想吵醒那个白人,让这个孩子送命吗?这儿水多的是,老老实实地等着!"

她对那些男人连说带比划的,就像他们听不懂她在说什么似的。

她把瓢从婴儿身边拿开,说道:"好了,宝贝儿。悠着点儿,喝出毛病来可就不好啦。"

可是那孩子根本不听她的警告。他又抓过水瓢,咬着瓢边,咕嘟咕嘟大口喝着,嘴巴上水珠儿四溅,就像水坑里的一只麻雀。

婴儿又开始咳嗽了,女人把瓢拿开。她用瓢又从桶里舀水,自己一气喝了好长时间。她又这样喝了两次,直到把瓢里的水喝干,然后深深地狠狠地吸了一口气,都会让人想到一个在湖里潜泳的人实在憋不住气从水里出来时的样子。

她说:"谢谢你,太谢谢你了。现在给那些男的一点儿吧。"

我走到离她最近的那个男人身边,把水桶放在他的面前。他看看水桶,然后又抬头看看我。他举起双手,这时我看到他的两只胳膊都被沉重的铁链绑着,铁链一直垂到手腕下。

我不知道该说些什么,或是该做些什么。

以前爸妈和定居点的大人们对我们讲过许多故事,都是关于戴着锁链的人的,而且巴克斯顿有几个人的脚踝上和手腕上还有锁链留下的厚而发亮的伤疤,可是看见真的锁链却是我无法想象的事情。那是无法用语言描述的一种画面。

大人们在讲那些被锁起来的人的故事时,或许是不想吓到我们,因为从这些人的样子来看,我知道我们没有听到完整的故事。我感到双腿又发软了。

那个女人说:"孩子!只有我的手可以活动,好让我照料孩子。那些男人的胳膊都栓住了,他们够不着自己的嘴。你得帮他们。"

我把瓢摁进水里,然后举到那个男人的唇边,好让他能够喝水。他两眼红肿,挂着眼屎,你会以为他刚刚嚎啕大哭

奔跑的少年

了一通。可是他的眼神却告诉你,这种人可不会嚎啕大哭,不管遭遇了什么。

他鼻子里流出来的东西让他的胡子呈现出灰色,可是靠近一看,他远没到那种年纪。他看上去太壮了,浑身上下的肌肉块块隆起,好像稍不小心就会从他的皮肤里挣脱出来。

他的嘴唇都裂开了,全是长长的血口子。他一边的头发被血或泥巴结成一团,就像被石头砸中了,而一直没有时间冲洗。

他的一条腿伸到前面,膝盖处有一道又长又宽的口子。伤口已经缝上了,但是缝得并不好。这一定是那条猎熊犬的杰作。

他向我点了一下头,然后像那个女人和孩子一样狠命地喝了起来。

女人说:"他是孩子爸爸。他和另外三个男的都是血统纯正的非洲人。他不怎么会说英语,但是他的礼数还在,不会连句'谢谢'都不说,对吧,卡马乌?"

那个男人又点了一下头。

我说:"不客气,先生。"他刚一喝够,我就按顺序给其他男人喂水。

最后一个根本算不上一个男人。那是个看起来比我还要小的男孩。他也双眼红肿,挂着眼屎,不过毫无疑问,他是

哭的。尽管光线很暗,我仍然能看清他脸颊上的灰色泪痕。他的鼻子上结着鼻嘎,流出的东西比那个男的还多。看上去太可怕了。

当他抬眼看向我时,我第一个念头就是把手缩进袖子里,然后伸出袖口把他的鼻子和嘴巴擦干净。他看我举起了手,就把头缩了回去,以为我要打他的脸,但当他明白了我要干什么后就把身子探了过来。我一擦完他的鼻子就给了他一些水。

他刚一喝够,就弯腰拉起我的胳膊,把我的手放在了他的嘴唇上。他用嘴紧紧地吻着我的手。这让我心里很不好受。看他的表现,给他喝点儿水无异于给了他二十美元金币。他不肯放开我的手。他开始对着我的手咕哝非洲土话,抽噎着哭了起来,他的牙齿摩着我的皮肤,他胳膊腿上的锁链哗啦作响。

我把手抽了回来,突然之间我明白马厩里那股怪异的气息是什么了。那是恐惧,是五个大人和一个婴儿对一切东西都怀有的恐惧。

这种气息,这些人戴着锁链的景象,再加上他们一动就会发出的声音,所有这些都让我恶心。我知道那么想似乎不对,可是我只想在吐出来之前远离这个男孩,远离所有这些人。我把水桶留在男孩的脚边,跌跌撞撞地后退了三步。

奔跑的少年

女人小声说:"不行啊,孩子,你得把它放回去,就跟没动过一样。你得让它看起来就跟没人来过这儿一样。"

等我把水桶和瓢放回去后,她说:"到跟前来,说话小点儿声。你来这儿干嘛?你在这个马厩里干活儿吗?"

他们刚才把我吓坏了,我都把牧师彻底给忘了!

我想起了对勒罗伊先生发过的誓言,告诉她说:"不,太太,我在找那个偷了我朋友钱的人。"

我朝马厩的另一头看去,牧师还站在那儿,装作什么都没有听到一样。我从手提袋里抽出勒罗伊先生的手枪,好让牧师明白我这可不是在虚张声势,然后稍微大声一点儿说:"他得把勒罗伊先生的钱还我,不然我就开枪打死他,就像打死一只汪汪乱叫的疯狗。"

当你动了要用枪朝人射击的心思时,持枪在手的感觉就大为不同了。我以前用牧师那把生锈的破枪打木桩和石头的时候,感觉根本就没有这个沉。这把神秘手枪颤抖着,在我手里前后滑动着,就像一月大风天里的风向标一样。

四个非洲人一看到那把手枪,还有它在我手中乱跳的样子,吓得缩了缩身子。看得出来,他们很清楚这样一把手枪都能对人做些什么。

女人说:"现在我什么都明白了。一个男孩拿着一把大人的手枪准备向谁射击!可是如果你打算打死那个人的话,那你

来晚了，孩子。看仔细了。他早在太阳落山之前就咽气儿了。

"那个男人的嘴可真厉害。我就知道他们根本没打算把他带走。当他们把他带到这儿，打掉他的牙齿并把他的舌头割成两半的时候，我就知道了。他们要是想要卖掉他的话，绝不会那样对他。他们只是在玩弄他，纯属拿他寻开心。

"不过你要对你朋友说，就算那个男的偷了你朋友的东西，那他也已经付出了可怕的代价。你告诉你朋友，那个男的经受住了非人的折磨，从头到尾都没求饶，那些缉奴贩子每打他一下，他就咒骂他们一次，一直到死都在咒骂他们。"

这么说来，正尊执事泽弗赖亚·康纳利三世博士已经死了。我感到羞愧，因为，尽管这或许好像不对，可我心里涌上的第一个念头竟然是如释重负，因为这意味着我不用兑现诺言了。

现在我看清了，让牧师的两只胳膊保持向两边伸展的是绳子。他被绑在两根柱子之间。还有一根绳子在他的脖子上缠了好几圈，紧紧地勒在他的喉咙上。我知道今后只要一看见艾玛的破娃娃伯蒂，一准儿就会想起牧师来。

我心里涌上的第二个念头让我从头凉到脚。牧师除了膝盖上围着块血迹斑斑的破布之外，身上一丝不挂。勒罗伊先生的钱肯定全都不在了！

女人说："赶紧把那东西放下，别伤到了什么人！"

于是我把牧师的枪放回手提袋里。

她问:"你是谁的?"

她看到我很难把目光从牧师身上移开,就拉了拉我的胳膊。我还是忍不住去看牧师,她就把我的脸扭过去,我就只能直直地看着她了。

"你是谁的?"

我能想到的唯一回答是:"谁的都不是,太太。我是我爸妈的儿子。"

她说:"你说话真是奇怪。你在哪儿出生的?你是这个小镇上的人吗?"

我说:"不是,太太,我出生在巴克斯顿定居点,在加拿大西部,生下来就是自由的。"

"加拿大!"

"是的,太太。"

她说:"这儿离加拿大有多远?"

"我和勒罗伊先生骑马花了差不多一个小时的时间,不过我们一刻也没耽搁。我们很可能让马跑得太急了。"

她说:"一个小时?"

"是的,太太。"

"不,快说那不是真的。快说那是骗人的,孩子!"

"不是骗人的,太太,老天可以作证,是真的。"

自从我见到这个女人以来,她第一次笑了。她举起那个婴儿说:"宝贝儿,我猜我们的运气实在是太差了。我们跑了那么久,就少跑了一个小时。一个小时啊,孩子,我们就差那么一点点了。我们已经这么近了,我怀疑没准都呼吸到了加拿大的自由空气了。"

我想告诉她,多数时候风都是朝那边吹的,从美国吹往加拿大,不过我猜她说的不是这个。

我问:"那个男人要把你们带到哪儿去,太太?"

她说:"我猜我、卡马乌和小宝宝得回肯塔基的女主人那儿去。我说不准他们会带另外那三个去哪儿。他们根本不会说英语,卡马乌说他们说的非洲话跟他的不一样。"

我记得课堂上听到的那些关于废奴主义者的故事,他们为了拯救眼前这样的人而出生入死,不惜赌上身家性命。我想起了听完那些故事后的那种令人热血沸腾的感觉,让你恨不得要一路杀到美国把所有的奴隶全都解放出来。我记得当大人们讲到他们终于到达巴克斯顿并把左手按在自由之钟上,总算明白自己再也不是任何人的私有财产时的感受,那些故事都会让你失声痛哭。

我想到了我、库特、艾玛和朋友们一直玩的那个废奴主义者和奴隶贩子的游戏,我们得用抽签的办法来决定谁当废奴主义者,因为谁都不想扮演奴隶主那样的坏蛋。我记得我

奔跑的少年

们会假装偷偷溜进种植园杀死大批奴隶主，然后带着一些笑容满面、开心快乐、获得自由的奴隶们一起奔向加拿大。我记得一切都挺容易的啊。

可我现在看明白了，游戏跟现实根本就不是一回事。我看明白了，动真格的时候，不得不操心火枪、锁链、咳嗽的婴儿和一丝不挂哭啼的人们时，事情就困难多了。这些人跟我和妈爸都没什么两样，只不过他们都半死不活的，都散发着一股悲哀、怪异的气息，都被锁链拴着，拴得比最野蛮、最凶猛的动物还要结实。

在这一刻我知道了，要是我能活着离开密歇根的这个马厩，我今后再也不会扮演废奴主义者了。不仅是因为那种乐趣已经荡然无存，主要是因为我自知自己远不够勇敢，就连假装成其中的一员都做不到了。我知道那有点儿像是去装扮天使。等你下次遇到一位真正的天使或废奴主义者时，这种事就会让你感到羞愧难当。这种事就不该被视同儿戏。

我看着女人，心中暗暗发誓：管他有没有火枪和锁链呢，我都要想办法把她和这些非洲人从这里弄出去！

第二十二章
CHAPTER TWENTY-TWO
走了就别再回来

我问女人："绑架你们的有几个人，太太？"

她说："那边喝得烂醉的算一个，还有一个叫普雷德的，外加他的两个小子。还有一条难对付的狗。"

我飞快地盘算了一下，狠狠吞咽了一下，免得自己打退堂鼓，然后说道："太太，我能爬到睡着的那个家伙那儿，在不惊醒他的情况下拿到这些锁的钥匙，要是他真醒了我非得用这把枪的话，那我就用上这把枪。然后我就把你们都放了，我们还会有把火枪，等其他那些奴隶猎人跑来时，我们就能……"

各种想法又快又猛地冒出来，似乎它们来得越猛越快，相互碰撞得就越厉害，听上去就越让人摸不着头脑，越发显得一无是处，即便对我来说也是如此。

但是我没法儿住口。住口就等同于是放弃了一切，所以我说："等我们到了巴克斯顿，大家都会欢迎你们，会帮你

奔跑的少年

们建一个农场，就连一些白人也会来帮忙。我们一直在寻找那些想要得到自由的人，等你们到了那儿时，我和库特会把自由之钟敲响一百次。就是说为你们每个人敲二十次。缉奴贩子不会去那儿，要是他们敢来，要么被凑得屁滚尿流，夹着尾巴逃出镇子，要么就是在人间消失，再无音讯。就连那些不希望我们待在那儿的白人，要是见到美国人跑到加拿大去对他们指手画脚的话，也会发飙的。一旦我们到了那儿，艾玛·柯林斯也用不着把你们骗出树林了，因为是我亲自一路带着你们去的，而且我……"

我向另外四个人看去，他们身体后靠，头垂在两膝之间，那种喘息声告诉我，他们哪儿也去不了了。他们看起来不再像是一群疲惫不堪的人。他们看上去又像是几捆被扔到马厩墙边的干草。

这真让人受不了。勒罗伊先生死了，牧师被杀了，马厩里的气息，锁链哗啦作响，这些赤身裸体的人如此恐惧、丧气、疲惫的模样，这一切真让人受不了。那些离谱而混乱的念头不复出现，取而代之的是两眼刺痛，鼻子发酸，喉咙哽咽。

这绝对是极端懦弱的表现，当它来袭时，你根本无法阻挡。它就像离弦之箭。所以我只能大哭起来。我就和那个被锁着的比我小的逃亡男孩一样，我不再说话，捂住眼睛哭了起来。

女人把婴儿移到左手上，用右手捂住了我的嘴。她动作很轻柔，但是她的手却粗糙得很，我的脸就像盖着一块谷仓旧木板。

她说："听着，孩子，你得安静下来。你会吵醒那个白人的，那样的话你会摊上什么事？我们不能再谈论趁着谁睡着悄悄过去杀掉他的事了。

"你要是开枪的话，那这儿的所有白人都会马上赶来。况且，我看你是个有教养的孩子。你不能让自己一辈子都背负谋杀罪的心理负担。"

我把鼻涕吸了吸，说："但是，太太，我怎么才能把你们从这儿救出去呢？我知道你们累了，但是我在外面有匹马，整个加拿大跑得第二快的马，我们小心点儿的话，可以骑快一些，或许我们还能从这儿借上几匹马，那样的话就谁都不用走路了，而且……"

她笑了："哎呀！你可真是一位坏心眼儿的小先生！你先是要开枪打死一个睡着了的白人，接着你要帮一些奴隶挣脱枷锁，然后你又打算偷几匹马！哎，孩子啊，就凭你刚才盘算的这些捣蛋行为，那些白人就得把你用绳子吊起来，再放下来，像这样折磨你两三次！"

她用粗糙的手掌摩挲着我的头发。"孩子，不会有偷马的事儿，也不会再有逃跑的事。你看不出来我们都跑不动了

奔跑的少年

吗？况且那个醉汉也没有钥匙。普雷德老爷和他的儿子们拿着钥匙，而且钥匙是分开携带的。"

我想起了泰勒先生那把被弄脏了的刀子。

我对她说："我有这个！"我把手伸进手提袋，从里面拿出那把刀。我说："要是我割断那个醉汉喉咙的话就不会发出声响，然后拿上他的火枪，我们就能……"

她伸手抓住我，说："嘘！你看看你，你怎么去割断一个男人的喉咙？像你这样柔弱善良的人，我猜你连猪的喉咙都没割断过，你割过吗？"

"没有，太太，但我以前从来就没想过要去割。"

"那好，现在你也不要想着去割。你多大了？"

"再有十个月我就十二岁了，太太。"

"十二岁的自由人！看看你穿的这身得体的衣服和鞋子！听听你这富有教养的谈吐。那些话从你嘴里说出来听着确实不自然，可你听上去跟女主人的孩子们一样有教养。我第一眼看见你就知道你就没做过奴隶。就因为这个，还有你那样凭空地出现，所以我才不确定你是不是人。"

"可是我怎么才能让你们自由呢？"

"你不能，孩子。"

"但是我有这把刀！也许我能把这些锁链从连着它们的木头上挖出来。"

我看了看锁链和墙壁连接的地方。根本不是木头。锁链是固定在石头上的。

她又伸手抓住我,说:"孩子,打住!他们那些缉奴贩子不会让你有机可乘的。这对他们来说可不是娱乐消遣。他们就是吃这碗饭的。他们就是干这行的。就算他们再一无是处,他们也知道怎么抓奴隶,怎么把我们拴牢。"

我说:"也许要是我使劲儿拽这些锁链的话,我就能……"我抓住锁链嵌入石头之处,"……我就能把它们拽下来。有时如果你非常渴望什么事,你的梦想就会实现,有时如果你足够害怕,就会强大到无所不能……"

我一边更加用力去拽锁链,一边对她说:"巴克斯顿的人都知道,亚历山大夫妇两人清理地里的石头时,他们把石头都装到了马车上,然后因为什么事亚历山大先生不得不爬到马车下面。这时车轮爆裂了,马车压住了他的一条腿,身边没有一个帮手。亚历山大太太没有晕过去,而是又怕又狂,情急之下自己一个人抬起了马车的一边,这样亚历山大先生就能爬出来了!装满石头的一辆马车啊!而且她的身板照我差远了!"

我又猛拉了一下,但是锁链似乎正在嘲笑我。

女人弯下身子,抓住铁箍箍着脚踝的地方。她说:"亲爱的,你把石头弄碎之前会先把我的腿弄碎的。如果害怕和心

奔跑的少年

愿真能让你心想事成的话,这些锁链不早就已经灰飞烟灭了嘛,你说呢?你以为你比我和这些非洲人更想把我们从锁链下解放出来吗?你以为你比我们更有力量、更加渴望吗?"

"比我更想?"

"孩子啊,在你也落得个身披枷锁之前,你得停止焦躁不安。有些事是注定无法改变的。"

她是对的,一旦明白了这一点,我的双腿就又不听使了,我瘫倒在她的脚下。她把我拉了起来,把我抱在怀里。

她给我擦去眼泪,感叹道:"你可真是我这辈子见过的最迷人的小可爱!"

她把我的下巴托在手里。"听好了。不要为我们烦恼。别再哭了,你把那个非洲男孩也感染了,亲爱的。你不想让他雪上加霜更难受了,对吧?"

我没有想到这一点。我太自私了。

她说:"你没法儿理解,不过你可是我们长久以来见过的最闪亮的东西。能见到你,已经仅次于见到加拿大那样好了。见到了你,就证明了这整件事不是在做梦。"

她的孩子又咳嗽了,她亲了亲孩子的额头,又亲了亲我的额头。

她把我推开了一点儿,好直视我的眼睛,说:"现在,仔细听好了。你得离开这儿,但你走之前,你的那把手枪,是

真枪吗？不是小孩玩具吧？"

"不是，太太。那是把真枪，值一百美元呢。"

"还能用吗？"

"能，太太。"

"有子弹吗？"

"有，太太。"

"开枪难吗？"

"不难。我见过牧师用这把枪射击，它有后坐力，但如果你有防范就没什么了。不过你得有力气才行。"

"你用它射击过吗？"

"没有。但是我开过牧师的另一把枪，跟这把差不多吧。"

她笑了。"哎，亲爱的，我想啊，要是像你这样一个经常发晕、生而自由的小家伙都能开的话，那老克洛艾也能。"

我看向克洛艾太太的胳膊。它们就像粗壮、扭曲的黑绳索。

她又用手捏住我的下巴，这样我就得直视着她的眼睛了。她说："让我试试那把枪。"

我从手提袋里拿出那把神秘的手枪，把它放到她的手里。

她说："确实比看起来轻一些。现在告诉我怎么用。"

我按照牧师教我的演示给她看。

她说："就这？"

奔跑的少年

"是的,太太。"

"开一枪之后,得过多长时间才能开第二枪?"

"这是左轮手枪。你一扣扳机它就会再次开火,但是再次开枪之前你得确保瞄准了,还得屏住呼吸。"

"要是它打中某人一下,那他就会死吗?"

"要是你打中了他的脑袋或胸脯,他就会死。就算他没有马上死掉,也撑不了多久。要是他死得很慢的话,活着的那段时间里只会后悔没有马上死掉。"

"子弹打光之前,这把枪能开几枪?"

"这是六发左轮手枪。"

她说:"那真是太好了。"

我在心里算了算,加上那个婴儿,他们总共有六个人!

还没等我来得及问她要干什么,她就又抓住我的下巴说:"现在,孩子,你想在回加拿大之前用这把枪打什么吗?"

"不想,太太,但是……"

她说:"别但是了。也许最好由我来保管这把枪。"

这不是个问句。

我看着手枪端握在她的手里,知道现在就是自己想要拿也拿不回来了。我说:"是的,太太,或许那样最好。"

我真希望自己还能做点儿什么。如果他们不能挣脱墙壁的话,我搞不懂他们单凭这把枪要怎么逃离这里。还有,她

说得对，一旦开枪，镇上所有的人就都会跑过来。就算逃出去了，他们一丝不挂的又能逃出多远呢？要是她不准备用这把枪对付那些奴隶贩子的话可怎么办呢？要是她真的打算用这把枪去……

我想都不敢去想。

她把手枪藏到身后，然后向牧师吊着的方向点点头说："你走之前，能告诉我那边的那个人到底偷了什么，值得你们离开加拿大跑到这儿来？"

我想看向牧师那边，但她又把我的脸扳向了自己。我把发生在勒罗伊先生、牧师和霍尔顿太太的金子之间的事向她和盘托出。

她听得很认真，然后说："既然你们要抓的贼已经死了，你是直接返回加拿大呢，还是这附近还有其他白人的喉咙需要你去割断呢？"

"没有了，我要马上回去。我有个拉丁文考试，所以我星期一得上学。"

她盯着我问道："上学？"

她又问了一遍："上学？"

"是的，太太。"

她很长一段时间没有再说什么。她闭着眼睛，紧紧地搂着自己的孩子。

奔跑的少年

过了一会儿,她笑了,说:"来。帮我抱会儿孩子,我把脚镣调整一下。我觉得你刚才那通猛拽把我一个痂给弄破了。"

我说:"对不起,夫人,我只是想要……"

她说:"嘘,孩子,天啊!你真是个小话痨啊,是吧?别说了,抱住我的孩子。"

我从她手中接过孩子。是个女孩。

她说:"我看出来了,你会抱小孩儿。"

"是的,夫人,有时候我会在托儿所照看小孩儿。"

那个女人双手伸到下面扭了扭脚镣,然后抬头看向我。她好像很吃惊,说道:"咦,这可真是令人惊奇!我这辈子还从来没见过这种事!哎呀,你看这孩子就那么让你抱着!你看她在你怀里多自在啊!你看呐!"

小婴儿向上看着我。那个女人的表情,就算她亲眼目睹了摩西分开红海也不会更吃惊了。

她说:"我还从来没有……!哎呀,我相信这丫头喜欢你,孩子!我确实有点儿把她惯坏了,她从来不让别人抱她,否则就哭个没完没了!我敢发誓这孩子喜欢你!哎呀,我觉得她一定把你当成她哥哥了。我这一辈子都没见过这样的事。这孩子肯定觉得你和她是一家人,因为除了我和卡马乌,她从不让人这样抱她。她真是这么觉得的,孩子,你看呐,她

真的喜欢你!"

泪水正从女人的眼里汩汩流出,可她仍然在笑。

我低头看了看小女孩。这是一个瘦巴巴、病恹恹的小东西。

我觉得她根本就不喜欢我。我觉得她之所以没有大哭大闹,唯一的原因就是,尽管她一直被抱着,不用戴着沉重的镣铐走路,可她看上去和她爸妈以及另外三个非洲人一样筋疲力尽,垂头丧气。不过,我搞不懂这个女人为啥一直在说这个女孩喜欢我。

她说:"你看出来了,是吗,孩子?你明白我说的了吧?"

这回我确实明白了!我现在开始多少明白这是怎么一回事了!这是那种大人的谈话方式,他们大声说着一件事,可是你得从中听出许多弦外之音!这个女人正在像对待大人那样对我!她现在的举动,就好像我能理解她话里有话!

我拼命想啊想,想弄明白她为什么硬要说我和这个小女孩是一家人,但是我就是想不出个所以然来!这就像是特拉维斯先生在学校里用意外的考试对我们搞突然袭击一样。不管这个科目你学得有多好,他那么一上来就问各种出乎意料的问题,你的内心和大脑就会一下子卡住,像冬天的水泵一样。就算我真明白这个女人在说什么,我也没法一下子就想明白。我想不明白,原因就在于这种突如其来。

奔跑的少年

我觉察到了这里有某种事关重大之事,可她却在浪费时间。我还是既不会说也听不懂这种大人话。现在除了怎样把这些人救出去之外,我的脑子想不了任何事,看来我是无能为力了。

她又试了一次:"你看出来她有多喜欢你了吗,孩子?"

我告诉她:"没有,太太,我一点儿都没看出来。"

我把女人的宝宝递还给她。她一直盯着看我。当她从我手中接过女孩时,双手不住地颤抖。

她不再提什么喜不喜欢的话题,只是紧紧地抱住了孩子。

我丢盔卸甲地败下阵来,只能垂下脑袋,把手插进衣袋里。

紧接着,就像得到了启示一样,我的手指碰到了口袋里的一张纸条!

我拿出纸条,看到那个帮过海盖特先生的人的名字:本杰明·奥尔斯顿先生,他现在正照看着勒罗伊先生的遗骸。海盖特先生对爸爸说过,他是个特别好的人。我知道要怎么做了!

我低声说:"太太,我想起来了!我能找人来帮我们!我马上就回来!"

她说:"孩子,你一旦走了就别回来了。你需要尽快回加拿大去。"

"但是，太太，我不是在孤军奋战。我认识几个愿意救你们的人！他们自己以前也是奴隶。只要他们一听说你们的事，肯定就会马上把你们救出去的！"

"你听我说，孩子，你一旦走了就别再回来了。没人会帮我们。你这是在拿自己的生命做无谓的冒险。回加拿大去。你务必要听我的。"

我拿起手提袋，朝马厩的门口走去。我回头看向那个女人，举起右手说："太太，我用我妈妈的脑袋发誓，我会带着帮手回来的。你别着急，明早之前我们就都在巴克斯顿了！"

第二十三章
CHAPTER TWENTY-THREE
谁都帮不上忙

打开马厩门时,我早已四块石头在手,以防猎熊犬醒转过来。它看起来感觉好一点儿了。它的舌头已经缩回了嘴里,正在发出细微的悲鸣声,但它仍然侧躺着,紧闭着双眼。我从它身上迈过去,跑向叮当男孩。我们以最快的速度返回酒馆,一路都在祈祷着那些人还没离开。当我靠离近酒馆时,开始来了精神。我能听到他们还在那儿耍钱呢!

我风风火火转过角落时,看见奥尔斯顿先生正蹲靠着四轮马车的一只车轮,看另外那些男的掷那种带白点的方块。一匹疾驰的骏马再引人注目不过了。所有人都跳了起来,就像他们被当场逮住在干什么坏事一样。

我从叮当男孩身上跳下来,大声喊道:"奥尔斯顿先生!奥尔斯顿先生!他们把人抓住要带回去当奴隶!他们明天就要把他们带走了!他们抓住了一个女人和她的宝宝,还有一些非洲人和一个还没我大的男孩!但是我们得赶快!他们还

杀了牧师，把他吊在马厩里！"

奥尔斯顿先生抓住我。"慢点儿说，孩子！你在说什么？"

我花了一秒钟让自己喘了口气，然后说道："有四个缉奴贩子绑架了六个人，正要带他们去南面！我们能把他们救出来！只有一个人在那儿看着，而且已经喝得烂醉如泥了！那儿还有个小婴儿！我们能把他们救出来！"

他问："我们能做什么呢？"

其他人都盯着我和奥尔斯顿先生。

"我们能把他们救出来，先生。他们现在很绝望，可是只要我们让他们踏上去巴克斯顿的路，我知道他们就会打起一些精神的！"

一个赌徒大笑了起来，说道："伙计，把色子给我。这小子疯了。"

奥尔斯顿先生放开了我，说："孩子，你得去加拿大，把那个人的死讯告诉你们的人。你怎么还没走啊？"

"我知道，先生，我会的，但是他们一大早就要带走这些逃跑的人啦！我们现在得把他们救出来！我对克洛艾太太发过誓，说我们会把她救出来的！"

这时，我想起了这些人对我提起猎熊犬时那副害怕的样子。我说："对了，你们不用担心。我已经把那条狗打晕了。没事了！"

奥尔斯顿先生说:"孩子,我是认真的。你需要骑马去找你们自己人。谁也不会去救谁。这儿不是加拿大,这儿是美国。这俩地方有着天壤之别。我真的很同情那些被逮着的可怜人,但是在这儿他们是在执法。如果我们卷入这种麻烦里,他们也会把我们给卖到南边去。这儿没人会帮忙。就是治安官让缉奴贩子们待在那个马厩里的。"

一个男人说:"我在阿拉巴马的时候,没人帮我获得自由。我干嘛要为那些蠢到被抓的素不相识的人去冒掉脑袋的风险呢?"

我不知道该说什么才好。

我转向他们说:"但是我们都……"

拿着骰子的人在我的脑袋上拍了一下。

"你听到人家说的了,快走吧。没人想听你说的这种破事。不许在我们这儿胡说八道。还有,我手气正好,你耽误我赚钱啦!"

我说:"可是他们快要死了,他们都不能……"

那人一拳打在我的胸上,我被打倒在地,喘不上气来。

奥尔斯顿先生抓住他说:"没必要这样!"

那人冲我吼道:"小子!你最好离我远点儿,否则我就宰了你!我们都说了,这事谁也没招儿!你最好滚回加拿大去。我们不需要你们这些生而自由的巴克斯顿傻瓜来这儿给我们

添乱！我不想再回去当奴隶了。"

我站起身来，跑向叮当男孩。

我吓蒙了，哭都哭不出来。

当我走到叮当男孩身边时它向我喷着鼻息。我爬到它背上。我骑着它朝大路走去时，感到肚里一阵翻腾。接下来我就弯下身子，把我妈做的晚饭和库特妈妈给我喝的牛奶都吐了出来。我吐了又吐，直到最后吐出来的只剩不知何时喝下去的苦水。苦水刚一吐完，我就只能干呕了，感觉五脏六腑都在拧着劲儿地蹦跶。

我知道这和猎熊犬在我身体一侧扑那一下无关，也和那人在我胸口打那一拳无关。我知道这只是我的良心在作祟，因为我就要对克洛艾太太食言了。返回马厩毫无意义了，单凭我自己是救不了她和那些非洲人的。我最好是快马加鞭赶回巴克斯顿，问问爸妈我们该怎么办。

但是我的良心知道，等我到了那儿，等他们组织起一支民团一路赶回到这儿时，那些奴隶贩子早就带着克洛艾太太远走高飞了。

是回马厩告诉她没人能够帮忙，还是尽快赶回巴克斯顿，或许没准我们还能做点儿什么，我不得不在这两者之间进行选择。但是我的良心在啃噬着我，堵着我的胸口，因为它知道那只是在浪费时间。那个赌徒说得没错儿。现在谁都无能

奔跑的少年

为力,爱莫能助。

　　眼泪终于掉了下来。我打算听从克洛艾太太的话。她叫我不要回去。我用脚跟磕了磕叮当男孩的两侧,面向南方,沿着大路向巴克斯顿走去。

第二十四章
CHAPTER TWENTY-FOUR
带霍普回家

我本不该让叮当男孩跑得这么快的,但是我这么做事出有因。不仅是因为我急于让爸妈帮我解决难题,也是因为我想让叮当男孩玩命跑起来,这样我就只能一门心思只想着抓牢缰绳不掉下去了。但这个办法并不奏效,再怎么颠簸震动都无法令我停止思考。

我在想我的良心和妈妈饼干罐里的蛇还真挺像。好像不管我怎么拼命地快跑要摆脱它们,最终还是在不知不觉中一直带着它们。两者之间唯一的不同之处就是扔掉蛇似乎要比扔掉良心容易得多。

当我勒住缰绳让叮当男孩停下来的时候,都还没有走出这个伐木小村庄一英里之外。

这不关马的事,但是,我反倒希望自己骑的是老煎饼了。

如果是老煎饼的话,我们就会走得很慢,我就只能试着去想想该怎么办才好。可是叮当男孩狂奔时的颠簸让我无法

奔跑的少年

抓住一个念头把它想透了。尽管这多少让我感到好受一些,可是我自己知道,在走出一步臭棋之前,我得先让马停下来。

我心里感到最难受的是,克洛艾太太先是对我说了一通大人的话,发现我听不懂时表情又是那么的失望。

要是你年纪不大的话,大人们折磨你的招儿多着呢。要说我对他们的那些招儿有一处薄弱环节的话,那不是在他们对我大吼大叫的时候,不是在他们拿树枝抽我的时候,也不是在他们追着责骂我的时候。要是他们真想让我与快乐绝缘的话,他们似乎只需对我说,我做的什么事令他们大失所望。

要是他们不直接说出他们的失望,而是看着我,皱起眉头,然后摇着头转身而去,那就更糟糕了。他们好像特别特别地伤心。不知为什么,那比挨顿鞭子或挨顿揍更让我难受。

要想把这个问题想明白,我知道我不能再去操心什么失望不失望的事了,我得把全部心思放在克洛艾太太对我说的那通大人话上。我知道这跟她撒的谎有关。她非说自己的小孩非常喜欢我,我们俩都知道这不是真话,可是我还是弄不懂那是什么意思。婴儿怎么会喜欢上一个从没见过的人呢?宝宝的妈妈怎么会说那样的谎话呢?这说不通,根本就说不通。

可是她为什么硬要说我和那个女孩就像一家人似的呢,说我和她之间有某种紧密的……

我说话好像是在自吹自擂,可我要说的都是事实,如果是事实的话,那就不算自吹自擂了。

哎呀,我的脑袋瓜儿太聪明了,有时候聪明得连我自己都被惊得目瞪口呆!

所有一直以来正在发生的事情,都在试图让我不去关注就在我眼皮底下的真相,电光火石之间,我想通了克洛艾太太其实到底在说什么!我连她为啥要那样说都想通了!

这也进一步证明了我一贯的说法,骑骡子要比骑马好得多。嘿,要不是我勒住了叮当男孩,这会儿都走完回巴克斯顿的一半路程了,就没有机会好好想想了,很可能就太迟了!

我再次用脚跟磕了磕叮当男孩,策马北上,返回那个伐木村庄,返回那个马厩。

▲▽▲

那只猎熊犬已经又站起身来。它夹着尾巴,步履蹒跚,低声哀号,看起来似乎状态不佳。如果我像艾玛·柯林斯那样懦弱,就会对它感到抱歉,但是想到它在卡马乌先生腿上咬的那一口,以及我身上的三个洞,我心里就毫无感觉了。

我用尽洪荒之力扔出左手的石头,正中上次砸中的地方。它一声不吭地瘫倒在地。

我跨过狗的身体,再次小心翼翼地打开马厩的门。我这次进来时,门铰链发出一阵咯吱声,马厩里的人都能知道我

奔跑的少年

来了。

我看向左边那伙人,心脏停止了跳动,浑身变得冰凉,就连时间都凝固住了!

尽管我的眼睛还没有完全适应黑暗,可我还是看清了克洛艾太太正用那把神秘手枪黑洞洞的枪管瞄准我的眉心。枪在我手里时左右摇摆,上下抖动,可在克洛艾太太手里却稳如泰山。

我低声说:"克洛艾太太,是我。"

她把枪从我面前拿开了。

她说:"我都说了不要回来!"

她看向门口,没等我说什么就问:"哎,你说的那些人在哪儿?"

"他们帮不上忙。他们太害怕了。"

她把枪放到身后,然后抱起了孩子。

她看我时仍然满眼的失望。说到失望,很早以前我就注意到了,一旦一个大人对你感到失望,你就死定了,因为无论你做什么都无法改变他们的想法。

我又深吸了一口气,免得怯于去说大人话,因为那些话怎么看都太像谎言了。

我说:"克洛艾太太,请原谅我爆粗口,可这真是最操蛋的事啦!我本来正骑着叮当男孩回巴克斯顿,可有件事让我

心烦意乱的,我却想不明白是什么,然后我一下子就想明白了。"我打了个响指。

她只是认真地看着我。

"我第一次见到你女儿时,我晕晕乎乎、震惊不已,我的脑子处于短路状态,但是一骑上马,就知道是什么让我难受了,就知道是什么事不对劲儿了!我想起来了,这个小女孩和我两年前死于热病的妹妹长得一模一样!。"

克洛艾太太仍然盯着我。

我继续说着谎话:"没错儿,太太,我两年前死去的妹妹看上去就像你的小宝宝一样。"

她说:"孩子,听到这个我很难过。我知道你和你妈妈肯定难过得心都碎了。"

我说:"谢谢你,太太。你说得没错儿,我妈的心彻底碎了,她都不愿意从悲伤中走出来。她扔掉了所有带颜色的衣服,只穿黑色的衣服,因为医生告诉她,老天不会再赐给她另一个孩子了。"

克洛艾太太没说什么。她看着我,点了下头。

我说:"现在妈妈总是念叨,要是能让她再看上我妹妹一眼,哪怕只是一眼,她愿意付出任何代价。"

克洛艾太太说:"你那可怜的妈妈,真是可怜,太可怜了。"

我觉得她这是在鼓励我继续撒谎,继续把这种秘密语言

奔跑的少年

说下去。

我说:"她总是闷闷不乐的,还因为晚上在树林里四处游荡而吓到过人。她要是能再看上妹妹一眼,她愿意付出任何代价,妹妹走得太快,我妈都没有机会跟她好好地说声再见。"

克洛艾太太说:"这真是个悲剧。从你身上我看出来了,你妈妈是个多好的女人啊。她确实把你培养成一个好孩子了,非常好的好孩子。一个像你妈妈这么好的女人,却不得不背着那种负担,再也不能生孩子了,我们这是活在一个什么样的世界里呀?"

你一旦开始说谎,继续说下去就不难了,就像离弦之箭一样停不下来。但是我知道还得在这个故事里多添点儿油,多加点儿醋。我说:"是啊,太太,她一直在说,要是能再看上我妹妹一眼,就是死了也开心。

"她还说,如果老天真是公正仁慈的话,如她所知的那样,或许她不只想要有个机会再看我妹妹一眼,或许她还想通过什么办法再养一个孩子。"

我看着克洛艾太太的眼睛,就像看着特拉维斯先生的眼睛时一样。如果你当他面背什么东西背得很流畅的话,你能从他的眼神里看出来,你就知道只管继续背下去就好了。此刻克洛艾太太的眼睛里就是同样的那种眼神。

我说:"我妈总说,她不在乎孩子是不是亲生的,她只盼

着能再有个小女孩去照顾和抚养。哎,太太,她伤心忧郁一直也放不下的样子,都快要把我和爸爸急疯了。"

克洛艾太太说:"我希望你和你爸爸好好对你妈妈,孩子。世间最大的痛苦莫过于失去亲生骨肉。那是最大的痛苦。我自己失去了三个孩子,两个被卖掉了,一个死于睡梦中。这个丫头是我最后的一个了。"

我说完了。我为自己的撒谎行为感到羞愧难当,再也不能说这种大人的语言了。

就在我几乎又要滑入那种懦弱状态时,克洛艾夫人端详着我突然问道:"那你觉得我们应该怎么办,孩子?"

"太太?"

"我们俩能做点儿什么呢,才能让你那可怜的妈妈好过一些?"

我知道其实她在问什么,但是我不知道怎么回答她。

我只能说:"我在想,太太,或许——你是否愿意把宝宝借给我,让我把她带去巴克斯顿?这样的话,我就能让我妈妈看看她跟我妹妹长得有多像了。"

克洛艾太太此时的眼神,就跟你一口气准确无误地列举出拉丁动词所有变化形式时特拉维斯先生的眼神一模一样。

我说:"我妈糊涂成那样儿,说不定会以为这就是我妹妹呢,她就实现了再看我妹妹一眼的愿望啦。"

奔跑的少年

克洛艾太太用力地长长吸了一口气。这是她第二次听起来像是在憋炸肺之前从水底又回到水面上。

我举起右手说:"我用我妈妈的脑袋发誓,我会把她照顾得很好,太太。你看过我抱她抱得有多好。我发誓她会安全的,而且我发过的誓,我会严格遵守,不打折扣。我发誓我会回来,我就回来了,是吧?如果你把她借给我,我发誓她会安全的。"

我以为我把这场大人式的谈话搞砸了,我以为我说错了话,因为克洛艾太太发出了那种遭受重击后的呻吟声。可是她却低声说道:"孩子啊,孩子啊,孩子啊。那正是我们能做的啊……就要那样做啊。"

克洛艾太太亲了亲宝宝的眼睛,对她说:"你看到了吗,我的心肝儿?我答应过你的。我答应过你,你绝不会回肯塔基的。我答应过你,我是不会让你回去的,只是我从没想过会是这样!你知道我绝不会做任何伤害你的事,除非是为了让你免受一生的伤害,你明白吗?绝对不会,宝贝。"

"冥冥之中有个声音对我说要等待,我从不恐惧,也不软弱,所以那个声音另有来源。你看看现在啊。看看我的等待带来了什么。看看这个小伙子,他真的回来了。他回来了!我这辈子都没觉得哪个小伙子能像他这么了不起。"

她抬眼看着我。

她说:"我只剩下你了。"

我分不清她指的是我还是她的宝宝。

她又亲了亲女儿的眼睛,说:"今天没有成为你的末日,反倒成了你的新生。"

她对我说:"别哭,孩子。不许哭。我这辈子从来没有像此刻爱你这样爱过任何东西。你没什么可哭的。如果等到天亮发现你只是一个梦境,只是我的脑子阻止我去做必做之事的某种幻觉,那才是我们要去哭的唯一理由。但你是真的,是不是?"

我想说"是真的,太太",但是我只能做到不住地点头,不停地吸着鼻涕。

她说:"我就知道。鬼也好梦也好都不会像你那样晕倒,也不会哭成这样。还有,我做过很多梦,从来也没有做过像你这样的美梦。从来没有。"

她说:"走之前,带她去她爸那儿,让他最后再抱一次。"
她把宝宝交给我。她的手又在颤抖了。

我把孩子抱到那个大个子非洲人身边,把孩子递给他。他的手只能抬起这么高,但是这个高度足以让他能托着孩子的屁股,让她的脸贴在他自己的脸上。

孩子抓着他的头发,而他则用粗糙干裂的嘴唇吻着孩子的脸。他一动不动,闭着眼睛,深深地吸了四五口气,像是要把她的气息深深地吸进肚里。他把孩子举到锁链允许的最

奔跑的少年

远处，用非洲话对她说了什么。

他的声音低沉得像闷雷。他把孩子递还给我，说："孩子，走！走，马上走！Uh-san-tay.Uh-san-taysah-nah[1]。真心感谢。"

我之前说过好像这个男人不管遭遇到什么都不会哭，但我错了。

我从他手里接过女孩，转向那个女人，想看看她还想不想再抱抱宝宝。她又像一捆东西那样斜靠在了墙上，用双手捂住了眼睛。但是她在笑。

什么都不必再说了。

我右手抱着女孩，左手握着一块石头，用以防备外面的那只狗。我向马厩的门外瞅了一眼，看到那只狗仍然伸展着四肢，躺在链子尽头，它舌头周围的泥巴已经干了，舌头动都不动一下。看来它的噩梦已经结束了。

在我迈出马厩大门之前，克洛艾太太问道："孩子，你叫什么名字？"

我说："伊利亚，太太。"

我又告诉她："我叫伊利亚，巴克斯顿的伊利亚，太太。"这样一来，要是她真的逃出去到了加拿大的话，就不会去错找另一个伊利亚了，那个查塔姆的白人伊利亚。

---

[1] 这两句为非洲话。——编者注

Elijah
of
Buxton

奔跑的少年

她说:"嗯,孩子,你用实际行动证明了你之前说的话。你证明了,要是你特别渴望什么东西的话,有时候梦想就会成真。你已经把比一马车石头还重的东西从我心头搬掉了,巴克斯顿的伊利亚。谢谢你。"

"不用谢,太太。"

我回头看向马厩。一切又都变得黑暗而朦胧了。

我问:"太太?你的宝宝叫什么名字?"

那个非洲男人说:"图玛伊尼!"

女人说:"她爸爸叫她图玛伊尼,但是我叫她霍普[1]。你一定要代我们谢谢你妈妈。等霍普长大成人后,你一定要让你妈妈告诉她……"克洛艾太太停了下来,用手捂住了嘴。片刻之后,她把手拿开,继续说道:"你一定要让你妈妈告诉霍普,她爸爸是血统纯正的非洲人。还有,他说他以前是个国王。我相信他的话。"

"好的,太太,我会的。我还会告诉她,她爸爸的名字叫卡马乌,她妈妈的名字叫克洛艾,她有两个名字,霍普和图玛……"

卡马乌先生说:"图玛伊尼,她是我们的图玛伊尼。"

我说:"图玛伊尼。"

克洛艾太太问:"你是怎么把这些新名字都记住的,伊

---

[1] Hope 的音译,意思是"希望"。——编者注

利亚?"

我告诉她说:"我数学不太好,太太,但是我记东西记得牢。另外,我手提袋里有铅笔和纸,我会把它们写下来的。"

她说:"等等!你会写字?还认识字?"

"是的,太太。"

"你真是个不折不扣的奇迹。不过,你别指望我们还能有更好的运气了。你们得离开这儿了。"

当我转身走出马厩时,卡马乌先生说:"克洛艾,让我拿着枪吧。"

她说:"伙计,别说话。我把枪给你,你藏在哪儿?普雷德和他的废材小子们明早带着我们的衣服来这儿之前,我可以把它藏在这块破布下面。"

"依我看,老撒旦要欠我一个大人情了,因为等明早天亮的时候,我肯定会给他送回去四个他的垃圾手下,还有一条一无是处的狗。"

"再说啦,卡马乌先生……"她轻笑道,"……如果你真是自称的那个强大的非洲国王的话,既然你这么想要这把枪,为什么你不到我这儿来把它拿走呢?"

片刻之后,马厩里就响起了另一声轻笑,这个笑声低沉得如远处的雷声。

他说:"我爱你,克洛艾。"

奔跑的少年

她说:"噢,小点儿声,卡马乌,我也爱你。"

如果我能活到五十岁,他们的轻笑声,那个男孩的哭声,还有那些锁链的哗啦声和摩擦声,将会伴随我的余生,一直在我耳畔回响。

我让婴儿的胳膊环抱着我的脖子,跑向叮当男孩。我从手提袋里掏出两块石头,放进衣服的口袋里。我把其他的石头和泰勒先生那把被弄脏了的刀倒在地上。我把霍普·图玛伊尼轻轻地放进空袋子里,然后系在我的背上,就像田里干活的女人们那样。然后我们向巴克斯顿进发。

叮当男孩已经跑得太累了,我带着霍普·图玛伊尼又得非常小心,所以我们走得很慢,直到快天亮时才到达底特律的渡口。她可真是个好孩子,一路上既不哭也不闹。多数时候,她都在来回揪我脑后的头发。

在等着载我们去温莎的渡船时,我就想,到了巴克斯顿后,要如何安置霍普。但我很快就知道了。我知道布朗太太很可能会从麦克马洪干货店里买些带颜色的布料。

当太阳开始从贝尔岛的树梢上探出脑袋的时候,我知道我得用正确的方式欢迎霍普来到加拿大,像大人们那样。

我指着加拿大对她说:"看那儿!看那天空!那难道不是你见过的最美丽的天空吗?"

她不看我指的地方,而是看着我的指尖。

我把霍普·图玛伊尼放在我的肩上,指着温莎说:"看那儿,看看那片土地!看看那些树木!你何曾见过如此宝贵的东西?这是自由的土地!"

她还是看着我的手指。

"再看看你自己,你见过这么漂亮的人吗?

"今天你真的自由了,你选了最美丽、最完美的一天来做这件事!"

我把她举过头顶说:"我只想问,你怎么不早点儿做呢?"

她对我笑着,把手伸下来够我的脸,接着就吐了我一身的水。

尽管多数时候被人吐一身不是什么值得大笑的事,可我还是大笑起来。

我擦干净脸,拉起叮当男孩的缰绳,牵着它走上通往渡口的坡道。

这让我想起了弗雷德里克·道格拉斯先生,这听起来好像我又在自吹自擂了,但我知道,只要我把这个小女孩安全地带回巴克斯顿,我就非常肯定,今后谁都不会记得我和道格拉斯先生之间那档子破事了。我知道,这就好比他终于大仇得报,就此放过我了!

我们刚一踏上加拿大,我就把霍普·图玛伊尼放回手提袋里。我决定不能冒险再让叮当男孩跑得那么急了。我让它

奔跑的少年

走得像骡子那么慢,而不是像马那样快。那段路我们花了比平时长得多的时间,所以直到中午前后,我们才到达巴克斯顿的西边。

霍普睡了一路。

作者后记

罗利的埃尔金定居点暨巴克斯顿传教所是一个多么有趣、美丽而又充满希望的地方啊！它由长老教白人牧师威廉姆·金于1849年创立，最初的居民是金先生和他从妻子手中继承而来的15名奴隶，后来又有6名逃跑出来的奴隶加入了他们。金先生觉得在美国这些非裔美国人奴隶是无法真正享受到自由的，于是就在渥太华以南买下了一块方圆18平方英里的土地，用来供他和获得自由的奴隶们居住。住在巴克斯顿的摆脱奴役、获得自由的人最多的时候预计高达1500人到2000人。尽管那个时候在加拿大的其他地方也有几处供人们躲避奴隶制的难民定居点，巴克斯顿却是最终最为繁荣昌盛的一处。即使进入了21世纪，几百名最初居民的后人们仍然居住在这个地方，经营着他们的先辈从浓密的森林里开垦出来的农场。

之所以巴克斯顿做得相对成功一些，可以归结为两点。首先那儿的居民——多数是刚刚获得自由的非裔美国人——

奔跑的少年

具有坚毅勇敢、对自由矢志不渝的可贵品质,可以让他们勇于面对一切艰难险阻。面对部分加拿大人的强烈反对,他们勇于抗争,竭尽所能去兑现他们对北极星做出的承诺。他们将自己从美国南方奴隶制的恐怖中解救出来,投身于加拿大广袤的自由土地之上。每个清醒的日子里,他们都要时刻不停地辛勤劳作;每个清醒的日子里,他们都充分地享受着自由的快乐。《巴克斯顿的遗产》是一本史料详实的关于该定居点的历史著作,该书作者A.C.罗宾斯在书中引用了诗人保罗·劳伦斯·邓巴的一首诗作用来描述那些勇敢的人们,我认为这是对他们最好的赞颂了:

> 不是那些高高飞翔的人,而是那些
> 筚路蓝缕、披荆斩棘却一心向主的无依无靠的人,
> 才是英雄……
> 不是那些高高飞翔的人。

其次,金先生为定居点制定了一套严格的规矩。选择住在定居点里的人都要至少购买五十英亩土地,需要他们自己清理出来,并挖好排水沟。他们可以借助低息贷款。他们的房子必须具有同样大小,至少要有四个房间,距离马路必须是不多不少的33英尺。房屋前面必须要有个花园,后面必

须要有个菜园。

巴克斯顿在经济上是高度自给自足的,最终有了自己的锯木厂、肥料厂、烧砖厂、邮局、旅店和学校。甚至还有一段 6 英里长的有轨电车,用于将木材运到伊利湖,从那儿装船销往北美各处。巴克斯顿的学校声誉日隆,甚至该地区的很多白人都让孩子纷纷从当地的公立学校转学至此上学。也有很多加拿大的印第安人孩子在此接受教育。

当我在创作《奔跑的少年》这部小说时,很多方面都基于史实。尽管没有关于那次可怕事件的记录,不过弗雷德里克·道格拉斯先生的确拜访过巴克斯顿,废奴主义者约翰·布朗先生也是如此,尽管不是在同一时间。巴克斯顿最早的居民之一,一个年轻的姑娘,以伊利亚的妈妈相同的方式获得了自由,在同女主人第二次去底特律的时候逃了出来。每当有刚获自由的人抵达定居点时,自由之钟的确会被敲响。那口 500 磅的大铜钟是 1850 年在匹斯堡铸成的,是从前为奴的人们以积少成多、集腋成裘的方式用节省出来每一分钱每一毛钱支付的费用,然后赠送给了巴克斯顿的人们以示敬意。

不幸的是,20 世纪 20 年代放置自由之钟的礼堂被售出,直到今天那口大钟仍然被封闭在钟塔中不再示人。加拿大政府近期慷慨地捐赠了两万美元用于铸造一件复制品,将放置

奔跑的少年

在巴克斯顿国家历史遗址博物馆中,只不过只能凭借推断出的样子去铸造。我希望有朝一日自由之钟能够在巴克斯顿地区再次响彻自由之声。想要了解更多有关这口大钟的信息,请访问我的网址:www.nobodybutcurtis.com。

我强烈推荐大家去一趟北巴克斯顿。当你看到那些为了自由的梦想不惜赌上身家性命的人开垦出的片片土地时,很难不会被深深地打动。当你看到巴克斯顿的学校时,很难不会感到一种喜悦,而你的那种喜悦感,只有那些曾经为奴的人们初次见到那所学校时感受到的喜悦之万一。这是一个他们的孩子可以学习到所有知识的场所,从简单的加减法到复杂的微积分,从英语到希腊语。无论是雨天还是晴天,你很难不去看看巴克斯顿的天空,并由衷感慨:"那难道不是你见过的最美丽的天空吗?"

去巴克斯顿国家历史遗址博物馆感受一下一个半世纪之前巴克斯顿的生活吧。博物馆的出版物《希冀所在》是对巴克斯顿历史的一个令人着迷的回顾。我在《奔跑的少年》里植入的一个小木屋的原型和校舍原型连同那个公墓原型仍然矗立在博物馆所属的地面上。每年的劳动节巴克斯顿都会举办一场盛大的庆祝活动,届时 3000 多名曾经为奴的那些人的后人们会从美国和加拿大各地欢聚一堂,共同纪念他们的的先辈们。

巴克斯顿是一个灵感，它在美国和加拿大历史上的重要性值得被更多人所认可。能够将我的小说背景设置在这样一个美丽的地方，我深感荣幸。

克里斯托弗·保罗·柯蒂斯
2007年3月于渥太华温莎

图书在版编目（CIP）数据

奔跑的少年 /（美）克里斯托弗·保罗·柯蒂斯著；黄德远译. —昆明：晨光出版社，2017.7（2024.12重印）
ISBN 978-7-5414-9024-8

Ⅰ.①奔… Ⅱ.①克… ②黄… Ⅲ.①儿童小说－长篇小说－美国－现代 Ⅳ.①I712.84

中国版本图书馆CIP数据核字（2017）第110061号

ELIJAH OF BUXTON
Copyright © 2007 by Christopher Paul Curtis.
Published by arrangement with Scholastic Inc., 557 Broadway, New York, NY 10012, USA
All Rights Reserved.

著作权合同登记号　图字：23-2017-012号

奔跑的少年
BEN PAO DE SHAO NIAN

出 版 人　杨旭恒

作　　者	〔美〕克里斯托弗·保罗·柯蒂斯
翻　　译	黄德远
审　　译	张　勇
绘　　画	陈　伟
项目策划	禹田文化
版权联系	王彩霞
责任编辑	李彦池
项目编辑	李　会
美术编辑	沈秋阳
封面设计	萝　卜
内文设计	秦　川　MiRose

出　　版	晨光出版社
地　　址	昆明市环城西路609号新闻出版大楼
邮　　编	650034
发行电话	（010）88356856　88356858
印　　刷	固安兰星球彩色印刷有限公司
经　　销	各地新华书店
版　　次	2017年7月第1版
印　　次	2024年12月第6次印刷
开　　本	145mm×210mm　32开
印　　张	10.5
ＩＳＢＮ	978-7-5414-9024-8
字　　数	192千
定　　价	30.00元

退换声明：若有印刷质量问题，请及时和销售部门（010-88356856）联系退换。